CME

3rd Edition

Textbook 課本6

繁體版

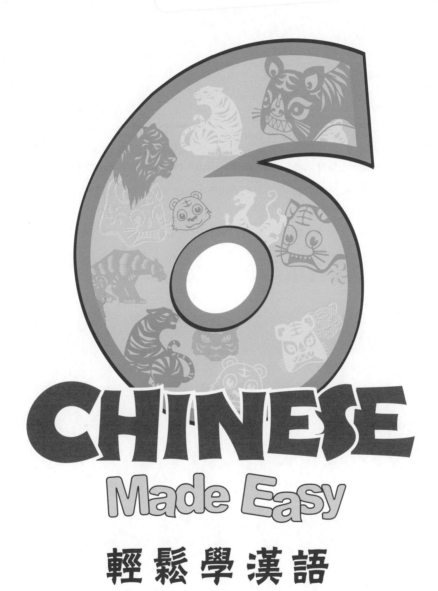

CHINESE
Made Easy
輕鬆學漢語

Yamin Ma

Joint Publishing (H.K.) Co., Ltd.
三聯書店（香港）有限公司

Chinese Made Easy (*Textbook 6*) *(Traditional Character Version)*

Yamin Ma

Editor	Shang Xiaomeng, Zhao Jiang
Art design	Arthur Y. Wang, Yamin Ma
Cover design	Arthur Y. Wang, Zhong Wenjun
Graphic design	Arthur Y. Wang, Wu Guanman
Typeset	Chen Xianying

Published by
JOINT PUBLISHING (H.K.) CO., LTD.
20/F., North Point Industrial Building,
499 King's Road, North Point, Hong Kong

Distributed by
SUP PUBLISHING LOGISTICS (H.K.) LTD.
16/F., 220-248 Texaco Road, Tsuen Wan, N.T., Hong Kong

Third edition, first impression, November 2017
Third edition, third impression, June 2022

Copyright ©2017 Joint Publishing (H.K.) Co., Ltd.

Photo credits
p.29: (top to bottom, left to right) © Microfotos, © 1tu; p.55: (top to bottom, left to right) © 1tu, © Microfotos.
Below photos only © 2017 Microfotos:
pp. 11, 15, 18, 20, 43, 59, 66, 73, 80, 83, 87, 92, 98, 99, 103, 117, 126, 131, 142, 143, 147, 154, 156, 157, 161, 170, 171, 175, 186, 187, 191, 200, 201, 205, 214, 219.
Below photos only © 2017 1tu:
pp. 4, 8, 10, 22, 25, 32, 34, 36, 38, 39, 48, 52, 54, 62, 68, 69, 76, 94, 106, 108, 112, 120, 122, 124, 136, 140, 150, 164, 168, 180, 182, 184, 196, 198, 208, 210, 212.

E-mail:publish@jointpublishing.com

輕鬆學漢語 （課本六）（繁體版）

編　著	馬亞敏
責任編輯	尚小萌　趙　江
美術策劃	王　宇　馬亞敏
封面設計	王　宇　鍾文君
版式設計	王　宇　吳冠曼
排　版	陳先英
出　版	三聯書店（香港）有限公司 香港北角英皇道 499 號北角工業大廈 20 樓
發　行	香港聯合書刊物流有限公司 香港新界荃灣德士古道 220-248 號 16 樓
印　刷	美雅印刷製本有限公司 香港九龍觀塘榮業街 6 號 4 樓 A 室
版　次	2017 年 11 月香港第三版第一次印刷 2022 年 6 月香港第三版第三次印刷
規　格	大 16 開（210×280mm）240 面
國際書號	ISBN 978-962-04-3703-8

© 2017 三聯書店（香港）有限公司

本書部分照片 © 2017 微圖 © 2017 壹圖 © 國家測繪地理信息局

本書引用的部分文字作品稿酬已委託中國文字著作權協會轉付，敬請相關著作權人聯繫：86-10-65978917，
wenzhuxie@126.com。

簡介

- 《輕鬆學漢語》系列（第三版）是一套專門為漢語作為外語／第二語言學習者編寫的國際漢語教材，主要適合小學高年級學生、中學生使用，同時也適合大學生使用。

- 本套教材旨在幫助學生奠定扎實的漢語基礎；培養學生在現實生活中運用準確、得體的語言，有邏輯、有條理地表達思想和觀點。這個目標是通過語言、話題和文化的自然結合，從詞彙、語法等漢語知識的學習及聽、說、讀、寫四項語言交際技能的訓練兩個方面來達到的。

- 本套教材遵循漢語的內在規律。其教學體系的設計是開放式的，教師可以採用多種教學方法，包括交際法和任務教學法。

- 本套教材共七冊，分為兩個階段：第一冊至第四冊是第一階段，第五冊至第七冊是第二階段。第一冊至第四冊課本和練習冊是分開的，而第五冊至第七冊課本和練習冊合併為一本。

- 本套教材包括：課本、練習冊、教師用書、詞卡、圖卡、補充練習、閱讀材料和電子教學資源。

課程設計

教材內容

- 課本綜合培養學生的聽、說、讀、寫技能，提高他們的漢語表達能力和學習興趣。

- 練習冊是配合課本編寫的，側重學生閱讀和寫作能力的培養。其中的閱讀短文也可以用作寫作範文。

- 教師用書為教師提供了具體的教學建議、課本和練習冊的練習答案以及單元測試卷。

- 閱讀材料題材豐富、原汁原味，旨在培養學生的語感，加深學生對中國社會和中國文化的瞭解。

INTRODUCTION

- The third edition of "Chinese Made Easy" is written for primary 5 or 6 students and secondary school and university students who are learning Chinese as a foreign/second language.

- The primary goal of the 3rd edition is to help students establish a solid foundation of vocabulary, grammar, knowledge of Chinese and communication skills through natural and graduate integration of language, content and culture. The simultaneous development of listening, speaking, reading and writing is especially emphasized. The aim is to help students develop skills to communicate in Chinese in authentic contexts and express their viewpoints appropriately, precisely, logically and coherently.

- The unique characteristic of the 3rd edition is that the programme allows the teacher to use a combination of various effective teaching approaches, including the Communicative Approach and the task-based approach, while taking into account the Chinese language system.

- The 3rd edition consists of seven books and in two stages. The first stage consists of books 1 through 4 (the textbook and the workbook are separate), and the second stage consists of books 5 through 7 (the textbook and the workbook are combined).

- The "Chinese Made Easy" series includes Textbook, Workbook, Teacher's book, word cards, picture cards, additional exercises, reading materials and digital resources.

DESIGN OF THE SERIES

The series includes

- The textbook is designed to help students develop the four language skills simultaneously: listening, speaking, reading and writing. The textbook plays an important role in helping students develop their communication skills and enhance their interest in learning Chinese.

- In order to support the textbook, the workbook is designed to help the students develop their reading and writing skills. Engaging reading passages also serve as exemplar essays.

- The Teacher's Book provides suggestions on how to use the series, answers to exercises and unit tests.

- Authentic reading materials that cover a wide range of subjects help the students develop a feel for Chinese, while deepening their understanding of contemporary China and the Chinese culture.

教材特色

- 考慮到社會的發展、漢語學習者的需求以及教學方法的變化，本套教材對第二版內容做了更新和優化。

◇ 課文的主題是參考 IGCSE 考試、AP 考試、IB 考試等最新考試大綱的相關要求而定的。課文題材更加貼近學生生活。課文體裁更加豐富多樣。

◇ 生詞的選擇參考了 IGCSE 考試、IB 考試及 HSK 等考試大綱的詞彙表。所選生詞使用頻率高、組詞能力強，且更符合學生的交際及應試需求。此外還吸收了部分由社會的發展而產生的新詞。

- 語音、詞彙、語法、漢字教學都遵循了漢語的內在規律和語言的學習規律。

◇ 語音練習貫穿始終。每課的生詞、課文、韻律詩、聽力練習都配有錄音，學生可以聆聽、模仿。拼音在初級階段伴隨漢字一起出現。隨着學生漢語水平的提高，拼音逐漸減少。

◇ 通過實際情景教授常用的口語和書面語詞彙。兼顧字義解釋生詞意思，利用固定搭配講解生詞用法，方便學生理解、使用。生詞在課本中多次復現，以鞏固、提高學習效果。

◇ 強調系統學習語法的重要性。語法講解簡明直觀。語法練習配有大量圖片，讓學生在模擬真實的情景中理解和掌握語法。

◇ 注重基本筆劃、筆順、漢字結構、偏旁部首的教學，讓學生循序漸進地瞭解漢字構成。練習冊中有漢字練習，幫學生鞏固所學。

- 全面培養聽、說、讀、寫技能，特別是口語和書面表達能力。

◇ 由聽力入手導入課文。

◇ 設計了多樣有趣的口語練習，如問答、會話、採訪、調查、報告等。

The characteristics of the series

- Since the 2nd edition, "Chinese Made Easy" has evolved to take into account social development needs, learning needs and advances in foreign language teaching methodology.

◇ Varied and relevant topics have been chosen with reference to the latest syllabus requirements of: IGCSE Chinese examinations in the UK, AP Chinese exams in the US, and Language B Chinese exams from the IBO. The content of the texts is varied and relevant to students and different styles of texts are used in this series.

◇ In order to meet the needs of students' communication in Chinese and prepare them for the exams, the vocabulary chosen for this series is not only frequently used but also has the capacity to form new phrases. The core vocabulary of the syllabus of IGCSE Chinese exams, IB Chinese exams and the prescribed vocabulary list for HSK exams has been carefully considered. New vocabulary and expressions that have appeared recently due to language evolution have also been included.

- The teaching of pronunciation, vocabulary, grammar and characters respects the unique Chinese language system and the way Chinese is learned.

◇ Audio recordings of new words, texts, rhymes and listening exercises are available for students to listen and imitate with a view to improving pronunciation. Pinyin appears on top of characters at an early stage and is gradually removed as the student gains confidence.

◇ Vocabulary used in practical situations in both oral and written form is taught within authentic contexts. In order for the students to better understand and correctly apply new words, the relevant meaning of each character is introduced. The fixed phrases and idioms are learned through sample sentences. Vocabulary that appears in earlier books is repeated in later books to reinforce and consolidate learning.

◇ The importance of learning grammar systematically is emphasized. Grammatical rules are explained in a simple manner, followed by practice exercises with the help of ample illustrations. In order for the students to have a better understanding of and achieve mastery over grammatical rules, authentic situations are provided.

◇ In order for the students to understand the formation of characters, this series stresses the importance of teaching basic strokes, stroke order, character structures and radicals. To consolidate the learning of characters, character-specific exercises are provided in the workbook.

- The development of four language skills, especially productive skills (i.e. speaking and writing) is emphasized.

◇ Each text is introduced through a listening exercise.

◇ Varied and engaging oral tasks, such as questions and answers, conversations, interviews, surveys and oral presentations are designed.

◇提供了大量閱讀材料，內容涵蓋日常生活、社會交往、熱門話題等方面。

◇安排了電郵、書信、日記等不同文體的寫作訓練。

• 重視文化教學，形成多元文化意識。

◇隨着學生漢語水平的提高，逐步引入更多對中國社會、文化的介紹。

◇練習冊中有較多文化閱讀及相關練習，使文化認識和語言學習相結合。

• 在培養漢語表達能力的同時，鼓勵學生獨立思考和批判思維。

課堂教學建議

• 本套教材第一至第四冊，每冊分別要用大約 100 個課時完成。第五至第七冊，難度逐步加大，需要更多的教學時間。教師可以根據學生的漢語水平和學習能力靈活安排教學進度。

• 在使用本套教材時，建議教師：

◇帶領學生做第一冊課本中的語音練習。鼓勵學生自己讀出生詞。

◇強調偏旁部首的學習。啟發學生通過偏旁部首猜生字的意思。

◇講解生詞中單字的意思。遇到不認識的詞語，引導學生通過語境猜詞義。

◇藉助語境展示、講解語法。

◇把課文作為寫作範文。鼓勵學生背誦課文，培養語感。

◇根據學生的能力和水平，調整或擴展某些練習。課本和練習冊中的練習可以在課堂上用，也可以讓學生在家裏做。

◇展示學生作品，使學生獲得成就感，提高自信心。

◇創造機會，讓學生在真實的情景中使用漢語，提高交際能力。

馬亞敏

2014 年 6 月於香港

◇ Reading materials are chosen with the students in mind and cover relevant topics taken from daily life.

◇ Composition exercises ensure competence in different text types such as E-mails, letters, diary entries and etc.

• In order to foster the students' multi-cultural awareness, the teaching of Chinese cultural elements is emphasized.

◇ As students' Chinese language skills increase, an effort has been made to introduce more about contemporary China and Chinese culture.

◇ Plenty of reading materials and related exercises are available in the workbook, so that language learning can be interwoven with cultural awareness.

• While cultivating the ability of language use in Chinese, this series encourages students to think independently and critically.

HOW TO USE THIS SERIES

• Each of the books 1, 2, 3 and 4 covers approximately 100 hours of class time. The difficulty level of Books 5, 6 and 7 increases and thus the completion of each book will require more class time. Ultimately, the pace of teaching depends on the students' level and ability.

• Here are some suggestions as how to use this series. The teachers should:

◇ Go over with the students the phonetics exercises in Book 1, and at a later stage, the students should be encouraged to pronounce new Pinyin on their own.

◇ Stress the importance of learning radicals, and encourage the students to guess the meaning of a new character by applying their understanding of radicals.

◇ Explain the meaning of each character, and guide the students to guess the meaning of a new phrase using contextual clues.

◇ Demonstrate and explain grammatical rules in context.

◇ Use the texts as sample essays and encourage the students to recite them with the intention of developing a feel for the language.

◇ Modify or extend some exercises according to the students' levels and ability. Exercises in both textbook and workbook can be used for class work or homework.

◇ Display the students' works with the intention of fostering a sense of success and achievement that would increase the students' confidence in learning Chinese.

◇ Provide opportunities for the students to practise Chinese in authentic situations in order to improve confidence and fluency.

Yamin Ma

June 2014, Hong Kong

Author's acknowledgements

The author is grateful to the following who have so graciously helped with the publication of this series:

- 侯明女士 who trusted my ability and expertise in the field of Chinese language teaching and learning.
- Editors, 尚小萌、趙江 and Annie Wang for their meticulous hard work and keen eye for detail.
- Graphic designers, 吳冠曼、陳先英、楊錄 for their artistic talent in the design of the series' appearance.
- 鄭海檳、郭楊、栗鐵英、蘇健偉、王佳偉 who helped with proofreading and making improvements to the script.
- 于霆 for her creativity and imagination in her illustrations.
- The art consultant, Arthur Y. Wang, without whose guidance the books would not be so visually appealing.
- 劉夢簫、郭楊 who recorded the voice tracks that accompany this series.
- Finally, members of my family who have always supported and encouraged me to pursue my research and work on these books. Without their continual and generous support, I would not have had the energy and time to accomplish this project.

目　錄

生詞

fǎnyìng
❶ 反映 reflect

dì wèi
❷ 地位 status

jié gòu
❸ 結構 structure

wǔ gǔ
❹ 五穀 food crops in general

shǎo liàng
❺ 少量 a small amount

fù
❻ 副 subsidiary

fù shí
副食 non-staple food

pēng
❼ 烹 boil; cook

rèn
❽ 飪（飪）cook

pēng rèn
烹飪 cooking

wǔ huā bā mén
❾ 五花八門 a wide variety

dùn
❿ 燉（炖）stew

chéngfèn
⓫ 成分 element; composition

dā
⓬ 搭 coordinate

dā pèi
搭配 arrange in proposition

zuò yòng
⓭ 作用 effect

yào yòng
⓮ 藥用 used as medicine

jià zhí
⓯ 價值 value

yìng
⓰ 應 accord with

yìng shí
應時 in season

shì dàng
⓱ 適當 suitable

tiáo zhěng
⓲ 調整 adjust

guō
⓳ 鍋 pot

huǒ guō
火鍋 hot pot

bàn
⓴ 拌 mix

liáng bàn
涼拌 (of food) cold and dressed with sauce

yōu
㉑ 悠 long

yōu jiǔ
悠久 long-standing

liáo
㉒ 遼（辽）far away

liáo kuò
遼闊 vast

jiāng
㉓ 疆 boundary

jiāng tǔ
疆土 territory

yóu yú
㉔ 由於 because of

qì hòu
㉕ 氣候 climate

wù chǎn
㉖ 物產 product

xì
㉗ 系 system; series

cài xì
菜系 style of cooking

lǔ
㉘ 魯（鲁）another name for Shandong Province

lǔ cài
魯菜 dishes of Shandong style

chuān
㉙ 川 short for Sichuan Province

chuān cài
川菜 dishes of Sichuan style

sū
㉚ 蘇（苏）short for Jiangsu Province

sū cài
蘇菜 dishes of Jiangsu style

zhè
㉛ 浙 short for Zhejiang Province

zhè cài
浙菜 dishes of Zhejiang style

huī
㉜ 徽 Huizhou in Anhui Province

huī cài
徽菜 dishes of Huizhou sytle

xiāng
㉝ 湘 another name for Hunan Province

xiāng cài
湘菜 dishes of Hunan style

mǐn
㉞ 閩 another name for Fujian Province

mǐn cài
閩菜 dishes of Fujian style

yuè
㉟ 粵（粤）another name for Guangdong Province

yuè cài
粵菜 dishes of Guangdong style

zhì zuò
㊱ 製作 make

hòu
㊲ 厚 rich or strong in flavor

xǐ hào
㊳ 喜好 be fond of

má là
㊴ 麻辣 spicy

nèn
㊵ 嫩 tender

xiānnèn
鮮嫩 fresh and tender

yuán zhī yuán wèi
㊶ 原汁原味 original flavor

míng chēng
㊷ 名稱 name (of a thing)

jù
㊸ 具 possess; have

rén wù
㊹ 人物 figure

dōng pō ròu
㊺ 東坡肉 stewed pork said to be created by Su Dongpo

shénhuà
㊻ 神話 mythology

lǐ
yú tiào lóng mén
㊼ 鯉（鲤）魚跳龍門 a dish symbolizes gaining fame and succes

diǎn gù
㊽ 典故 literary quotation

guòqiáo mǐ xiàn
㊾ 過橋米線 rice-flour noodles of Yunnan style

jǔ
guī ju
zhǐ
㊿ 矩 rule　規矩 rule　51 指 point

chuàn
cū lǔ
52 串 string together　53 粗魯 rude

zuò fǎ
lǐ lùn
54 做法 way of doing things　55 理論 theory

gòuchéng
bó dà jīng shēn
56 構成 constitute; form　57 博大精深 broad and profound

1 完成句子

1) 中國傳統的飲食結構<u>以</u>五穀<u>為</u>主食。

____ 以 ____ 為 ____ 。

2) 烹飪方法也應該<u>隨</u>季節的不同<u>而做</u>適當的調整。

____ 隨 ____ 而 ____ 。

3) 這樣<u>不僅</u>食物的味道更好，<u>而且</u>對人的身體健康也有好處。

____ 不僅 ____ ，而且 ____ 。

4) <u>由於</u>各地氣候、物產、習俗的不同，中國菜有不同的菜系。

由於 ____ ，____ 。

5) 有些菜的名稱與歷史人物有關，<u>有些</u>與神話故事有關，<u>還有一些</u>是有典故的。

有些 ____ ，有些 ____ ，還有一些 ____ 。

6) 歡迎<u>給</u>我<u>留言</u>。

____ 給 ____ 留言 。

2 聽課文錄音，做練習

A 選擇（答案不止一個）

1) "民以食為天"反映出 ____ 。

a) 對中國人來說，食物有藥用價值

b) 中國人很重視飲食

c) 中國菜的製作方法五花八門

d) 飲食在中國人的日常生活中很重要

2) 中國菜的菜名可能與 ____ 有關。

a) 飲食結構　　b) 歷史人物

c) 地名　　　　d) 神話故事

3) 中國傳統的飲食結構 ____ 。

a) 以五穀為主食

b) 主要吃米飯，很少吃麵食

c) 中副食是蔬菜和少量的肉食

d) 以肉為主食，以蔬菜為副食

4) 中國博大精深的飲食文化包括 ____ 。

a) 禮儀規矩　　b) 飲食理論

c) 菜系風味　　d) 名稱典故

B 回答問題

1) 為什麼中國人認為應隨季節變化吃不同的食物、調整烹飪方法？

2) 為什麼中國菜有那麼多菜系？

3) 粵菜有什麼特色？

4) 用筷子吃中餐時要遵守什麼規矩？

http://blog.sina.com.cn/ziqinblog
張子勤的博客

中國的飲食文化 （2017-9-2 18:30）

　　飲食文化是中國傳統文化的一個重要組成部分。"民以食為天"這句話充分反映出飲食在中國人日常生活中的地位。

　　中國傳統的飲食結構以五穀為主食，以蔬菜及少量肉類為副食。中國菜的烹飪方法五花八門，常見的有蒸、煮、燉、炒等。做中國菜時講究色、香、味、形俱佳。

　　中國人認為醫食同源。中國飲食十分講究營養成分的搭配，還非常重視不同食物的保健作用及藥用價值。中國人認為應該吃應時的食物，烹飪方法也應該隨季節的不同而做適當的調整，比如冬天要吃火鍋，夏天要吃涼拌菜。這樣不僅食物的味道更好，而且對人的身體健康也有好處。

　　中國有悠久的歷史和遼闊的疆土。由於各地氣候、物產、習俗的不同，中國菜有不同的菜系。著名的八大菜系是魯菜、川菜、蘇菜、浙菜、徽菜、湘菜、閩菜、粵菜。各個菜系的製作方法和口味都有所不同，比如川菜味厚，喜好麻辣口味，粵菜鮮嫩清淡，重視原汁原味等。

　　中國菜的名稱也極具特色。有些菜的名稱與歷史人物有關，如"東坡肉"；有些與地名有關，如"北京烤鴨"；有些與神話故事有關，如"鯉魚跳龍門"；還有一些是有典故的，如"過橋米線"。

　　吃中餐的主要餐具是筷子。用筷子時有一些規矩要遵守，如不可以用筷子指人，也不可以用筷子串食物，這些都是粗魯無禮的做法。

　　這些飲食結構、烹飪方法、飲食理論、菜系風味、名稱典故、禮儀規矩等方面共同構成了中國博大精深的飲食文化。大家怎麼看中國的飲食文化？歡迎給我留言。

3 根據實際情況回答問題

1) 中國傳統的飲食結構以五穀為主食。西方傳統的飲食結構以什麼為主食？你們國家傳統的飲食結構是怎樣的？

2) 中國傳統的飲食結構中蔬菜吃得比較多，肉吃得比較少。你覺得這樣的飲食習慣健康嗎？為什麼？

3) 現在人們的經濟條件好了，經常大吃大喝。這是越來越多的人得現代疾病的原因嗎？還有什麼因素會引起現代疾病？

4) 很多現代疾病是可以預防的。人們應該怎樣預防現代疾病？在飲食上要注意什麼？在生活習慣上要注意什麼？

5) 中餐先切好肉再烹飪，而西餐則是一邊吃一邊切。你覺得哪種方式更好？為什麼？

6) 中國人認為醫食同源，食物有保健作用和藥用價值。其他國家有這種觀念嗎？請舉例說明。

7) 中國人認為應該吃應時的食物，烹飪方法也應隨季節而變。你贊同這種觀點嗎？為什麼？

8) 中國有著名的八大菜系，各個菜系的製作方法和口味都不同。上網查一查湘菜和魯菜的口味特點。

9) 你最喜歡的中國菜是什麼？這道菜是怎麼做的？吃起來什麼味道？屬於哪個菜系？

10) 中國菜的名稱極具特色。請講一講"過橋米線"和"鯉魚跳龍門"名稱背後的故事。

11) 中國人進餐時使用的筷子只是兩根細細的木棍，既簡單又實用。你覺得筷子神奇嗎？用筷子吃中餐時，應該遵守哪些規矩？為什麼？

12) 你瞭解中餐的餐桌禮儀嗎？請向大家介紹一下，如座位的安排、進食的規矩、為別人倒茶的禮儀規則等。

4 成語諺語

A 解釋成語並造句

1) 愛不釋手	2) 包羅萬象	3) 不知不覺
4) 得心應手	5) 不約而同	6) 五花八門
7) 百戰百勝	8) 耳目一新	9) 耳聞目睹
10) 古往今來	11) 博大精深	12) 畫餅充飢

B 解釋諺語並造句

1) 百聞不如一見。

2) 真金不怕火煉。

3) 換湯不換藥。

4) 心急吃不了熱豆腐。

中式粥

❶　粥，又名糜（mí），是中國人餐桌上一道十分常見又歷史悠久的食品。早在四千年前，中國人就開始喝粥了。

❷　中式粥大致可以分為普通粥和花色粥兩大類。普通粥一般用大米、小米、黑米、玉米等熬成。花色粥是在普通粥的基礎上，根據個人偏好或者特殊需求加入不同配料熬成的。花式粥品種繁多，甜鹹皆宜。常見的甜味粥有藍莓山藥粥、山楂（shān zhā）雪梨粥、芒果冰粥等。常見的鹹味粥有魚片粥、生滾牛肉粥、皮蛋瘦肉粥、艇仔（tǐng zǎi）粥等。

❸　因為粥有很強的保健養生功效，大約兩千五百年前，中國人開始將粥當作藥用。喝粥對調理身體機能有很多益處。第一，粥能調養腸胃。粥能刺激胃酸分泌（fēn mì），很容易被消化，可以減輕腸胃負擔，從而起到保護消化系統的作用。含有豐富微量元素和膳食纖維的雜糧粥十分適合脾胃（pí wèi）虛弱的老年人食用。第二，粥能增進食欲。在炎夏或患病時，喝粥有利於增加食欲，有助於營養的吸收和體力的恢復。肉碎雜菜粥含有豐富的蛋白質和維生素，對病人身體的康復很有幫助。第三，粥能補身強體。很多粥和藥材“聯姻”成了具有食療作用的養生粥。常見的養生粥有潤腸（rùn cháng）的芝麻（zhī ma）粥、健脾養心的蓮子（lián zǐ）粥、益肺補腎（bǔ shèn）的百合銀耳粥、清肝明目的菊花（jú huā）綠豆粥、滋補元氣的黨參（dǎng shēn）肉骨粥、降脂減肥的荷葉（hé yè）粥等。

❹　藥食同源，為了身體健康，喝粥時也有一些需要注意的事項。加了肉、蛋等高蛋白食物的粥膽固醇（dǎn gù chún）含量較高，不宜多吃。糖尿病病人要儘量少喝大米粥，因為喝大米粥會導致血糖快速上升。冰粥不適合身體虛弱的老人和兒童食用。一日三餐不能總喝粥，時間長了可能會營養不良。

❺　由於種類繁多，味道可口，又對健康有益處，粥是中國人心中一種極其重要的膳食。在這個快餐、西餐風靡（fēng mǐ）的時代，不時品嘗一下中式粥，既改換了口味，又強健了身體，何樂而不為呢？

A 判斷正誤

□ 1) 花色粥有很多種，有甜的也有鹹的。

□ 2) 盛夏胃口不好時可以去喝粥。

□ 3) 喝粥可以幫人調理腸胃。

□ 4) 病人適合喝肉糜菜粥。

□ 5) 粥含較高的膽固醇，可以補身強體。

□ 6) 百合銀耳粥可以明目清肝。

□ 7) 黨參肉骨粥是一種養生粥。

□ 8) 天天喝粥對人的成長發育有好處。

B 回答問題

1) 中國人是從什麼時候開始喝粥的？

2) 什麼是花色粥？

3) 為什麼古時中國人把粥當作藥用？

4) 哪類人不宜多喝大米粥？

C 配對

□ 1) 粥是中國人餐桌上

□ 2) 中式粥主要分兩大類：

□ 3) 普通粥一般用

□ 4) 雜糧粥適合

□ 5) 習慣了吃快餐、西餐的人

a) 百合、銀耳、綠豆做成。

b) 脾胃不好的老年人食用。

c) 可以換換口味，品嘗一下美味的中式粥。

d) 普通粥和花色粥。

e) 一道很常見的傳統食物。

f) 包醫百病，適合所有人食用。

g) 大米、小米、玉米等煮成。

D 配對

□ 1) 第二段

□ 2) 第三段

□ 3) 第四段

a) 中式粥與西餐的比較。

b) 粥的保健養生功效。

c) 中國人喝粥的經驗及花色粥的做法。

d) 粥的種類及口味。

e) 喝粥的注意事項。

E 學習反思

中國人認為可以通過每日的飲食來調整
身體狀態。你怎麼看這種觀點？

F 學習要求

1) 掌握 8 個短語。

2) 學會表達一種觀點。

3) 用 100 個字縮寫文章。

http://blog.sina.com.cn/qinxiuqinblog
秦秀琴的部落格

真不甘心，中華美食申<u>遺</u>失敗 （2017-8-25 15:23）

2011年，中華美食以傳統烹飪技藝項目申報世界非物質文化遺產代表作名錄<u>未果</u>。2015年，中國以八大菜系中的名菜再次申報，竟然又以失敗告終。中華美食以悠久的歷史、豐富的品種、獨特的風味而名揚海內外。集味道和品相於一身的中華美食為什麼會在申遺中<u>屢屢闖關</u>失利呢？我百思不得其解。

飲食可以說是民族乃至國家的一張名片。就拿中國的近鄰日本和韓國為例，日本料理和食與韓國的越冬泡菜都申遺成功了。這兩道菜分別代表着這兩個國家的民族文化和傳統風俗，不僅在本國有很大的影響力，而且在世界範圍內已經得到了廣泛的傳播和認可。

中國疆土遼闊，地域差異巨大，形成了不同的菜系，<u>變幻</u>出豐富的菜肴。中華美食在世界非物質文化遺產的名錄中<u>缺席</u>，多麼令人<u>遺憾</u>啊！我認為中國申遺的菜式不僅要關注口味和外觀，更要體現中華民族的傳統文化和世代傳承的價值觀；不僅要關注精湛的烹飪技藝，更要能體現美食中<u>蘊含</u>的<u>智慧</u>和心意；不僅要在中國有較高的知名度，更要在世界範圍內有一定的地位。

如此看來，中國的餃子和湯圓應該是當仁不讓的"候選人"了吧！餃子和湯圓都是歷史悠久的民間小吃，是中國人過年必吃的傳統食品。過年時，不管離家多遠，人們都會趕回家。除夕夜全家人聚在一起包餃子、煮湯圓。看起來簡單的一盤餃子、一碗湯圓，卻充滿了媽媽的味道、家鄉的氣息、過年的回憶，反映出中華民族的傳統價值觀和生活智慧。拿餃子和湯圓去申遺一定能引起包括海外華人、華僑在內每個中國人的共鳴。

所以我提議拿中國的餃子和湯圓再去申請加入世界非物質文化遺產名錄。你們同意我的觀點嗎？請給我留言！

A 寫出字 / 詞的確切意思

在文本中……	這個字 / 詞……	文中的意思是……
1) "中華美食在世界非物質文化遺產的名錄中缺席"	"缺席"	
2) "餃子和湯圓應該是當仁不讓的'候選人'了吧"	"候選人"	

B 選擇（答案不止一個）

1) "甘心"的意思是 _____ 。

    a) 稱心   b) 同意   c) 滿意   d) 理解

2) "未果"的意思是 _____ 。

    a) 成果不佳   b) 沒有結果

    c) 成果豐碩   d) 沒有成功

3) "品相"的意思是 _____ 。

    a) 外觀   b) 相貌   c) 樣子   d) 品行

C 回答問題

1) 中華美食為什麼能名揚海內外？

2) 日本料理為什麼可以成功申遺？

3) 餃子和湯圓為什麼會引起中國人的共鳴？

D 配對

□ 1) 由於中國疆土遼闊，地域差異大，

□ 2) 中國申遺的菜不僅應是中國名菜，

□ 3) 餃子和湯圓

□ 4) 中華美食在世界非物質文化遺產名錄中缺席，

a) 還需要得到廣泛的傳播與認可。

b) 所以中國菜有不同的菜系。

c) 應該屢遭打擊。

d) 讓人感到十分可惜。

e) 變幻出豐富的菜肴。

f) 是春節時一定要吃的食品。

E 選出四個正確的句子

中國申遺的菜式應該 _____ 。

a) 既好吃又好看

b) 有很高的知名度

c) 體現中華民族的傳統文化和價值觀

d) 反映中西方文化的結合

e) 能讓人感受到其中的智慧及心意

f) 適合各國人不同的口味

F 學習反思

你覺得應該以哪種中華美食去申請加入世界非物質文化遺產名錄？為什麼？

G 學習要求

1) 掌握 8 個短語。

2) 學會表達一種觀點。

3) 用 100 個字縮寫文章。

要求　隨着全球化的發展，各國的飲食文化也走出國門、走向世界。不管去哪裏，不但能品嘗當地的美食，還能吃到異國的佳餚。你和同學談論對飲食全球化的看法。

談論內容包括：

• 難忘的當地或異國美食體驗，包括餐桌禮儀以及菜式的歷史、特色、口味、烹飪方法等

• 飲食全球化的原因及其帶來的影響

• 對醫食同源等飲食理論的看法

例子：

你：　　我們今天來討論一下飲食全球化這個話題。我最近去了杭州。杭州的市中心有各式各樣的飯店，如意大利飯店、西班牙飯店，當然還有各種風味的中餐館。

同學 1：我上個假期去了南美的阿根廷，那裏中餐館做的菜地道極了！

同學 2：我也注意到了飲食全球化帶來的影響。我們在家裏今天吃中餐，明天吃西餐，後天吃日本料理。食物的種類非常豐富。

……

你可以用

a) 在中國，人們不僅可以享用中式美食，還可以品嘗到異國佳餚，如法國煎鵝肝、日式鐵板燒、韓國石鍋拌飯等。外國美食來到中國後會進行改良，融入一些中國元素，以迎合中國人的口味。

b) 造成飲食全球化的原因是多樣的。人口流動是一個重要的原因。大量的移民將自己國家的料理及飲食習慣帶到了世界各地。旅遊業的興旺發達也在一定程度上促進了飲食全球化。互聯網的發展及通訊的便捷使各國的飲食文化迅速傳播。餐飲公司為了獲得更大的市場，在全球設立分公司。這些都對飲食全球化有重大影響。

c) 飲食全球化這一未來發展的必然趨勢有利也有弊。它促進了飲食文化的交流，使食物的種類更加豐富，人們的選擇更多了。但是，外來的飲食習慣並不完全適合國民的身體狀況，會引發一系列的健康問題。此外，如何堅守本國的傳統飲食文化也是一個很大的挑戰。

d) 麻婆豆腐是一道四川傳統名菜。很久以前，成都一家飯店店主的妻子劉氏用新鮮豆腐配上牛肉末、辣椒、花椒、豆瓣醬烹製出麻辣風味的炒豆腐，香滑可口，十分受歡迎。因為老闆娘臉上有幾粒麻子，這道菜得名麻婆豆腐。

e) 百合性微寒，具有清火、潤肺、安神的功效。百合和西芹一起炒就是一道清淡可口的炒蔬菜，和綠豆一起熬又成了一份解暑佳品。這就是中國人常說的醫食同源。

8 寫作

題目 1　你跟同學一起回他 / 她的老家，參加他 / 她爺爺八十大壽的壽宴。你在那裏感受到不同的習俗及文化差異。請寫一篇博客。

你可以寫：

* 壽宴的盛況和賀壽的場面
* 用餐、送禮等方面的禮儀規範
* 壽宴菜餚的風味、典故、口味等
* 你的感受和體會

題目 2　俗話説："百聞不如一見。"請談談你對這個觀點的看法。

以下是一些人的觀點：

* 常言説 "耳聽為虛，眼見為實"。現在的社會環境非常複雜，廣泛流傳的消息也不一定是事實。通過互聯網，一些虛假消息一傳十、十傳百，假的也變成了真的。只有親眼看到才能確定消息的真實性。
* 還有人説 "眼見也未必為實"，現在的高科技能 "造" 出很多不存在的 "事實"。
* 有些事情要親眼去看、親身去體驗才能得到一手資料和真實感受。

你 可以用

a) 八十歲的生日也叫八十大壽，慶賀的儀式特別隆重。

b) 中國各地都有祝壽的習俗。廣東人祝壽的習俗是 "男做齊頭，女做出一"，也就是男的 60 歲或者 70 歲做壽，女的則要在 61 歲或者 71 歲做壽。

c) 壽宴一般由兒女或者親朋好友操辦。儀式有簡有繁，但一定要讓老人高興。去參加壽宴時要送禮。除了紅包，親友還會給老人買壽禮。現在人們崇尚 "禮輕情意重"，送禮一般會送鮮花、蛋糕等。

d) 在祝壽的宴席上會給老人致祝壽辭，希望老人福如東海、壽比南山。

e) 吃飯時要遵守中餐的餐桌禮儀。要請長者先入座。主人要坐在離門口最遠的正中央的座位，那是上座，也叫主座。離門最近、背對着門的座位是下座，由小輩來坐。

f) 進餐時，要請長者、客人先動筷子。要閉着嘴嚼食物，不可以發出聲響，最好不要一邊吃一邊與別人交談。不要大口大口地吃，要慢慢地吃，還要不時抽空跟旁邊的人聊聊天兒。

g) 給別人夾菜時要用公筷。為別人倒茶、倒酒時，要記住 "倒茶要淺，倒酒要滿" 的禮儀規則。

落花生　　　　許地山

我們家的後園有半畝空地。母親說："讓它荒着怪可惜的，你們那麼愛吃花生，就開闢出來種花生吧。"我們姐弟幾個都很高興，買種，翻地，播種，澆水，沒過幾個月，居然收穫了。

母親說："今晚我們過一個收穫節，請你們的父親也來嘗嘗我們的新花生，好不好？"母親把花生做成了好幾樣食品，還吩附就在後園的茅亭裏過這個節。

那晚上天色不大好。可是父親也來了，實在很難得。

父親說："你們愛吃花生嗎？"

我們爭着答應："愛！"

"誰能把花生的好處說出來？"

姐姐說："花生的味兒美。"

哥哥說："花生可以榨油。"

我說："花生的價錢便宜，誰都可以買來吃，都喜歡吃。這就是它的好處。"

父親說："花生的好處很多，有一樣最可貴：它的果實埋在地裏，不像桃子、石榴、蘋果那樣，把鮮紅嫩綠的果實高高地掛在枝頭上，使人一見就生愛慕之心。你們看它矮矮地長在地上，等到成熟了，也不能立刻分辨出來它有沒有果實，必須挖起來才知道。"

我們都說是，母親也點點頭。

父親接下去說："所以你們要像花生，它雖然不好看，可是很有用。"

我說："那麼，人要做有用的人，不要做只講體面，而對別人沒有好處的人。"

父親說："對。這是我對你們的希望。"

我們談到深夜才散。花生做的食品都吃完了，父親的話卻深深地印在我的心上。

（選自義務教育課程標準實驗教科書《語文》五年級上冊，人民教育出版社，2009 年）

A 回答問題

1) 母親為什麼建議他們姐弟幾個種花生？

2) 從決定種花生到有收成，他們做了哪些工作？

3) 哪個詞寫出了收穫花生他們有些喜出望外？

4) 除了味道好以外，花生還有什麼好處？

5) 父親從花生生長的什麼特點引申出做人應有的品德？

6) 父親的一席話讓他們姐弟有什麼收穫？

7) "我們談到深夜才散。"這句話反映出他們的收穫節過得怎麼樣？

8) 在生活中，具備什麼特點的人可以被稱為"落花生"？你希望成為這樣的人嗎？為什麼？

作者介紹 許地山（1894-1941），筆名落花生，著名的小説家、散文家。許地山的代表作有《花》《落花生》等。

B 寫出字／詞的確切意思

在文本中……	這個字／詞……	文中的意思是……
1) "讓它荒着怪可惜的"	"荒"	
2) "就在後園的茅亭裏過這個節"	"茅亭"	
3) "使人一見就生愛慕之心"	"愛慕之心"	
4) "我們談到深夜才散"	"散"	

C 配對

☐ 1) 花生收穫了，

☐ 2) 他們吃着花生做成的食品，

☐ 3) 看似普通的花生

☐ 4) 做人要像花生一樣，

a) 高高地掛在枝頭，招人喜歡。

b) 母親建議全家人一起過一個收穫節。

c) 不張揚、實實在在的，而且非常有用。

d) 有非常值得人們學習的地方。

e) 在後園的茅草亭度過了一個愉快的晚上。

f) 長在地裏，讓人一看就喜歡。

盤古·伏羲和女媧·炎帝和黃帝

從傳說中的黃帝至今，中華民族有五千年的文明史。在這五千年的歷史長河中有很多感人的傳說故事和重大的歷史事件。

傳說在遠古時期，天地一團混沌，沒有光亮和聲音。神話人物盤古用斧子劈開了混沌，把天地分割開來，開創了新天地。這就是盤古開天地的傳說。

伏羲和女媧也是中國著名的神話人物。在繪畫中他們是人首蛇身的形象。傳說伏羲和女媧有四個孩子。這四個孩子到四海撐起了藍天，命名了山川，確定了四季。伏羲和女媧帶領他們完成了創世紀，因此被視為中華民族的祖先。

伏羲　　女媧

中國地域遼闊。大約四五千年前，在黃河、長江流域有很多部落。其中一個部落的首領叫炎帝，他帶領族人從事畜牧業和農業。那時還有一個九黎族。九黎族的首領叫蚩尤，他能鑄刀造戟。蚩尤經常帶領族人侵擾炎帝的部落，炎帝的部落好幾次都被打得落花流水。後來，炎帝請另一個部落的首領黃帝幫忙。炎帝的部落和黃帝的部落聯合其他部落一起打敗了九黎族。炎帝和黃帝因此受到了人們的擁護和愛戴。後來，炎帝和黃帝的部落之間也發生了戰爭，炎帝戰敗，歸服了黃帝。炎帝的部落和黃帝的部落相結合，形成了最初的華夏部落聯盟。

相傳，炎帝教大家開墾荒地、種植糧食，帶領族人製造了飲食用的陶器和炊具，還發現了用草藥治病的方法。傳說，黃帝也是個大發明家，帶領族人造房子、造車、造船。黃帝的妻子嫘祖被後人尊稱為"先蠶娘娘"，因為她帶領婦女栽桑養蠶，使人們穿上了衣服。炎帝和黃帝為創造華夏文明做出了卓越的貢獻，在後人的心目中有極其重要的地位。中國人把炎帝和黃帝看作是中華民族的始祖，把自己稱為"炎黃子孫"。

古為今用 （可以上網查資料）

1) 在炎帝和黃帝生活的年代，已經發明了哪些生活器皿？

2) 那時人生了病是怎麼治病的？

3) 蠶是什麼？絲綢是怎麼來的？

4) 中國的哪個城市被譽為"絲綢之鄉"？

5) 絲綢是通過什麼途徑傳到歐洲的？

6) 在你們國家有沒有類似盤古開天地的傳說？請講一講。

絲綢

11 地理知識

地理概況

　　中國的全稱是中華人民共和國，位於亞洲東部，太平洋西岸。中國是世界國土面積第三大的國家，國土面積約 960 萬平方公里，東西相距（xiāng jù）約 5200 公里，南北相距約 5500 公里，大陸海岸（hǎi àn）線（xiàn）長達 18000 多公里。中國橫跨（héng kuà）5 個時區，各地統一採用"北京時間"，即首

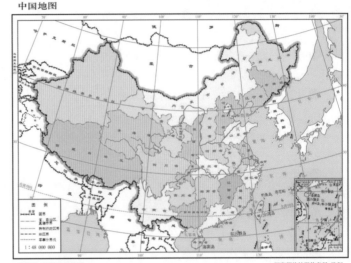

中国地图

审图号：GS(2016)1600号　　　　　　国家测绘地理信息局 监制

都北京的區時，作為標準時間。中國版圖（bǎn tú）的形狀好似一隻雄赳赳（xióng jiū jiū）的大公雞。在中國廣闊的土地上，有山地、高原、平原、盆地（pén dì）等多種地形，整體地勢（dì shì）西高東低。秦嶺（qín lǐng）—淮（huái）河（hé）線是中國南北方的地理分界線，秦嶺—淮河線以北是北方地區，以南是南方地區。北方與南方在氣候、物產、習俗等很多方面都有明顯的差異。

造福後代 （可以上網查資料）

1) 全世界國土面積最大和第二大的是哪兩個國家？人口最多的是哪個國家？

2) 和中國在陸上接壤的鄰國有哪幾個？你去過其中的哪些國家？

3) 黑龍江省的撫遠市有着"華夏東極"的美譽。當清晨的第一縷陽光灑到撫遠時，新疆維吾爾自治區的喀什天亮了嗎？為什麼？

生詞 🎧 3

① yǒu gǎn 有感 reflect ② zuò jiā 作家 writer

③ tōng xìn 通信 communicate by letter ④ jí 集 collection

⑤ jiā 夾 mix jiā zá 夾雜 mix up with

⑥ shū 殊 special tè shū 特殊 special

⑦ shè 涉 involve shè jí 涉及 involve

⑧ bèi jǐng 背景 background ⑨ dài 代 generation

⑩ shì wù 事物 thing ⑪ tàn 探 explore tàn tǎo 探討 explore

⑫ tǎn 坦 frank tǎn chéng 坦誠 frank and sincere

⑬ duì huà 對話 dialogue ⑭ gǎn chù 感觸 thoughts and feelings

⑮ zǐ nǚ 子女 children ⑯ zūn zhòng 尊重 respect

⑰ dài 待 treat duì dài 對待 treat ⑱ zé 則 indicating a contrast

⑲ kàn zhòng 看重 hold in great account

⑳ bèi fen 輩分 (order of) seniority (in family descent)

㉑ wù 悟 come to realize gǎn wù 感悟 come to realize

㉒ chéng rén 成人 adult ㉓ miàn qián 面前 in front of ㉔ zǒng 總 after all

㉕ guī 歸 put together zǒng guī 總歸 after all

㉖ xíng wéi 行為 behavior; conduct

㉗ fú 符 accord with fú hé 符合 accord with

㉘ zhí 執（执）carry out zhí xíng 執行 carry out

㉙ fèn 份 part ㉚ chéng 承 hold chéng shòu 承受 bear

㉛ jù dà 巨大 enormous ㉜ jué 絕（绝）extremely

㉝ tán lùn 談論 discuss ㉞ wú xíng 無形 invisible

㉟ lǐng 領（领）會 understand ㊱ bào 報 repay huí bào 回報 repay

㊲ shū xìn 書信 letter ㊳ wǎng lái 往來 come and go

㊴ líng 靈 spirit xīn líng 心靈 soul

㊵ jiàn jiàn 漸漸（渐）gradually ㊶ tǔ 吐 speak out

㊷ xīn shēng 心聲 spoken from the heart ㊸ sī xiǎng 思想 thought

㊹ chōng 衝（冲）clash ㊺ tū 突 clash chōng tū 衝突 conflict

㊻ bǐ 彼 the other side bǐ cǐ 彼此 each other

㊼ pèng zhuàng 碰撞 collide ㊽ jià zhí guān 價值觀 values

㊾ zhēng lùn 爭論 argue; dispute ㊿ zhēn qíng 真情 true feelings

�51 yóu 猶（犹）just as; like ㊼52 rú 如 like yóu rú 猶如 just as; like

㊼53 miàn 面 a measure word (used for flat objects)

㊼54 jìng zi 鏡子 mirror ㊼55 zhào 照 refer to duì zhào 對照 compare

㊼56 xǐng 省 examine oneself critically fǎn xǐng 反省 self-examination

㊼57 bù shí 不時 from time to time ㊼58 tíng 停 stop

㊼59 sī kǎo 思考 think deeply

㊼60 sì 似 as; like lèi sì 類似 similar

㊼61 qí 歧 varied; different fēn qí 分歧 difference

㊼62 fěi 匪 no; not shòu yì fěi qiǎn 受益匪淺 benefit a great deal

㊼63 tuī 推 recommend

㊼64 jiàn 薦（荐）recommend tuī jiàn 推薦 recommend

1 完成句子

1) 西方人給予孩子平等的對待。

_____ 給予 _____ 。

2) 西方人比較尊重孩子的感受和看法，中國人則更看重輩分。

_____ ，_____ 則 _____ 。

3) 孩子可以從長輩的經驗和感悟中學到很多東西。

_____ 從 _____ 中學到 _____ 。

4) 在西方，孩子不只是讀書，還有很多機會去體驗生活。

_____ 不只 _____ ，還 _____ 。

5) 這本書猶如一面鏡子，讓我對照、反省自己與父母的關係。

_____ 猶如 _____ 。

6) 這本書真的讓我受益匪淺。

_____ 讓我受益匪淺。

2 聽課文錄音，做練習

A 選擇（答案不止一個）

1)《親愛的安德烈》一書中 _____ 。

   a) 全部是跟兒子的通信

   b) 也有一些龍應台跟讀者坦誠的對話

   c) 有一些讀者的來信

   d) 主要是龍應台跟兒子的信

2)《親愛的安德烈》中涉及了 _____ 。

   a) 不同文化背景的人對事物的看法

   b) 中西方文化的結合

   c) 對人生、社會的探討

   d) 不同年齡的人對事情的看法

3) 中國人認為 _____ 。

   a) 孩子在成人面前總歸是孩子

   b) 長輩能從孩子身上學到重要的東西

   c) 父母跟子女不能做朋友

   d) 孩子能從長輩的經驗中學到東西

4) 在中國，中學生 _____ 。

   a) 有很多體驗生活的機會

   b) 大部分時間都在學習

   c) 得到父母平等的對待

   d) 學習壓力很大

B 回答問題

1) 在西方，中學生的生活什麼樣？

2) 在中國，家長們在一起時常談些什麼？

3) 通過書信往來，龍應台跟兒子的關係發生了哪些變化？

4) 為什麼作者認為《親愛的安德烈》像一面鏡子？

讀《親愛的安德烈》有感

最近我讀了台灣女作家龍應台寫的《親愛的安德烈》一書。與其他的書有所不同，這本書是作者與在德國讀大學的兒子在三年中的通信集，中間還夾雜了一些讀者的信。這些信很特殊，涉及了中西方兩種不同文化背景的兩代人對事物的看法，對人生、社會的探討。書中母子間坦誠的對話讓我很有感觸。

首先，這本書讓我認識到中西方父母與子女關係的不同。西方人比較尊重孩子的感受和看法，給予孩子平等的對待。中國人則更看重輩分。一方面，長輩的建議更受重視，孩子可以從長輩的經驗和感悟中學到很多東西；另一方面，孩子在成人面

前總歸是孩子，孩子的行為要符合成人的要求，重要的事情要由成人做決定，孩子只有執行的份兒。

另外，我認識到中西方孩子在中學階段的生活差別挺大的。在西方，孩子不只是讀書，還有很多機會去體驗生活。在學習成績方面，孩子也沒有太大的壓

力。在中國，中學生承受着巨大的學習壓力，他們的絕大部分時間都用來讀書學習。家長們在一起時，喜歡談論孩子的學習情況，比較孩子的成績。這無形中又給孩子增加了很大的壓力。

我還從書中領會到父母對子女的愛是無條件、不求回報的。通過書信往來，作者慢慢走進了兒子的生活和心靈，兒子也漸漸瞭解了母親。母子互吐心聲，減少了思想上的衝突，增加了對彼此的瞭解，最終成為了朋友。這個過程令我感動，讓我羨慕。

這本書中有中西方文化的碰撞，有價值觀不同的兩代人的交流和爭論，有母子間真情的表達……這本書猶如一面鏡子，讓我對照、反省自己與父母的關係。看書時，我會不時停下來思考：如果我與父母遇到類似的問題，應該怎麼溝通交流、解決分歧？這本書真的讓我受益匪淺。我推薦大家也讀一讀這本書。

3 根據實際情況回答問題

1) 你與不同文化背景的人交流時遇到過問題、分歧嗎？你們是怎麼解決問題、分歧的？請講一講你的經歷。

2) 有些家長給孩子很多自由，上哪所學校、學什麼專業、參加哪些活動等都讓孩子自己決定。你的父母是這樣嗎？你怎麼看這種教育方式？為什麼？

3) 你聽說過"虎媽式教育"嗎？你身邊有"虎媽"嗎？你贊同這種教育方式嗎？

4) 中國人很重視輩分。中國人對輩分的重視表現在哪些方面？你們國家的文化重視輩分嗎？重視輩分有什麼好處？可能帶來什麼問題？

5) 尊老愛幼、尊敬師長是中華民族的傳統美德。你認同這種價值觀嗎？在生活中你是怎麼做的？

6) 中國的家長很看重孩子的學習成績。父母在學習方面對你有什麼要求？他們看重你的考試成績嗎？你的學習壓力大不大？請舉例說明。

7) 父母會拿你跟其他孩子比較嗎？你喜歡他們這樣做嗎？為什麼？你和他們談過你的感受嗎？你們是怎麼溝通的？

8) 父母尊重你的想法嗎？如果父母不贊成你的選擇，你會怎樣處理？請舉例說明。

9) 人在歡樂時需要有人分享，在低落時需要有人陪伴。父母是你的朋友嗎？你會跟父母分享你的喜悅或悲傷嗎？

10) 你父母贊成中學生談戀愛嗎？你認為中學生應該談戀愛嗎？為什麼？

11) 你跟父母的關係怎麼樣？你們最近有衝突嗎？是什麼引起的？是怎麼解決的？

12) 你跟父母有代溝嗎？主要是在哪些方面有代溝？互相理解、互相包容才能有美滿、幸福的家庭。在這方面，你們家做得怎麼樣？請舉例說明。

4 成語諺語

A 解釋成語並造句

1) 才貌雙全　2) 博覽群書　3) 博學多才

4) 半途而廢　5) 不學無術　6) 出口成章

7) 對牛彈琴　8) 對答如流　9) 大有作為

10) 瞭如指掌　11) 苦口婆心　12) 數一數二

B 解釋諺語並造句

1) 各人自掃門前雪。

2) 打開天窗說亮話。

3) 牛頭不對馬嘴。

4) 一方水土養一方人。

家長訪談錄

陳老師：下個月孩子們將進行模擬考試。我希望各位家長能羣策羣力，提出一些幫助孩子"備戰"的看法或建議。

家長1：我認為家長的積極引導、時間和精力上的付出是對孩子學習最大的幫助。學習好似一場馬拉松，我們家長身兼雙職，有時是"拉拉隊"，給孩子鼓勵，有時是"教練團"，給孩子指導。

陳老師：非常同意您的看法。孩子的成績和戰勝困難的勇氣同樣重要。

家長2：那也要分數好才行。我的孩子學習很努力，但是成績平平。她的表兄在另一個班，學習沒有她勤奮，但是成績總是名列前茅。我女兒說，好幾門課她都聽不懂老師在講什麼。我們向學校反映了這個情況，但是石沉大海，沒有回覆。我已經給她請了五個家教了。

陳老師：關於您女兒的問題，我們會後討論，好嗎？我完全理解您的心情，但我們不提倡簡單地"攀比"成績。孩子不可能一口氣吃成一個胖子，家長的期望最好不要超出孩子的能力。大家應該懷着一天一小步的心態，耐心地陪伴他們成長。

家長3：我兒子也抱怨過有一個老師講的課他聽不太懂。我要求他在這門課上多花時間，多預習、多複習，課上沒聽懂就課後去問老師。我覺得這樣可以鍛煉孩子的自學能力。

陳老師：您說得有道理。課前預習、思考，課上認真聽講，課後消化、鞏固，這些都是好的學習習慣，也有利於提高孩子獨立學習的能力。孩子畢竟是孩子，有困難的時候家長要及時給出建議，引導他們慢慢地朝着自己獨立的人生邁進。

家長4：我也是老師。根據我的經驗，要想取得優異的成績，除了天分以外，自控力、專注度、求知欲、抗挫力等非智力因素也至關重要，是孩子將來能否取得成功的決定性因素。

家長5：陳老師，我建議建立一個班級微信羣，孩子一有問題就及時跟您聯繫、溝通。您說好嗎？

陳老師：這個……我們會後再商量吧。今天的會很有成效，謝謝大家的積極參與！

A 寫出字／詞的確切意思

在文本中……	這個字／詞……	文中的意思是……
1) "提出一些幫助孩子'備戰'的看法或建議"	"備戰"	
2) "我們家長身兼雙職,有時是'拉拉隊'"	"拉拉隊"	
3) "我的孩子學習很努力,但是成績平平"	"成績平平"	
4) "我們向學校反映了這個情況,但是石沉大海"	"石沉大海"	
5) "孩子不可能一口氣吃成一個胖子"	"一口氣吃成一個胖子"	

B 填表

1) 哪位家長會花時間陪伴孩子,給予孩子必要的引導?	
2) 哪位家長認為注意力、自我控制力及戰勝困難的能力會決定孩子的成敗?	
3) 哪位家長希望隨時用微信跟老師聯絡,配合老師的工作?	
4) 哪位家長認為老師應該為孩子的成績不理想負主要責任?	
5) 哪位家長很重視培養孩子的自學能力?	

C 回答問題

1) 陳老師召集家長來開會的目的是什麼?

2) 家長1認為家長身兼雙職,"雙職"指什麼?

3) 陳老師說的"一天一小步"是什麼意思?

4) 家長3怎麼解決孩子上課聽不太懂的問題?

5) 陳老師認為怎樣可以提高孩子的自學能力?

6) 陳老師對建立班級微信羣持什麼態度?

D 學習反思

1) 大考來臨前,你是怎樣"備戰"的?

2) 你準備考試時,父母給了你哪些幫助?

3) 你有"課前預習、思考,課上認真聽講,課後消化、鞏固"的學習習慣嗎?你還有什麼好的學習習慣?

E 學習要求

1) 掌握8個短語。

2) 學會表達一種觀點。

3) 用100個字縮寫文章。

《在南下的火車上》讀後感

最近，我讀了席慕蓉的散文《在南下的火車上》。文章講述了作者坐在一列南下的火車上，車窗外一幕幕的景色讓她聯想到自己生活中一件件零碎的事和物，令她領悟到人的一生只有一次。雖然作者在文章中主要抒發的是對錯過的愛情的惋惜，以及“在一切的痛苦與歡樂之下，生命仍然要靜靜地流逝，永不再重回”的感歎，但卻引起了我對親情的思考。我深深地感到自己應該珍惜現在擁有的一切，珍視今世與父母的緣分。

近半年，隨着高考的臨近，在專業選擇上我跟父母矛盾不斷升級，冷戰時有發生。我從小就對藝術有強烈的興趣，願意將一輩子的時間和精力投入到國畫藝術中去，實現自己的人生追求。然而，父母覺得藝術這條路很難走，希望我在大學主修經濟，繼承父親做實業的衣缽。

由於父親整天忙碌，工作壓力很大，我的生活和學習主要由母親負責。進入高中後，我的學習成績一直不夠理想。父親對我的學習感到不滿。母親很想幫我，但卻無法給我實質上的幫助，只能乾着急。再加上我不打算按父母設想的未來“路徑”走，也讓他們十分頭疼。新疾加舊患，讓性格本來就急躁的父母一開口就像機關槍一樣，哪怕一件雞毛蒜皮的小事，也可能讓我們槓上幾句。

我害怕去跟父母溝通，害怕家裏的火藥味兒越來越濃；可又希望能跟父母溝通，希望讓他們明白，作為一個獨立的人，我渴望有自己的空間和選擇未來的權利。文章中那句“一切來的，都會過去，一切過去的，將永不會再回來”就像一場及時雨澆醒了我，讓我清晰地認識到是緣分讓我們成為一家人，我應該珍惜和父母在一起的時光。

一直以來父母為我遮風擋雨，是我溫暖的避風港。我堅信父母是愛我的，是通情達理的。在這場“家庭風暴”中，我必須先做出改變。我要擺正姿態，不再逃避，拿出直面矛盾的勇氣，敞開心扉向父母解釋，徵得他們的同意，爭取他們的支持。

相信我們一家肯定能走出現在的困境。

A 寫出字/詞的確切意思

在文本中……	這個字/詞……	文中的意思是……
1) "父母覺得藝術這條路很難走"	"難走"	
2) "繼承父親做實業的衣缽"	"衣缽"	
3) "無法給我實質上的幫助，只能乾着急"	"乾着急"	
4) "我不打算按父母設想的未來'路徑'走"	"路徑"	
5) "讓性格本來就急躁的父母一開口就像機關槍一樣"	"一開口就像機關槍一樣"	
6) "哪怕一件雞毛蒜皮的小事"	"雞毛蒜皮"	

B 選擇

1) "升級"指 ＿＿＿＿ 。

     a) 緩和   b) 出現   c) 激化   d) 消除

2) "冷戰"指 ＿＿＿＿ 。

     a) 吵架   b) 大吵大鬧

     c) 發火   d) 互不理睬

3) "槓上幾句"指 ＿＿＿＿ 。

     a) 拌嘴   b) 傷心難過

     c) 辯論   d) 大吵一架

C 回答問題

1) 上高中後作者跟父母有什麼矛盾？

2) 最近作者跟父母有什麼矛盾？

3) 看了《在南下的火車上》後，作者對親情有什麼新的認識？

4) 作者認為之後應該怎樣與父母溝通？

D 判斷正誤

☐ 1) 作者看了席慕蓉的散文《在南下的火車上》很有感觸。

☐ 2)《在南下的火車上》表達了席慕蓉對親情的思考。

☐ 3) 父母希望作者大學學經濟專業。

☐ 4) 作者希望將來搞藝術。

☐ 5) 父母對作者傲慢的態度很不滿。

☐ 6) 作者堅信通過溝通她和父母之間的心結一定會解開。

E 學習反思

"在一切的痛苦與歡樂之下，生命仍然要靜靜地流逝，永不再重回"，請談一談你對這句話的看法。

F 學習要求

1) 掌握 8 個短語。

2) 學會表達一種觀點。

3) 用 100 個字縮寫文章。

情景　你跟父母在很多方面都有代溝。你們三個人決定坐下來敞開心扉好好談一談，希望通過溝通達到互相理解、促進家庭和諧的目的。

談論內容包括：

• 生活習慣

• 學習習慣

• 待人處事

例子：

父親：最近，我發現在很多方面你看不慣我們，我們也讀不懂你。今天我們三個人坐下來，坦誠地聊一聊，說一說心裏的想法，好嗎？

母親：在日常生活方面，我對你不太滿意。你衣來伸手、飯來張口，什麼家務都不做。我跟你爸爸每天工作都忙得很，你也應該體諒一下我們，幫我們做一點兒力所能及的事情。

你：　我學習也很忙。如果你們沒有時間做飯，可以叫外賣。我喜歡吃快餐，麥當勞、比薩餅都不錯。

父親：叫外賣？你說得輕鬆，外賣好像不要錢似的。再說經常吃快餐不利於健康。怎麼能不燒飯，天天靠叫外賣過日子呢？

母親：你真是體會不到賺錢的辛苦！

你：　我沒有說要天天叫外賣。我只是說如果你們都沒有時間，我們可以叫外賣。

父親：我們覺得你對長輩不夠尊重。我們說你幾句，你不是頂嘴，就是不理不睬。這種態度非常不好。

……

你 可以用

a) 你們總是嘮叨個沒完。我晚上睡得晚、早上起得晚、沒有整理房間、沒有吃早飯……無論大事還是小事你們都要批評我。我買點兒自己喜歡的東西，你們也要管着我。

b) 中學生談戀愛在我們學校很普遍。我覺得談朋友可以互相學習、互相鼓勵、共同進步。心情不佳時還有人安慰、開導。

c) 中學階段，我們不贊成你談戀愛。你的心智還不成熟，不能把握自己的情感，不能理解愛情是怎麼回事，也沒有能力處理好愛情帶來的問題。再說，你的將來很不確定，畢業後你們都會去不同的地方上大學。

d) 你沉迷於玩兒手遊。全家人一起吃飯，你不是低頭玩兒手機，就是說話心不在焉，要麼就是隨便扒幾口飯就離桌了。

e) 中國有尊敬長輩的傳統美德，你做到了嗎？上個月奶奶來我們家住，你也不跟她聊聊天兒、說說話。她問你的學習情況，你卻愛搭不理的。

f) 我們知道你學習忙、壓力大，但是你有沒有想過，如果你更好地、更有效地利用時間，學習成績還可以提高。

8 寫作

題目1 請讀一讀席慕容的散文《在南下的火車上》，反思你跟家庭成員之間的關係，想想如何處理好和父母、兄弟姐妹之間的關係，珍惜這段緣分。請寫一篇讀後感。

你可以寫：

- 尊敬長輩、孝順父母
- 培養好的品德、習慣
- 刻苦努力、好好學習
- 消除父母的擔憂

題目2 俗話說："各人自掃門前雪。"請談談你對這個觀點的看法。

以下是一些人的觀點：

- 在社會上，有些人奉行"各人自掃門前雪""事不關己高高掛起"的做人準則。

- 在社會上個人的力量是渺小的，遇到事情要靠集體的力量來克服困難、解決問題。大家只有互相關心、互相幫助，才能共度難關。

- 俗話說得好"一箭易折，十箭難斷"。團結就是力量。

- 別人的事真不好管。每個人都把自己的事情做好，就是對社會最大的貢獻。

你 可以用

a) 我很少坐下來跟父母聊天兒、談心。我好像每天都"太忙了，沒時間"。父母給予我們生命，養育我們長大。作為兒女，感激父母養育之恩最好的辦法就是多花時間陪伴他們、關心他們。

b) 我一碰到問題就容易着急，一着急就更想不出解決辦法，脾氣變得更暴躁，不是跟自己生氣就是向家人發火。家人總是遷就我，成了我的"出氣筒"。我一定要學會遇事時控制好自己的情緒，讓自己靜下心來去想辦法解決問題。

c) 世界上任何人都不會是一帆風順的，經受不住困難考驗的人將來很難成大器。人們常說吃苦耐勞是成功的祕訣。我要在生活中不斷磨煉自己，體味人生的酸甜苦辣，從而具備吃苦耐勞的品質。

d) 我應該努力學習、積極上進，少讓父母為我擔心。我首先要給自己定一個學習目標，然後再想具體的計劃。如果我的學習成績優秀，讓父母感到自豪，就是對父母最好的回報。

e) 一家人在一起需要經常溝通、互相關心、互相理解、互相幫助。生活中難免有風雨，只要大家互相支持，定能戰勝困難。

剝豆　　畢淑敏

一天，我和兒子面對面坐着剝豆。當翠綠（cuì lù）的豆快將白瓷盆（bái cí pén）的底鋪（pū）滿時，兒子忽然站起身，新拿一個瓷碗放在自己面前，將瓷盆朝我面前推了推。

我問："想比賽？"

"對。"兒子眼動手剝，利索（lì suo）地回答。

"這不公平。我的盆裏已有不少了，可你只有幾粒（lì）。"我說着，順手抓一把豆想放到他碗裏。

"不，"他按住我的手，"就這樣，才能試出我的速度。"

一絲喜悅悄悄（qiāo qiāo）湧（yǒng）上心頭，我欣賞兒子這種自信和大氣。

一時，原本很隨意的家務勞動有了節奏，只見手起豆落，母子都斂聲息語（liǎn shēngxī yǔ）。

"讓兒子贏吧，以後他會對自己多一些自信。"這樣想着，我的手不知不覺地慢了下來。

"在外面競爭靠的是實力，誰會讓你？要讓他知道，失敗、成功皆是常事。"剝豆的速度又快了起來。

兒子手不停歇（tíng xiē），目光卻時不時地落在兩個容器裏。見他如此投入，我心生憐愛（xīn shēng lián ài），剝豆的動作不覺又緩（huǎn）了下來。

"不要給孩子虛假的勝利。"想到這些，我的節奏又緊了許多。

一大袋豌豆很快剝完了，一盆一碗，一大一小，不同的容器難以比較，但憑常識，我知道兒子輸定了。我正想淡化結果，他卻極認真地拿來一個碗，先將他的豆倒進去，正好一碗，然後又用同樣的碗來量我的豆，也是一碗，只是凸（tū）起來了，像一個隆（lóng）起的土丘（tǔ qiū）。

"你贏了。"他朝我笑笑，很輕鬆，全然沒有剝豆時的認真和執著。

"是平局，我本來有底子。"我糾正他。

"我少，是我輸了。"沒有賭氣，沒有沮喪（jǔ sàng），兒子的臉上仍是那如山泉（shānquán）般的清澈（qīng chè）笑容。

想到自己的<ruby>瞻<rt>zhān</rt></ruby><ruby>前<rt>qián</rt></ruby><ruby>顧<rt>gù</rt></ruby><ruby>後<rt>hòu</rt></ruby>，<ruby>小<rt>xiǎo</rt></ruby><ruby>心<rt>xīn</rt></ruby><ruby>翼<rt>yì</rt></ruby><ruby>翼<rt>yì</rt></ruby>，實在是大可不必。對孩子來説，該承受的，該經歷的，都應該讓他體驗。失望、失誤、失敗，傷痛、傷感、傷<ruby>痕<rt>hén</rt></ruby>，自有它的價值。生活是實在的，真實的生活有快樂，也一定有磨難。

（選自義務教育課程標準實驗教科書《語文》五年級上冊，
人民教育出版社，2009 年）

作者介紹 畢淑敏（1952- ），作家、軍人、醫生、心理諮詢師。畢淑敏的代表作有《鮮花手術》《柔和的力量》等。

A 配對

□ 1) 斂聲息語 　　a) 不再説話
□ 2) 投入 　　b) 失望
□ 3) 執著 　　c) 顧慮很多
□ 4) 沮喪 　　d) 仔細
□ 5) 瞻前顧後 　　e) 全力以赴
　　f) 堅持
　　g) 着急

B 選擇（答案不止一個）

1) 由於 ＿＿＿，所以作者想讓兒子贏。
　a) 要鼓勵兒子多做家務
　b) 想要增加兒子的自信心
　c) 十分憐愛兒子
　d) 兒子會賭氣不高興

2) 因為 ＿＿＿，所以作者不想故意輸給兒子。
　a) 在外面競爭要靠自己的真實能力
　b) 不該讓孩子有虛假的勝利
　c) 想讓孩子以後更加努力
　d) 希望孩子認識到“勝敗乃兵家常事”

C 回答問題

1) 文中提到“一絲喜悦悄悄湧上心頭”，作者為什麼感到喜悦？

2) 文章哪些方面體現了作者對兒子濃濃的母愛？

3) 文章體現了兒子的哪些性格特點？

4) 請舉例説一説在日常生活中你父母是怎樣表達父愛、母愛的。

5) “失望、失誤、失敗，傷痛、傷感、傷痕，自有它的價值。”請談一談你對這句話的看法，並舉例説一説你是怎樣面對挫折和失敗的。

堯‧舜‧禹

黃帝之後，黃河流域又先後出現了三位德才兼備的部落聯盟首領：堯、舜、禹。

堯在部落裏聲望很高。他嚴於律己，待人寬厚，得到了族人的愛戴。堯在位七十年，社會一派安寧、平和，人民生活安康、和諧。當堯年老時，因為自己的兒子不成器，所以決定選用其他賢良的人來接班。

很多人推薦舜作堯的接班人。為了更加瞭解舜，堯把兩個女兒嫁給了舜，讓她們觀察舜的品德。堯還安排了九個男子在舜周圍，讓他們觀察舜的行為。經過考察，舜確實是個品德高尚、聰明能幹、有責任感的人。於是，堯決定把首領的位子讓給舜。這在中國歷史上稱作"禪讓"。

那時黃河流域經常發生水災，很多良田被淹，人畜傷亡慘重。堯請鯀去治理洪水。鯀只知道修築堤壩來擋住洪水，但是堤壩很容易被洪水沖垮，結果災情越來越嚴重。舜發現鯀工作失誤，就讓鯀的兒子禹去治理洪水。禹吸取父親的教訓，帶領族人疏通河道，開渠排水，讓洪水流到大海中去。禹治水十分辛苦，傳說他曾經三次路過自己的家都沒有回去看看。經過十幾年的努力，禹最終治理了洪水。這就是歷史上的"大禹治水"。

禹治水有功，受封於夏地，他的部落稱為夏。禹以堯和舜為榜樣，有責任心，關心百姓生活，還經常救濟沒衣穿、沒飯吃的百姓。舜年老時選用禹作自己的接班人。禹在位期間，河水再沒給百姓帶來災難，而是被用來灌溉農田，使農業得到發展，社會安定、繁榮。

禹建立了中國第一個王朝——夏朝。禹死後，他的兒子啟奪取了王位。此後，子繼父位的王位世襲制代替了禪讓制。

古為今用 （可以上網查資料）

1) 王位世襲制有什麼好處？有什麼局限？

2) 為什麼黃河被稱為"天河"？從古至今，人們是怎樣治理黃河的？請列出一兩種人們採用的方法。

3) "南水北調"是中國一項極為龐大的水利工程。為什麼要進行這麼大的水利工程？

黃河

11 地理知識

山 地

中國是個多山的國家。據統計（jù tǒng jì），山地面積約佔中國國土總面積的三分之一。中國的山地大部分在西部地區。向一定方向延伸的羣山叫作山脈（shān mài）。在中國眾多山脈中，最有名的是喜馬拉雅山脈。喜馬拉雅山脈是世界最高的山脈，主要部分位於中國與尼泊爾（ní bó ěr）交界的地方。喜馬拉雅山脈的主峯是珠穆朗瑪峯（zhū mù lǎng mǎ fēng），海拔（hǎi bá）約為 8844 米，是世界第一高峯。

喜馬拉雅山脈

第四版人民幣十元紙幣背面的圖案（tú àn）就是珠穆朗瑪峯。珠穆朗瑪峯是全世界登山愛好者挑戰自然、挑戰極限的聖地。1960 年 5 月 25 日，中國登山隊在王富洲的帶領下，首次從北坡的中國境內登上了珠穆朗瑪峯的峯頂。

造福後代 （可以上網查資料）

1) "喜馬拉雅"在藏語中是什麼意思？

2) 中國的哪條大江發源於喜馬拉雅山脈？

3) 第一位成功登上珠穆朗瑪峯峯頂的探險家是從相對平緩的南坡攀登的。這位探險家是誰？是哪個國家的？

4) "有山就有林"，有人認為應該大規模開山伐木來促進山區經濟發展。你同意這種看法嗎？為什麼？

生詞

kāi fàng
❶ 開放 open to the public

chuàng
❷ 創 （创） start

　　chuàng jiàn　　　　chuàng shè　　　　chuàng zào
　　創建 found　　創設 found　　創造 create

yú
❸ 於 in; at; on

chǔ
❹ 處 be situated in

wán shàn
❺ 完善 perfect

duō méi tǐ
❻ 多媒體 multi-media

kè shì
❼ 課室 classroom

jiāo
❽ 膠 （胶） rubber

sù jiāo
　塑膠 rubberized

pǎo dào
❾ 跑道 track

yǒng dào
❿ 泳道 lane (in a swimming pool)

pèi
⓫ 配 distribute according to plan

shēng jiàng
⓬ 升降 rise and fall

wǔ tái
⓭ 舞台 stage

jiào shī
⓮ 教師 teacher

nóng
⓯ 濃 （浓） 厚 (of atmosphere) strong
hòu

fēn wéi
⓰ 氛圍 atmosphere

fēng
⓱ 風 custom

xiào fēng
　校風 school spirit

xué fēng
　學風 academic atmosphere

chǎng suǒ
⓲ 場所 place (for an activity)

pìn
⓳ 聘 employ; hire

pìn qǐng
　聘請 employ; hire

zī
⓴ 資 qualifications

zī shēn
　資深 senior

jí
㉑ 籍 membership

wài jí
　外籍 foreign nationality

shuò
㉒ 碩 （硕） large

shuò shì
　碩士 Master (degree)

bó shì
㉓ 博士 Ph.D.

xué wèi
㉔ 學位 academic degree

yuān
㉕ 淵 （渊） deep

yuān bó
　淵博 (of knowledge) broad and profound

zhū sān jiǎo
㉖ 珠三角 Pearl River Delta (in Guangdong Province)

chéng
㉗ 成 one-tenth

kāi shè
㉘ 開設 offer (a course in college, etc.)

píng
㉙ 憑 （凭） evidence

wén píng
　文憑 diploma

yōu zhì
㉚ 優質 high quality

tuò
㉛ 拓 develop

kāi tuò
　開拓 open up

jìn rù
㉜ 進入 enter

tōng xíng
㉝ 通行 pass through

tōng xíng zhèng
　通行證 pass

yuán
㉞ 元 element

duō yuán
　多元 multi-element

lǎng
㉟ 朗 loud and clear

sòng
㊱ 誦 （诵） read aloud

lǎng sòng
　朗誦 read aloud

mó
㊲ 模 imitate

nǐ
㊳ 擬 （拟） imitate

mó nǐ
　模擬 mock

lián hé guó
㊴ 聯合國 the United Nations

jiàn
㊵ 踐 （践） carry out

shí jiàn
　實踐 put into practice

jiàn wén
㊶ 見聞 things seen and heard

mó
㊷ 磨 grind; polish

mó liàn
　磨煉 temper oneself

yì zhì
㊸ 意志 will

zēng qiáng
㊹ 增強 strengthen

shí lì
㊺ 實力 strength

lái yuán
㊻ 來源 source

bàn xué
㊼ 辦學 run a school

lǐ niàn
㊽ 理念 principle; concept

jiān
㊾ 兼 simultaneously

jiān gù
　兼顧 give consideration to two or more things

xiàn
㊿ 限 limit

xiàn dù
　限度 limit

qián
51 潛 （潜） hidden; potential

qián néng
　潛能 potential

sù
52 素 native

sù zhì
　素質 quality

rén cái
53 人才 talented person

1 完成句子

1) 明思國際學校<u>創建於</u> 1965 年。

_____ 創建於 _____ 。

2) 學生<u>在</u>校<u>期間</u>還有機會學習漢語、日語、法語和西班牙語。

_____ 在 _____ 期間 _____ 。

3) <u>從</u>師生來源、開設課程<u>到</u>課外活動，<u>都</u>充分展現出明思國際學校的辦學理念。

從 _____ 到 _____ ，都 _____ 。

4) 學校<u>地處</u>廣州科學城。

_____ 地處 _____ 。

5) 在為學生提供高質量教育<u>的同時</u>，兼顧培養學生的各種能力。

在 _____ 的同時，_____ 。

6) <u>如</u>想瞭解開放日的具體安排，<u>可以</u>登錄學校網站。

如 _____ ，可以 _____ 。

2 聽課文錄音，做練習

A 選擇（答案不止一個）

1) 明思國際學校 _____ 。

a) 是一所公立學校

b) 地處廣州郊區，交通很不方便

c) 校內的環境優美

d) 是 1965 年創辦的

2) 明思國際學校設施完善，有 _____ 。

a) 現代化的圖書館

b) 配有升降舞台的戲劇廳

c) 多媒體課室

d) 科學實驗基地

3) 明思國際學校的老師 _____ 。

a) 都有博士學位

b) 多為外籍教師

c) 主要來自英國、美國等英語國家

d) 都不是中國人

4) 明思國際學校的教學理念是 _____ 。

a) 為學生提供高質量的教學

b) 培養學生的各種能力

c) 培養高素質、高能力的人才

d) 培養外交雙語人才

B 回答問題

1) 明思國際學校的學生主要來自哪裏？

2) 國際文憑課程有哪些優勢？

3) 學校會為學生組織哪些活動？

4) 可以怎樣瞭解開放日的具體安排？

明思國際學校開放日

明思國際學校創建於 1965 年，是一所私立國際學校。學校地處廣州科學城，交通便利。校內環境優美，設施完善，有現代化的多媒體課室、實驗室、圖書館以及其他多種設施，如 400 米的塑膠跑道、25 米六泳道的游泳館、配有升降舞台的戲劇廳等。

明思國際學校設有初中部和高中部，現有學生約 1500 人，教師約 150 人。學校有著濃厚的學習氛圍、優良的校風和良好的學風，是理想的學習場所。學校教師以從英國、美國等英語國家聘請的資深外籍教師為主。大部分教師都擁有碩士或博士學位，知識淵博，教學經驗豐富。學校學生主要來自珠三角地區，其中六成是中國學生，四成是外籍學生。

明思國際學校開設國際文憑課程，為學生提供優質的教育。國際文憑課程不僅可以令學生全面發展，幫學生開拓國際視野，而且是學生進入世界名校的通行證。學校重視創設多元文化環境。英語是學校的教學語言，學生在校期間還有機會學習漢語、日語、法語和西班牙語。

除了課程學習以外，學校還會為學生組織豐富多彩的活動：校運會、文化節、中國日、朗誦比賽、模擬聯合國、社會實踐週等。這些活動給學生創造大量的機會去開闊眼界、增長見聞、展現自己、磨煉意志、增強軟實力。

從師生來源、開設課程到課外活動，都充分展現出明思國際學校的辦學理念：在為學生提供高質量教育的同時，兼顧培養學生的各種能力，最大限度地發揮學生的潛能，使學生成為高素質、高能力的國際化人才，適應現代社會的需要。

10 月 15 日（星期日）是明思國際學校的開放日，歡迎各位家長、學生來學校參觀。如想瞭解開放日的具體安排，可以登錄學校網站 www.mingsischool.cn。

明思國際學校校務組

9 月 18 日

3 根據實際情況回答問題

1) 你們學校是私立學校還是公立學校？你們學校是什麼時候建立的？規模大嗎？在市區還是在郊區？周圍的環境怎麼樣？交通方便嗎？

2) 你們學校是寄宿學校還是走讀學校？讀寄宿學校與讀走讀學校各有什麼好處？有什麼壞處？

3) 你們學校的設施完善嗎？你認為學校在設施方面有哪些可以改進的地方？你希望學校增加什麼新設施？為什麼？

4) 你們學校的老師都來自哪裏？他們的教學經驗豐富嗎？教學水平高嗎？請舉例說明。

5) 你們學校開設國際文憑課程嗎？今年的中文課程你學得怎麼樣？遇到了什麼困難？你是怎麼克服的？

6) 你們學校的學風怎麼樣？學校的畢業生一般去哪裏讀大學？你想去哪裏讀大學？你最想進哪所大學？想學什麼專業？為什麼？

7) 你們學校用多媒體教學輔助軟件嗎？哪些科目常用多媒體教學輔助軟件？請舉例說明這對你的學習有哪些幫助。

8) 你們學校的學生使用平板電腦嗎？你認為哪個年級的同學更適合用平板電腦上課？

9) 你們學校的學生穿校服嗎？你覺得高中生應該穿校服嗎？穿校服有什麼好處？有什麼弊端？

10) 你們學校的校風怎麼樣？學生中有哪些不好的風氣？如果學生逃學、吸煙，學校有什麼處罰措施？

11) 你們學校有哪些大型活動，如校運會、文化節、活動週等？參加這些活動你有什麼收穫？除了已有的活動，你還希望學校組織什麼活動？為什麼？

12) 你們學校有開放日嗎？今年的開放日是哪天？

4 成語諺語

A 解釋成語並造句

1) 廢寢忘食	2) 發揚光大	3) 和藹可親
4) 流連忘返	5) 一心一意	6) 積少成多
7) 聚精會神	8) 堅持不懈	9) 教學相長
10) 開卷有益	11) 品學兼優	12) 取長補短

B 解釋諺語並造句

1) 十年樹木，百年樹人。

2) 嚴師出高徒。

3) 節約時間就是延長生命。

4) 一年之計在於春，一日之計在於晨。

中國文化週通知

各位同學：

為了讓大家領略中國文化的博大精深與非凡魅力，增強對中國文化的瞭解，提高學習漢語的興趣，學校將於 9 月 4 日至 8 日舉行為期一周的首屆中國文化週。

中國文化週的具體安排如下：

9 月 4 日（星期一）　早上八點，學校的操場會有熱鬧、喜慶的舞龍、舞獅表演，為文化週拉開序幕。午飯時間，學校餐廳將進行初中組中餐烹飪比賽初賽。同時，籃球場上會有中國民族樂器演奏和中國民歌演唱活動。放學以後，禮堂將放映電影《臥虎藏龍：青冥寶劍》。

9 月 5 日（星期二）　午飯時間，學校餐廳將進行高中組中餐烹飪比賽初賽。操場上將有中國民族歌舞和中國功夫表演。美術室將舉行中國名勝圖片展及猜燈謎比賽。

9 月 6 日（星期三）　午飯時間，烹飪教室將進行初中組中餐烹飪比賽半決賽。除此之外，圖書館將有本地著名書畫家的書法演示、國畫仿作、扇面設計等活動。放學以後，禮堂將會放映 3D 電影《西遊記之孫悟空三打白骨精》。

9 月 7 日（星期四）　午飯時間，高中組中餐烹飪比賽半決賽將在烹飪教室舉行。與此同時，五位家長將在圖書館演示剪紙、編中國結、做風箏和紮紙燈籠的傳統技藝。放學以後，禮堂將放映電影《葉問 3》。

9 月 8 日（星期五）　午飯時間，初、高中組中餐烹飪比賽決賽將在學校禮堂舉行。校長將親臨現場為勝出者頒獎。同一時間，學校的中國民樂老師會在音樂教室示範演奏笛子、古箏和二胡。對中國民族樂器有興趣的同學還可以和這些樂器進行零距離接觸。放學以後，足球場西側跑道上將有多個中國傳統遊戲攤位。遊戲獲勝者可以得到一份小禮物。足球場北側跑道上將有中國傳統美食攤位，十塊錢一份小吃。請大家自備零錢。

中國文化週有豐富的文藝演出和精彩的文化活動，希望同學們踴躍參加，享受活動所帶來的快樂。

特此通知。

中國文化週負責人：劉老師

2017 年 8 月 21 日

A 選出四個正確的句子

中國文化週 _____ 。

a) 的通知提前一週就發出去了

b) 期間，從週一到週五都有跟中國文化有關的活動

c) 每天中午都有中餐烹飪比賽

d) 第三天有國畫珍品展覽

e) 第四天，同學們可以親手紮中國燈籠

f) 最後一天有初、高中組的中餐烹飪決賽及頒獎儀式

g) 最後一天可以免費品嘗中國傳統美食

h) 期間，體驗中國傳統遊戲的同學有機會獲得小禮物

B 選擇

1)"領略"的意思是 _____ 。

a) 學習　　b) 感動

c) 瞭解　　d) 激動

2)"拉開序幕"的意思是 _____ 。

a) 正式開始　　b) 打開大門

c) 正式放映　　d) 緊鑼密鼓

3)"零距離接觸"的意思是 _____ 。

a) 隔着屏障　　b) 背靠着背

c) 間接交流　　d) 直接接觸

C 填動詞

1) _____ 自信心	2) _____ 寫作水平	3) _____ 演講比賽
4) _____ 慈善活動	5) _____ 多元文化	6) _____ 美好生活

D 填表

活動	日期	具體時間	地點
1) 看舞龍、舞獅表演			
2) 聽中國民族樂器演奏			
3) 看中國電影			
4) 看中華武術表演			
5) 猜燈謎			

E 回答問題

1) 舉辦中國文化週的目的是什麼？

2) 文化週期間，哪天放學以後沒有活動？

3) 文化週期間，家長會演示哪些中國傳統技藝？

4) 負責人出這張通知的目的是什麼？

F 學習反思

你們學校舉辦中國文化週嗎？有哪些有趣的活動？

G 學習要求

1) 掌握 8 個短語。

2) 學會表達一種觀點。

3) 用 100 個字縮寫文章。

網絡 ＋ 教育 ≠ 1＋1　（2017-9-3 17:45）

當今社會，網絡已經顛覆了各行各業的傳統運作模式。上知天文、下知地理，百問百答的網絡對教育也產生了不小的影響。

第一，網絡改變了"老師台上講，學生台下聽"的傳統教育模式。在整個學習過程中，學生不再是被動的接受者，而成了主動的探究者。第二，網絡擺脫了時間的限制。學生可以隨時走進二十四小時"營業"的網上自助課堂，利用零碎時間來學習。第三，網絡打破了空間的束縛。那些邊遠地區教育條件差的學生可以通過網絡接受良好的教育。第四，網絡實現了學生羣體的多元化。不同背景、不同經歷的學生借助網絡平台匯聚到一起，表達各自的感受、交流不同的見解、增進相互的瞭解。

基於以上優勢，網絡受到了各地教育界的歡迎和追捧。我在教育領域工作了二十幾年，親身經歷了網絡在教育界的推廣與普及。在這個過程中，我十分享受網絡帶來的便利，也逐漸認識到它的另一面。

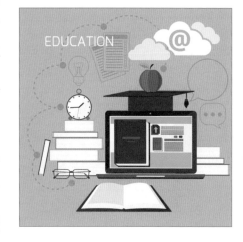

首先，網絡讓學習內容變得複雜而不可控。網絡資源參差不齊，有很多歪曲事實的信息。缺乏辨別能力的青少年很輕易受到虛假信息的誤導。其次，網絡讓學習過程變得"碎片化"。知識具有很強的系統性。儘管學生能輕而易舉地在網上查到各種信息，但這些信息互相沒有關聯，無法構成完整的知識體系。因此，在遇到問題時，光去諮詢網絡這位"萬金油"老師，是不能真正掌握知識的。最後，網絡讓學習時間變得冗長。網絡信息好像無邊的大海一樣。只有具備超強甄別能力和自制能力的學生才能在短時間內篩選出可靠的、真正有用的信息，而這樣的學生鳳毛麟角。上網查找資料對於大部分學生來說好似大海撈針，事倍功半。

我認為網絡和教育相結合絕對不是簡單的 1+1=2 的算術題。大家怎麼看待網絡對教育的影響呢？關注我博客的朋友們，希望能聽到你們的聲音。

A 選擇

1) "上知天文、下知地理"指 _____ 。

    a) 知識淵博   b) 熱愛自然

    c) 地理老師   d) 學校助教

2) "輕而易舉"的意思是 _____ 。

    a) 事情很難做   b) 事情容易做

    c) 事情很麻煩   d) 事情很繁瑣

3) "萬金油"指 _____ 。

    a) 油腔滑調   b) 什麼都會，什麼都不擅長

    c) 十分貴重   d) 知識豐富，無所不能

4) "鳳毛麟角"的意思是 _____ 。

    a) 很有能力   b) 非常聰明

    c) 少而珍貴   d) 自制力強

B 回答問題

1) 網絡打破了空間的束縛，帶來了什麼好處？

2) 為什麼上網查信息不能真正掌握知識？

3) 作者對網絡在教育界的推廣與普及持什麼態度？

C 配對

□ 1) 網絡改變了很多行業的運作模式，

□ 2) 傳統的教育模式中，

□ 3) 學生可以利用零碎的時間

□ 4) 不同背景的學生在網上交流

□ 5) 互聯網上的信息

a) 隨時上網學習。

b) 老師在網上搜尋資料往往事半功倍。

c) 學生是被動的學習者，而不是主動的探究者。

d) 不都是可以信任的，需要進行辨別。

e) 也受到了教育界的歡迎與追捧。

f) 有助於學生成為自覺的學習者。

g) 有利於增進對彼此的瞭解。

D 選詞填空

    參差不齊   大海撈針   事倍功半

1) 我們的漢語班有 25 個學生，大家的漢語水平 _____ 。

2) 由於方法不對，他的學習總是 _____ ，成績很不理想。

3) 這樣找資料好像 _____ ，浪費了很多時間。

E 學習反思

你對 "網絡 + 教育 ≠ 1+1" 有什麼看法？

F 學習要求

1) 掌握 8 個短語。

2) 學會表達一種觀點。

3) 用 100 個字縮寫文章。

情景 你和兩個同學都看不慣學校一些高中生不得體的穿着和出格的行為，決定給校長寫一封信。你們自己先討論一下。

討論內容包括：

• 擬定着裝規範

• 擬定行為準則

例子：

你： 我發現我們學校的某些學生在穿着方面太不像樣了，有的女生的衣服袒胸露背，有的男生穿着拖鞋就來上學了。我實在是看不下去了。

同學1： 我也注意到了。我們學校的小學生和初中生都穿校服，只有高中生不穿。而對於高中生該穿什麼衣服上學，學校從來都沒有要求和規定。這就是造成今天這種窘境的根源。

同學2： 我覺得這不僅僅是學校的問題。學校沒有要求和規定不等於學生可以亂來。在公眾場合該穿什麼衣服，這是常識問題。高中生早就應該具備相關的判斷能力了。

⋯⋯

你 可以用

a) 高中生可以自己設計校服，然後送到服裝廠去生產。這不但可以算作是商科的項目，還可以讓學生穿得既得體又時尚，一舉兩得！

b) 校服是學生的身份象徵，穿校服能使學生有一種歸屬感。穿校服對學生來說也是一種約束，學生會下意識地留意自己的言行舉止。

c) 學校的着裝規範包括：
① 衣服上不可有多處破洞；
② 短裙的下擺距離膝蓋不得超過10厘米；
③ 衣服上不能有涉及種族歧視、性別歧視、煙、酒、色情暗示的文字或圖片；
④ 不可穿拖鞋。

d) 有些學生的家庭條件比較好，喜歡穿名牌衣服。這給條件比較差的學生造成很大的壓力。穿校服可以防止學生互相攀比。

e) 高中生穿校服不利於展現個性、培養審美能力。選擇衣服也是培養品味的過程。

f) 有些小情侶在學校的走廊上、餐廳裏，甚至課室裏公開接吻，這也太放肆了！他們這種旁若無人的行為不僅令人尷尬，還大傷校風。

8 寫作

題目1 你剛轉到一所新學校，在學習、生活方面都很不習慣。請給以前的同學寫一封電郵

你可以寫：

• 新的同學

• 老師的教學方式

• 學習壓力

• 課外活動

題目2 俗話説："嚴師出高徒。"請談談你對這個觀點的看法。

以下是一些人的觀點：

• "嚴師"確實能出"高徒"。"嚴師"不只是一個"嚴"字，還要"嚴而有方"。

• "嚴"固然重要，"嚴"中還要帶"愛"。另一方面，徒弟也要勤學苦練，才能成為"高徒"。如果徒弟不努力，再有本事的"嚴師"也無濟於事。

• "嚴師"不一定出"高徒"。有的人是"扶不起的阿斗""爛泥扶不上牆""朽木不可雕"。遇到這樣的徒弟，再嚴厲的教師也沒有用。

a) 老師上課教得很少，基本上是小組討論，同學們互幫互學。老師說得好聽，要培養所謂的"自學能力"。如果我們中學生有這樣的能力，還到學校裏來幹什麼？很多同學都抱怨這樣的教學模式讓自己的學習成績越來越不理想。在中學階段，有許多基礎知識是需要老師講解的，只有把基礎打扎實，我們才有能力學得更深、更廣。

b) 網絡好似知識的海洋，人們隨時都可以在網上學習。但是，網上的信息不具有連貫性。我們很難找到重點，更無法把信息變成頭腦裏系統的知識，很難達到學習的目的。

c) 十天一小考，一月一大考，都快把我們考"焦"了。這樣輪番"轟炸"，我們早已被整得焦頭爛額了。

d) 學校規定每個學生都要參加至少三項課外活動，再加上各學科的課外學習任務，要花去很多時間，即使有三頭六臂也很難應付。我只能向睡覺"借時間"，每天最多只睡五六個小時。我真的是太疲憊了！

學習語文不能要求速成　　葉聖陶

我常常接到這樣的信，信上說，"我很想學語文，希望你來封信說說怎樣學。"意思是，去一封回信，他一看，就能學好語文了。又常常有這樣的請求，要我談談寫作的方法。我談了，談了三個鐘頭。有的人在散會的時候說："今天聽到的很解決問題。"解決問題哪有這麼容易？哪有這麼快？希望快，希望馬上學到手，這種心情可以理解；可是學習不可能速成，不可能畫一道符，吞下去就會了。學習是急不來的。為什麼？學習語文目的在運用，就要養成運用語文的好習慣。凡是習慣都不是幾天工夫能夠養成的。比方學游泳，先看看講游泳的書，什麼蛙式、自由式，都知道了。可是光看書不下水不行，得下水。初下水的時候很勉強，一次勉強，兩次勉強，勉強浮起來了，一個不當心又沉了下去。要到勉強階段過去了，不用再想手該怎麼樣，腳該怎麼樣，自然而然能浮在水面上了，能往前游了，這才叫養成了游泳的習慣。學語文也是這樣，也要養成習慣才行。習慣是從實踐裏養成的，知道一點做一點，知道幾點做幾點，積累起來，各方面都養成習慣，而且全是好習慣，就差不多了。寫完一句話要加個句號，誰都知道，一年級小學生也知道。但是偏偏有人就不這麼辦。知道是知道了，就是沒養成習慣。

一定要把知識跟實踐結合起來，實踐越多就知道得越真切，知道得越真切就越能起指導實踐的作用。不斷學，不斷練，才能養成好習慣，才能真正學到本領。

有人說，某人"一目十行"，眼睛一掃就是十行。有人說，某人"倚馬萬言"，靠在馬旁邊拿起筆來一下子就寫一萬個字。讀得快，寫得快，都了不起。一目十行是說讀書很熟練，不是說讀書馬馬虎虎；倚馬萬言是說寫得又快又好，不是說亂寫一氣，胡謅不通的文章。這兩種本領都是勤學苦練的結果。

要學好語文就得下功夫。開頭不免有點勉強，不斷練，練的功夫到家了，才能得心應手，心裏明白，手頭純熟。離開多練，想得到什麼祕訣，一下子把語文學好，是辦不到的。想靠看一封回信，聽一回演講，就解決問題，是辦不到的。

有好習慣，也有壞習慣。好習慣養成了，一輩子受用；壞習慣養成了，一輩子吃它的虧，想改也不容易。譬如現在學校裏不少學生寫錯別字，學校提出要糾正錯別字，要消滅錯別字。錯別字怎麼來的呢？不會寫正確的形體嗎？不見得。有的人寫錯別字成了習慣，別人告訴他寫錯了，他也知道錯，可是下次一提筆還是錯了。最好是開頭就不要錯，錯了經別人指出，就勉強一下自己，硬要注意改正。比方"自己"的"己"和"已經"的"已"搞不清楚，那就下點兒功夫記它一記，隨時警惕，直到不留心也不會錯才罷休。

（選自葉聖陶，〈認真學習語文〉，《怎樣學語文》，
人民文學出版社、天天出版社，2015 年）

作者介紹 葉聖陶（1894-1988），著名的作家、教育家、文學出版家、社會活動家。《葉聖陶童話選》是中國現代兒童文學經典中的珍品。

A 寫出字／詞的確切意思

在文本中……	這個字／詞……	文中的意思是……
1) "學習不可能速成，不可能畫一道符，吞下去就會了"	"畫一道符，吞下去就會了"	
2) "某人'一目十行'"	"一目十行"	
3) "某人'倚馬萬言'"	"倚馬萬言"	

B 選擇

1) 文章用 ＿＿＿ 的例子來說明習慣養成的過程。

    a) 讀文章

    b) 寫作文

    c) 改錯字

    d) 學游泳

2) 很多來請教的人都 ＿＿＿，所以作者有些不滿。

    a) 不想花錢

    b) 馬馬虎虎

    c) 覺得只要老師教得好，自己就能學好

    d) 急於成功，希望馬上學到手

C 回答問題

1) 為什麼學習是不能速成的？

2) 怎樣才能養成習慣？

3) 為什麼要把知識跟實踐結合起來？

4) 文章中哪些觀點給你留下了深刻的印象？請結合學漢語的經歷說一說你的看法。

夏朝・商朝・周朝

公元前 2070 年，禹建立了夏朝。之後在大約一百年間夏朝先後有五個王：夏啟、太康、仲康、相、少康。由於夏啟的兒子太康整天打獵（dǎ liè），不管政務，所以國家一直處於混亂狀態（hùn luàn zhuàng tài）。直到少康即位後，政權（zhèng quán）才慢慢穩固（wěn gù），國力才逐漸恢復（huī fù）。

鼎

夏朝的農業和手工業有較大發展。在軍事方面，夏朝經常受周圍夷族的騷擾（yí zú sāo rǎo）。夷族的人擅長射箭（shè jiàn）。後來少康的兒子帝杼（dì zhù）發明了避箭的護身服——甲（jiǎ）。有了甲，夏終於戰勝（zhàn shèng）了夷族。

夏朝的最後一個王是夏桀。夏桀只顧自己享樂，不管百姓生活。那時黃河中下游的商部落逐漸興旺。商部落的國君叫湯，他非常渴望得到賢能（xián néng）的人才。無意中，湯發現一個叫伊尹的奴隸（yī yǐn nú lì）是個了不起的人才，任命（rèn mìng）他為宰相（zǎi xiàng）。在伊尹的輔助（fǔ zhù）下，商部落勢力不斷壯大（lì zhuàng dà），在公元前 1600 年滅（miè）了夏朝，建立了商朝。

商朝歷經了很多內亂和自然災害。王位傳到盤庚（pán gēng）手中後，為了改變不安定的局面，他帶領族人遷都到殷（qiān dū yīn），所以商朝又叫殷商。

商朝的統治者很相信占卜（zhān bǔ），什麼事都要向鬼神詢問凶吉（guǐ shén xún wèn xiōng jí）。占卜時，把占卜的日期和內容都刻在龜甲（guī jiǎ）或獸骨（shòu gǔ）上。因為是刻在龜甲、獸骨上的，所以這種文字叫作甲骨文。漢字就是從甲骨文演變（yǎn biàn）而來的。甲骨文使後人有了瞭解商朝政治、軍事、經濟的豐富資料。除了文字，商朝的手工業和藝術也達到了較高水平。在殷墟（yīn xū）出土的文物中有大量的青銅器皿、兵器和工藝品（qīng tóng qì mǐn bīng qì）。其中後母戊鼎（hòu mǔ wù dǐng）重約 832 公斤，高 133 厘米（lí mǐ），工藝精巧，是世界上出土的最大、最重的青銅禮器。

周是一個古老的部落。商朝時，周部落不斷強大。公元前 11 世紀，周武王姬發（jī fā）討伐（tǎo fá）殘暴的商紂王，滅了商朝，建立了周朝。

古為今用 （可以上網查資料）

1) 在商朝，中國的青銅鑄造技術已經很發達了，造出了後母戊鼎。後母戊鼎是做什麼用的？

2) 書法是漢字的一種藝術表現形式。其他國家的文字有沒有類似的藝術表現形式？

3) 最早的漢字是商朝的甲骨文。象形、指事、會意、形聲是漢字的造字法。

象形：象形字是按照事物的大致輪廓或外形特徵描成的字，如"月"。

指事：指事是用抽象的符號表示意思，如"本"。

會意：會意是用兩個或兩個以上的字組成一個新字，如"休"。

形聲：形聲字由兩個部分構成，一半表意，一半表音，如"蝴"。

象形字、指事字、會意字和形聲字，請各寫出兩個。

11 地理知識

五嶽

wǔ yuè

漢字"嶽"有高峻的山的含義。泰山、華山、
gāo jùn　　　　　　　　　　　　tài shān　huà shān
嵩山、恆山、衡山是中國最著名的五座大山，被稱
sōng shān　héng shān　héng shān
為"五嶽"。五嶽特色各異：東嶽泰山靠雄著稱，
西嶽華山因險聞名，中嶽嵩山憑峻稱奇，北嶽恆山
由幽而譽，南嶽衡山以秀入勝。明代著名旅行家徐
xú
霞客曾有過"五嶽歸來不看山"的感歎。五嶽之中，泰山的地位最為特殊，有"五嶽之
xiá kè
首""天下第一山"的美譽。自古以來，泰山是中國人心中的"吉祥之山"，有"泰山
安，四海皆安"的説法。嵩山雖不能和泰山齊名，但嵩山少林寺以及少林武功卻是無人
不知、無人不曉的。民間素有"天下功夫出少林，少林功夫甲天下"之説。

少林寺

造福後代 （可以上網查資料）

1) 什麼是"泰山封禪"？你們國家有類似的活動嗎？

2) 少林武功是中國最有代表性、權威性的武功流派。你看過有關中國功夫的電影或動畫片
嗎？你最喜歡哪個功夫大俠？為什麼？

3) 為了方便遊客上山觀景，現在很多高峻的山峯都安裝了現代化的纜車。你怎樣看這些"便
民"措施？

第一單元複習

生詞

第一課

反映	地位	結構	五穀	少量	副食	烹飪	五花八門
燉	成分	搭配	作用	藥用	價值	應時	適當
調整	火鍋	涼拌	悠久	遼闊	疆土	由於	氣候
物產	菜系	魯菜	川菜	蘇菜	浙菜	徽菜	湘菜
閩菜	粵菜	製作	厚	喜好	麻辣	鮮嫩	原汁原味
名稱	具	人物	東坡肉	神話	鯉魚跳龍門		典故
過橋米線	規矩	指	串	粗魯	做法	理論	構成
博大精深							

第二課

有感	作家	通信	集	夾雜	特殊	涉及	背景
代	事物	探討	坦誠	對話	感觸	子女	尊重
對待	則	看重	輩分	感悟	成人	面前	總歸
行為	符合	執行	份	承受	巨大	絕	談論
無形	領會	回報	書信	往來	心靈	漸漸	吐
心聲	思想	衝突	彼此	碰撞	價值觀	爭論	真情
猶如	面	鏡子	對照	反省	不時	停	思考
類似	分歧	受益匪淺	推薦				

第三課

開放	創建	於	處	完善	多媒體	課室	塑膠
跑道	泳道	配	升降	舞台	教師	濃厚	氛圍
校風	學風	場所	聘請	資深	外籍	碩士	博士
學位	淵博	珠三角	成	開設	文憑	優質	開拓
進入	通行證	創設	多元	朗誦	模擬	聯合國	實踐
創造	見聞	磨煉	意志	增強	實力	來源	辦學
理念	兼顧	限度	潛能	素質	人才		

短語 / 句型

- 一個重要組成部分 ・民以食為天 ・反映出飲食在中國人日常生活中的地位
- 以五穀為主食 ・以蔬菜及少量肉類為副食 ・烹飪方法五花八門
- 講究營養成分的搭配 ・重視不同食物的保健作用及藥用價值 ・吃應時的食物
- 隨季節的不同而做適當的調整 ・悠久的歷史 ・遼闊的疆土
- 各地氣候、物產、習俗的不同 ・中國菜有不同的菜系 ・製作方法和口味都有所不同
- 川菜味厚，喜好麻辣口味 ・粵菜鮮嫩清淡，重視原汁原味 ・極具特色
- 有些菜的名稱與歷史人物有關 ・還有一些是有典故的 ・有一些規矩要遵守
- 粗魯無禮的做法 ・共同構成了中國博大精深的飲食文化 ・歡迎給我留言

- 與其他的書有所不同 ・夾雜了一些讀者的信
- 涉及了中西方兩種不同文化背景的兩代人對事物的看法 ・對人生、社會的探討
- 母子間坦誠的對話讓我很有感觸 ・尊重孩子的感受和看法 ・給予孩子平等的對待
- 看重輩分 ・長輩的建議更受重視 ・孩子在成人面前總歸是孩子
- 孩子的行為要符合成人的要求 ・中學生承受着巨大的學習壓力
- 父母對子女的愛是無條件、不求回報的 ・走進了兒子的生活和心靈 ・母子互吐心聲
- 減少了思想上的衝突 ・增加了對彼此的瞭解 ・中西方文化的碰撞 ・猶如一面鏡子
- 讓我對照、反省自己與父母的關係 ・遇到類似的問題 ・讓我受益匪淺

- 環境優美，設施完善 ・配有升降舞台的戲劇廳 ・設有初中部和高中部
- 學校有着濃厚的學習氛圍 ・優良的校風 ・良好的學風 ・理想的學習場所
- 教師以從英國、美國等英語國家聘請的資深外籍教師為主 ・擁有碩士或博士學位
- 知識淵博 ・教學經驗豐富 ・六成是中國學生 ・開設國際文聘課程
- 為學生提供優質的教育 ・令學生全面發展 ・幫學生開拓國際視野
- 是學生進入世界名校的通行證 ・創設多元文化環境 ・朗誦比賽 ・模擬聯合國
- 社會實踐週 ・創造大量的機會 ・開闊眼界 ・增長見聞 ・展現自己 ・磨煉意志
- 增強軟實力 ・兼顧培養學生的各種能力 ・最大限度地發揮學生的潛能

生詞

① 隆 lóng grand　隆重 lóng zhòng grand

② 頓（顿）dùn a measure word (used for meals)

③ 辭（辞）cí take leave

　辭舊迎新 cí jiù yíng xīn bid farewell to the Old Year and usher in the New Year

④ 合 hé whole　合家 hé jiā whole family

⑤ 盛 shèng grand　盛大 shèng dà grand

⑥ 外 wài other (than one's own)　外地 wài dì other places

⑦ 成員 chéng yuán member

⑧ 相隔 xiāng gé be separated

⑨ 想方設法 xiǎng fāng shè fǎ do everything possible

⑩ 必不可少 bì bù kě shǎo absolutely necessary

⑪ 民間 mín jiān folk

⑫ 敲 qiāo strike

⑬ 子時 zǐ shí period of the day from 11 p.m. to 1 a.m.

⑭ 相交 xiāng jiāo intersect

⑮ 更 gēng change　更替 gēng tì replace

⑯ 即 jí that is

⑰ 歲 suì year

⑱ 諧（谐）xié in harmony　諧音 xié yīn homophonic

⑲ 元寶 yuán bǎo gold or silver ingot used as money in feudal China

⑳ 招財進寶 zhāo cái jìn bǎo bring in wealth and riches

㉑ 財源 cái yuán financial resources

㉒ 宴 yàn feast　家宴 jiā yàn family feast

㉓ 須（须）xū must　必須 bì xū must

㉔ 切 qiè be sure to

㉕ 忌 jì avoid　切忌 qiè jì avoid by all means

㉖ 剩 shèng leave (over)　剩餘 shèng yú surplus

㉗ 富貴 fù guì riches and honours

㉘ 來年 lái nián next year

㉙ 事業 shì yè career

㉚ 芽 yá sprout　豆芽 dòu yá bean sprouts

　黃豆芽 huáng dòu yá yellow bean sprouts

㉛ 棗（枣）zǎo dates

㉜ 必備 bì bèi essential

㉝ 如意 rú yì an article symbolizing good fortune

㉞ 寓 yù imply　寓意 yù yì implied meaning

㉟ 祥 xiáng lucky　吉祥 jí xiáng lucky

㊱ 僅僅 jǐn jǐn only

㊲ 菜餚 cài yáo cooked food

㊳ 憧憬 chōng jǐng long for

㊴ 合力 hé lì join forces

㊵ 歡聚 huān jù meet happily together

㊶ 告 gào declare; announce　告別 gào bié say goodbye

㊷ 過去 guò qù past

㊸ 嶄（崭）zhǎn fine　嶄新 zhǎn xīn brand-new

46

1 完成句子

1) 在外地工作或學習的家庭成員，無論相隔多遠、工作多忙，都會想方設法趕回家，與家人一起吃年夜飯。

_____ 無論 _____ 都 _____ 。

2) 餃子是年夜飯餐桌上必不可少的食品。

_____ 是 _____ 必不可少的 _____ 。

3) 按照民間的傳統習俗，除夕夜十二點的鐘聲一敲響，人們就開始吃餃子。

按照 _____ ，_____ 。

4) 吃魚切忌一次吃光，一定要有一些剩餘。

_____ 切忌 _____ ，一定要 _____ 。

5) 除了魚和年糕以外，湯圓、豆芽和棗也是很多家庭春節必備的食物。

除了 _____ 以外，_____ 也 _____ 。

6) 吃年夜飯不僅僅是品嘗美食、享用佳餚，餐桌上的菜餚象徵着人們對未來的美好憧憬。

_____ 不僅僅是 _____ ，_____ 。

2 聽課文錄音，做練習

A 選擇（答案不止一個）

1) 年夜飯 _____ 。

a) 也叫團圓飯

b) 一般由全家人合力準備

c) 是一年中最隆重的一頓飯

d) 從午夜十二點開始吃

2) "想方設法趕回家"的意思是 _____ 。

a) 買不到火車票就不回家了

b) 想各種辦法回家

c) 不管多困難都要回家

d) 要很早回家

3) 過春節一定要吃餃子，因為 _____ 。

a) "餃子"與"交子"諧音

b) 餃子的形狀像如意

c) 吃餃子可以"招財進寶"

d) 餃子的味道很好

4) 年夜飯一定要有魚。吃魚 _____ 。

a) 的寓意是"年年有餘"

b) 可以"財源廣進"

c) 不能一次吃完

d) 是希望來年事業"步步高升"

B 回答問題

1) 為什麼北方和南方年夜飯有不同的習俗？

2) 過年為什麼要吃黃豆芽？

3) 過年為什麼要吃棗？

4) 年夜飯有什麼重要的意義？

最隆重的一頓飯——年夜飯

辭舊迎新，合家團圓。春節是中國人一年中最盛大的節日。除夕晚上的年夜飯也叫團圓飯，是中國人一年中最隆重的一頓飯。在外地工作或學習的家庭成員，無論相隔多遠、工作多忙，都會想方設法趕回家，與家人一起吃年夜飯。

由於中國的北方與南方在氣候、物產、歷史等方面都有所不同，因此年夜飯也有不同的習俗。

在北方，餃子是年夜飯餐桌上必不可少的食品。按照民間的傳統習俗，除夕夜十二點的鐘聲一敲響，人們就開始吃餃子。為什麼要在晚上十二點吃餃子呢？因為晚上十二點叫子時，新年與舊年在子時相交、更替，即"更歲交子"，而"餃子"與"交子"諧音，所以要吃餃子慶祝。另外，餃子的形狀很像

元寶，因此也有吃餃子可以"招財進寶""財源廣進"的說法。除夕夜的家宴還必須有魚。吃魚切忌一次吃光，一定要有一些剩餘，象徵"富貴有餘""年年有餘"。

在南方，年夜飯餐桌上魚也是必不可少的。除此之外，很多地方還有吃年糕的習俗。因為"糕"與"高"諧音，象徵來年生活、事業"步步高升"。除了魚和年糕以外，湯圓、豆芽和棗也是很多家庭春節必備的食物。湯圓表示"團團圓圓"。黃豆芽的形狀看起來像如意，所以吃豆芽的寓意是"吉祥如意"。棗表達"春來早"的希望。

吃年夜飯不僅僅是品嘗美食、享用佳餚，餐桌上的菜餚象徵着團圓、吉祥和富貴，象徵着人們對未來的美好憧憬。全家人團聚在一起，合力準備年夜飯，然後歡聚一堂，告別過去，迎接嶄新的一年，這也充分體現了中國人對家庭的重視。

3 根據實際情況回答問題

1) 在中國，春節是一年中最盛大的節日。你家過春節嗎？在哪裏過春節？會跟祖父母、外祖父母一起過春節嗎？

2) 春節前，中國人會買年貨、打掃屋子，還會把家裏佈置得很有節日氣氛。中國人一般怎麼裝飾房間？

3) 在中國，年夜飯是一年中最隆重的一頓飯。你家吃年夜飯嗎？誰來準備年夜飯？年夜飯吃什麼？你知道為什麼吃這些菜餚嗎？

4) 現在有些家庭會去飯店吃年夜飯。你認為在家跟在飯店吃年夜飯有什麼區別？

5) 中國的疆域遼闊，北方與南方在氣候、物產、歷史等方面都有所不同。在飲食習慣和口味偏好方面，南北方有什麼不同？在年夜飯習俗方面，南北方有什麼不同？

6) 節日裏的食物特別豐盛。過節時在飲食方面需要注意什麼？過節時暴飲暴食容易引起什麼問題？

7) 在中國，除夕夜有放煙花爆竹的傳統習俗。最近，考慮到環保、安全等因素，很多大城市都禁止放煙花爆竹了。你覺得這個習俗應該保留嗎？為什麼？

8) 除了放煙花爆竹，春節還有哪些傳統習俗？現代人還有必要遵循傳統習俗來慶祝春節嗎？為什麼？你認為現代人應該怎樣慶祝傳統節日？

9) 除了春節，中國人還慶祝哪些傳統節日？有什麼傳統活動？有什麼節日食品？

10) 中國人的家庭觀念很重。中國人對家庭的重視表現在哪些方面？

11) 在你們國家最重要的節日是什麼？與春節有什麼異同？

12) 文化智商指人對不同文化的敏感度。文化智商直接影響人與人之間的相處。你瞭解其他國家的文化嗎？你認為怎樣可以提高文化智商？

4 成語諺語

A 解釋成語並造句

1) 一年一度　　2) 歡天喜地　　3) 家喻戶曉

4) 津津有味　　5) 美中不足　　6) 美味佳餚

7) 美不勝收　　8) 日積月累　　9) 日新月異

10) 想方設法　　11) 喜氣洋洋　　12) 喜出望外

B 解釋諺語並造句

1) 病從口入，禍從口出。

2) 入國問禁，入鄉隨俗。

3) 掛羊頭賣狗肉。

4) 三下五除二。

中國人婚禮習俗的變遷

婚禮習俗是中國傳統文化的一個重要組成部分。貼紅雙喜字、接親、坐花轎(huā jiào)、拜天地、鬧洞房(nào dòng fáng)等傳統婚俗構成了一幅幅多姿多彩的畫卷。受到政治、經濟、文化的影響,最近幾十年中國人婚禮習俗的變遷經歷了幾個階段。

上世紀八十年代之前,男女結婚就是去民政局登記,之後再向單位同事和鄰里朋友發幾塊喜糖就完事兒了。當時的社會風氣不提倡(tí chàng)人們按照傳統習俗大辦婚禮。

八十年代初期,中國的經濟雖然有了一定發展,但物質還是比較匱乏(kuì fá)。結婚時,新房中要是有自行車、縫紉機(féng rèn jī)、手錶和收音機這"三轉一響",就算是相當體面了。到了八十年代末,隨着經濟的發展,"三轉一響"逐漸被電視機、洗衣機、電冰箱代替。如果家庭條件允許的話,結婚當天,新郎新娘會去飯店擺酒席宴請親朋好友。婚紗攝影和婚禮錄像更是男女喜結良緣時高檔(gāo dàng)、時尚的消費。

九十年代以後,西式婚禮漸漸時興起來。為新人操辦婚禮的婚慶公司也如雨後春筍(yǔ hòu chūn sǔn)般湧(yǒng)現(xiàn)出來,生意十分紅火。很多新人都請婚慶公司操辦中西合璧(zhōng xī hé bì)式的婚禮。上午,新郎會按照中國傳統,一大早便到新娘家接親。穿着中式禮服的新人雙雙向長輩敬茶,得到女方父母認可後,新郎才可以把新娘接走。到了下午,新郎和新娘換上西裝和婚紗,去教堂完成西式婚禮儀式。不少新婚夫婦在婚禮後會去度蜜月。

進入二十一世紀,中國人的生活水平更高了,眼界也開闊了。越來越多的新人不再滿足於千篇一律的婚禮形式,開始追求新穎、個性化、充滿創意的婚禮,比如空中婚禮、海底婚禮等。也有一些年輕人選擇回歸傳統,按照中國傳統的婚俗舉辦婚禮。

一方面,婚俗是不同時期政治、經濟、文化的反映。另一方面,標誌(biāo zhì)着新家庭建立的婚禮無論流程是簡單還是繁瑣(fán suǒ),形式是走向西式還是歸於傳統,其中都蘊含(yùn hán)着中國人對家庭的重視和對幸福的追求。

A 寫出字／詞的確切意思

在文本中……	這個字／詞……	文中的意思是……
1)"發幾塊喜糖就完事兒了"	"完事兒"	
2)"新人不再滿足於千篇一律的婚禮形式"	"千篇一律"	

B 選擇

1)"匱乏"的意思是 ____ 。

　　a) 便宜　b) 短缺　c) 豐富　d) 充裕

2)"體面"的意思是 ____ 。

　　a) 有錢　b) 沒面子　c) 富裕　d) 有面子

3)"時興"的意思是 ____ 。

　　a) 消失　b) 歡迎　c) 流行　d) 沒落

4)"紅火"的意思是 ____ 。

　　a) 廣泛　b) 不景氣　c) 慘淡　d) 興旺

C 回答問題

1) 上世紀八十年代之前，為什麼人們不按照傳統的習俗辦婚禮？

2) 八十年代初期，家庭條件好的新人結婚會購置什麼？

3) 八十年代末，新人結婚的時候時興買什麼家電？

4) 九十年代開始流行的中西合璧式的婚禮有哪些西方元素？

5) 進入二十一世紀，為什麼很多新人想要個性化的婚禮？

6) 為什麼中國人的婚禮習俗經歷了很多變遷？

D 判斷正誤

☐ 1) 貼紅雙喜、接親、穿婚紗是中國傳統的婚禮習俗。

☐ 2) 上世紀八十年代前中國新人結婚的流程十分簡單。

☐ 3) 八十年代初有經濟能力的新人會辦婚宴、度蜜月。

☐ 4) 八十年代末結婚時有婚禮錄像是很時尚、體面的。

☐ 5) 九十年代起很多新人請婚慶公司為他們操辦婚事。

☐ 6) 現在極個別的新人嘗試辦起了充滿創意的婚禮。

☐ 7) 如今有一部分新人按照中國傳統婚俗辦婚禮。

☐ 8) 婚禮反映出中國人對家庭的重視、對幸福的追求。

E 學習反思

現在你們國家／民族的新人還會按照傳統婚俗辦婚禮嗎？為什麼？

F 學習要求

1) 掌握 8 個短語。

2) 學會表達一種觀點。

3) 用 100 個字縮寫文章。

過分商業化的節日慶典

最近新京報對著名作家、民俗專家、民間藝術工作者馮驥才（<ruby>馮<rt>féng</rt></ruby><ruby>驥<rt>jì</rt></ruby><ruby>才<rt>cái</rt></ruby>）先生進行了一次專訪。馮驥才先生幾十年來一直致力於中國民間文化遺產的搶救工作。他這次關於"我們的節日內涵（<ruby>內<rt>nèi</rt></ruby><ruby>涵<rt>hán</rt></ruby>）被偷換了"的採訪引起了我的注意。

如今，中國各種原本有着豐富內涵的傳統節日變得越來越商業化、形式化，有些已逐漸演化為奢侈（<ruby>奢<rt>shē</rt></ruby><ruby>侈<rt>chǐ</rt></ruby>）、庸俗（<ruby>庸<rt>yōng</rt></ruby><ruby>俗<rt>sú</rt></ruby>）、物化的節日。這種風氣對傳統節日造成了很大的摧殘（<ruby>摧<rt>cuī</rt></ruby><ruby>殘<rt>cán</rt></ruby>）。對此現象，馮驥才先生強調"節日的本質更是一種精神、文化情感的生活"，中國的傳統節日應是"表達對大自然的情感和對生活的願望，決不只是吃喝和送禮"。

我非常同意馮先生的觀點，對此我也深有感觸。以中國的"團圓節"——中秋節為例，現在的中秋節已不姓"親"也不姓"情"了，各類慶典的主題也已不再是"團圓"了。每逢中秋，各大飯店、商場都積極打廣告、做促銷、辦購物節。"千里共嬋娟（<ruby>嬋<rt>chán</rt></ruby><ruby>娟<rt>juān</rt></ruby>）"的美好期許變成了請客吃飯、瘋狂（<ruby>瘋<rt>fēng</rt></ruby><ruby>狂<rt>kuáng</rt></ruby>）購物、慷慨送禮。月餅的包裝越來越花哨（<ruby>花<rt>huā</rt></ruby><ruby>哨<rt>shao</rt></ruby>），價格越來越昂貴。寓意（<ruby>寓<rt>yù</rt></ruby><ruby>意<rt>yì</rt></ruby>）"全家團圓"的月餅變成了身份的象徵。這種節日經濟背離了節日的本質，模糊（<ruby>模<rt>mó</rt></ruby><ruby>糊<rt>hu</rt></ruby>）了人與人之間的情感，還浪費了寶貴的資源。

在這樣的大環境下，我家過節的方式也悄悄地發生了改變。現在每逢傳統節日，全家人不是出遊就是購物，或者與親朋好友聚餐。我們已不會坐下來細細地品味節日本身的內涵，也很少參與傳統的節日慶祝活動了。

傳統節日習俗是一代代人長年累月的文化創造，是寶貴的文化遺產，對現代社會也具有重要的意義。政府、社會團體、媒體應着眼於傳統節慶的文化意義，而不是商業機會。我們每個炎黃子孫都有責任傳承傳統節日習俗，以實際行動響應馮先生的呼籲（<ruby>呼<rt>hū</rt></ruby><ruby>籲<rt>yù</rt></ruby>），"剎住奢靡（<ruby>剎<rt>shā</rt></ruby><ruby>住<rt>zhù</rt></ruby><ruby>奢<rt>shē</rt></ruby><ruby>靡<rt>mí</rt></ruby>）之風，體現節日精神和真正內涵"，還原節日本來面目。

A 選擇（答案不止一個）

1) "花哨" 的意思是 _____ 。

   a) 花樣多　　b) 好看　　c) 變化多　　d) 重要

2) "住" 的意思是 _____ 。

   a) 繼續　　b) 制止　　c) 倡導　　d) 停止

3) "本來面目" 的意思是 _____ 。

   a) 慶祝方式　　b) 原來的模樣

   c) 吃喝玩樂　　d) 改變前的樣子

B 回答問題

1) 傳統節日的本質是什麼？

2) 作者對現今中國傳統節日的慶祝方式有什麼不滿？

3) 作者含蓄地表示出自己家應該怎樣過傳統節日？

C 判斷正誤，並説明理由

	對	錯
1) 慶祝中國的傳統節日時不應該只是吃飯、送禮。	___	___
2) 現在中國人中秋節慶祝活動的重點已不再是 "親情" 和 "團圓" 了。	___	___
3) 傳統節日習俗是世世代代傳下來的寶貴財產。	___	___

D 選出四個正確的句子

作者認為 _____ 。

a) 過節大搞商業活動背離了傳統節日的本質

b) 瘋狂購物是不對的

c) 只有春節慶典沒有跟商業掛鈎

d) 媒體和社會團體應大力宣傳傳統節日的文化內涵

e) 傳承傳統節日習俗是每個人的責任

f) 自家過節的方式也沒有體現節日的精神

E 學習反思

你是不是也感到現在的節日慶典過分商業化？

你是怎麼看這個現象的？

F 學習要求

1) 掌握 8 個短語。

2) 學會表達一種觀點。

3) 用 100 個字縮寫文章。

情景　你是學生會成員，注意到雖然學校有很多和傳統節日相關的活動，如廟會、中秋遊園會等，但慶祝活動越來越商業化，並不重視宣傳節日文化。你和其他學生會成員決定給校長寫一封信。你們自己先討論一下。

討論內容包括：

• 宣傳節日的傳統價值及現實意義

• 從節日慶典中學習中國傳統的價值觀

例子：

你：　我發現這幾年我們學校舉辦的文化節越來越商業化了。比如慶祝春節時會邀請一些商鋪、公司到學校來擺攤兒，賣春節的食品、裝飾品、禮品等。這樣慶祝雖然熱鬧，卻背離了傳統節日的本質，也失去了舉行節日慶典的意義。

同學1：我也注意到了。我們該怎樣做才能改變這樣的現狀呢？

同學2：首先，我們應想一想慶祝這些傳統節日的意義何在。肯定遠非吃吃喝喝、買買東西而已吧！我們只有明確了節日的傳統價值和現實意義，才能討論該怎樣改進。

……

你 可以用

a) 農曆五月初五為端午節，也叫龍舟節。端午節是流行於中國以及中華文化圈的傳統節日。為了紀念古代詩人屈原，端午節這天會舉行龍舟比賽，人們還會吃粽子。具有悠久歷史的賽龍舟現在已經逐漸成為一項體育娛樂活動。

b) 重陽節在農曆九月初九。慶祝重陽節的活動有登高望遠、出遊賞秋、佩戴茱萸、品重陽糕、飲菊花酒等。1989 年，重陽節被定為老人節，倡導樹立尊敬老人、關懷老人的風氣。重陽節當天，晚輩們會提着禮品回家，陪老人度過情意濃濃的一天，表達孝敬之心。

c) 清明節是中國四大傳統節日之一，有着兩千多年歷史，一般在陽曆四月五日前後。清明節這一天，中國人會祭奠逝去的親人。一家老小都會去墓地祭祖掃墓，追思先人，祈求先人在上天保佑自己事事稱心如意、一帆風順。

d) 我們可以請研究文化的專家來我校舉辦講座，介紹傳統節日的歷史由來及現實意義。

8 寫作

題目1 你最近參加了一個中國傳統節日慶典，對中國傳統節日的習俗及意義有了進一步瞭解。請為校刊寫一篇介紹性文章。

你可以寫：

- 節日的傳說及意義
- 節日的慶祝活動
- 節日食品的名稱、味道、擺盤等

題目2 俗話説："入國問禁，入鄉隨俗。"請談談你對這個觀點的看法。

以下是一些人的觀點：

- 每個地方都有自己的風土人情、風俗習慣。在異國他鄉，一定要熟悉當地的民俗和禁忌，尊重並遵從當地的風俗和習慣。只有這樣才能避免麻煩，成為一個受歡迎的人。

- 尊重當地的習俗行事、融入當地的社會，不等於放棄自己的原則。我們仍然可以按照自己的行為準則説話、做事。但是，在言行舉止方面要多加注意，不要造成不必要的麻煩。

你 可以用

a) 嫦娥奔月是跟中秋節有關的傳説。相傳遠古有一個英雄叫后羿，他射下了天上多餘的九個太陽。一天，后羿得到了一包長生不老藥，讓他的妻子嫦娥藏了起來。有一個心術不正的人叫逢蒙，趁后羿不在家硬逼嫦娥交出長生不老藥。嫦娥沒辦法只好一口吞下了藥。之後她的身子變輕，慢慢向天上飄去。后羿聽説後，在皎潔的明月下擺上嫦娥喜愛的食物遙祭在月宮的嫦娥。中秋節拜月的風俗就是這樣來的。

b) 中國詩人寫過很多關於月亮的詩詞。蘇軾《水調歌頭》中的"但願人長久，千里共嬋娟"是家喻戶曉的名句。這句話的意思是雖然相隔天涯，但是共享着一輪明月，心心相印，相守相知，表達了對親人的思念之情以及對未來的美好憧憬。

c) 中秋節的月餅種類繁多，有傳統的五仁月餅、廣式月餅、蘇式月餅，也有充滿創意的冰皮月餅、冰淇淋月餅等。

d) 中秋之夜，一家人聚在一起，一邊吃月餅一邊賞月。孩子們手提各式燈籠，在夜色中玩耍。世界好像變成了燈的海洋。

燈籠　　夏易

燈籠，真是美妙的發明。

怎會想像到用紙來包火呢？

有時不用紙，卻用紗。但紗也是可以燃燒的。

火光，在我們眼中，本來很單調，大體上只有明暗之分。但製成了燈籠，那就是為火與光穿上多采多姿的外衣，根本改造了火與光的面貌。

如果可以舉行一個古往今來的燈籠設計展覽，一定琳琅滿目，盡是美麗與奇趣。

製作精緻的燈籠，那"籠"本身就是一個巧思，一縷靈感，一番情趣。

一個形體別緻的燈籠，在紗上或紙上畫上藝術性很高的畫。用畫來裝飾光，又用光來裝飾畫，使光與畫渾成一體，構成別有風味的朦朧美，這算是傳統的普通的製作了。

今年的中秋節，不知維多利亞公園、山頂、海灘等等地方，有多少成人和孩子，提着各式各樣的燈籠去賞月呢？

提到戶外去玩的燈籠，製作多半比較粗，但花樣也是各式各樣的。從以前流行的楊桃燈、兔燈、魚燈，到近年新出的飛機、坦克、船艦、汽車、超人燈，千變萬化，數之不盡。

燈籠遠看和近看，效果很不相同。

如果能化作一條飛魚，在中秋節的夜空中，任意遨遊，看園林中處處燈籠，看山道上蜿蜒曲折的燈籠的"游龍"，大概也是賞心樂事。

有一年，在中秋節晚上去維多利亞公園，看見處處綠樹，都掛上或多或少、或疏或密的燈籠，賞月的人，或是坐在樹下，或是坐在大草坪上，遠遠欣賞用綠樹襯托的燈籠奇觀，覺得那的確是難得相逢的、特殊的歡樂場面。

今年沒有去維園，卻在親戚家的露台向下望，只見，那個由十幾座大廈包圍着的小園地，一時成了孩子們提燈共樂的世界。燈影、稚語、歡聲，一起散發着家常而親切的人間溫暖。

不知西方古代有沒有燈籠這玩意。印象中，他們有的是提燈，是實用性的。大都用金屬作框。側面那半透明的物質也不是紙。

　　中國的燈籠，初期大概也是為了實用產生的吧？但後來卻發展成娛樂性的玩意，並且在燈籠上寄託着情思——遊戲的情思，慶祝的情思，哀悼_{āi dào}的情思，使燈籠反過來又在人們心靈中樹立了種種不同的象徵意義。

　　忽然想起在國慶時常常掛在天安門前的大紅燈籠。

　　掛着紅燈籠的天安門，是近年流傳很廣的畫面之一，它在國際友人的腦海中，也形成了象徵意義。這畫面，使人聯想起一種具有全新意義的歡樂，還能啟發一種積極性的、壯麗的歷史觀。

（選自夏易，《港島馳筆》，花城出版社，1982 年）

A 寫意思

1) 多采多姿	2) 古往今來	3) 千變萬化	4) 數之不盡

B 寫出字／詞的確切意思

在文本中……	這個字／詞……	文中的意思是……
1) "構成別有風味的朦朧美"	"朦朧"	
2) "製作多半比較粗"	"粗"	
3) "燈影、稚語、歡聲，一起散發着家常而親切的人間溫暖"	"稚語"	

C 回答問題

1) 燈籠外面的材質有哪幾種？

2) 中秋節，人們習慣去維多利亞公園做什麼？

3) 在中國人心中，燈籠上寄託了什麼情思？

4) 為什麼說中國的燈籠是美妙的發明？談一談你的看法。

5) 在你居住的地方，有沒有掛燈籠慶祝中國傳統節日的習慣？你覺得掛燈籠起到了什麼作用？

晏嬰
（yàn yīng）

　　周朝（公元前1046年－公元前256年）分為西周（公元前1046年－公元前771年）和東周（公元前770年－公元前256年）。西周時期，周武王實施分封制度，分封王族及功臣，建立諸侯國。相傳西周初期先後分封了71個諸侯國。諸侯國之間時而聯盟，時而爭戰。公元前771年西周滅亡，公元前770年東周建立。東周分為春秋和戰國兩個時期。公元前770年至公元前476年是春秋時期。那時，諸侯國之間的矛盾很激烈。很多著名的歷史故事都發生在這個時期。

　　春秋中期齊國的宰相晏嬰是個有政治遠見、機智聰明、能言善辯的人才。當時，強大的晉國想攻打齊國，晉王派范昭出使齊國去看看形勢。在宴會上，喝得醉醺醺的范昭要求用齊王的酒杯喝酒。按照禮儀，大臣是不能用君王的杯子的，但是齊王不想得罪晉國，只能照辦。看到范昭不尊重齊王，晏嬰嚴屬地命令侍從把范昭用過的酒杯扔掉，為齊王換一個新酒杯，捍衛了齊國的尊嚴。范昭回國後報告晉王說：“有晏嬰這樣捍衛齊國尊嚴的賢臣，攻打齊國勝算不大。”

　　後來，齊王派晏嬰出使楚國。當時楚國很強大，楚王想戲弄一下晏嬰，讓身材矮小的晏嬰從旁邊的小洞進城。晏嬰機智地說：“只有出使狗國才鑽狗洞進城。”

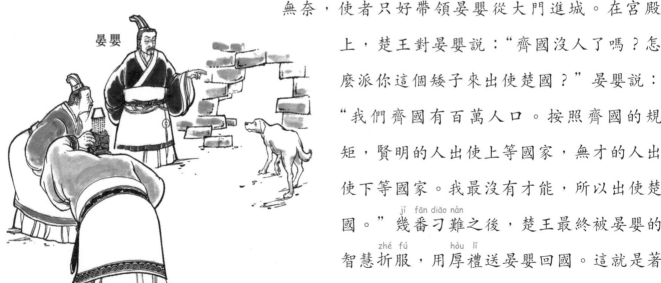

晏嬰

無奈，使者只好帶領晏嬰從大門進城。在宮殿上，楚王對晏嬰說：“齊國沒人了嗎？怎麼派你這個矮子來出使楚國？”晏嬰說：“我們齊國有百萬人口。按照齊國的規矩，賢明的人出使上等國家，無才的人出使下等國家。我最沒有才能，所以出使楚國。”幾番刁難之後，楚王最終被晏嬰的智慧折服，用厚禮送晏嬰回國。這就是著名的“晏子使楚”的故事。

古為今用（可以上網查資料）

1) 范昭用齊王的酒杯喝酒，用意何在？

2) 晏嬰聰慧非凡，在歷史上留下了很多軼事，如"景公嫁女""掛羊頭賣狗肉""燭鄒亡鳥"等。

　　a)"景公嫁女"的故事表現了晏嬰的什麼品質？

　　b)"掛羊頭賣狗肉"的故事說明了什麼道理？

　　c)"燭鄒亡鳥"的故事中齊景公明白了什麼道理？

3) 晏嬰機智聰明、膽識過人、能言善辯。你知道的歷史名人或當代政治家中有這樣的人物嗎？請介紹一下。

11 地理知識

四大佛教名山

　　西漢時期，佛教開始由印度傳入中國。東漢時期，中國開始修建寺廟、道場。山西的五台山、浙江的普陀山（pǔ tuó shān）、四川的峨眉山（é méi shān）和安徽的九華山是中國的四大佛教名山，歷史悠久，中外聞名。五台山有五座奇特的山峯相互環抱，形狀就像五個用石頭壘起來的大

峨眉山

柱子，故稱為"五台山"。普陀山位於浙江舟山羣島，有"海天佛國"之稱，是馳名中外的海島風景旅遊勝地。峨眉山中有一處著名的"活景觀"——猴子。峨眉山上的猴子看到遊客不僅不會害怕，還會主動討要食物，十分可愛。九華山原名九子山，因唐代詩人李白的詩"昔（xī）在九江上，遙望（yáo wàng）九華峯"而改名為九華山。

造福後代（可以上網查資料）

1) 哪座佛教名山的名字有"美麗的小白花"之意？

2) 峨眉山的猴子會向遊客要食物。你覺得遊客應該喂它們嗎？為什麼？在野外遊客應該怎樣避免猴子等野生動物的襲擊？

3) 你喜歡爬山嗎？你經常去哪裏爬山？請講一講讓你印象深刻的爬山經歷。

生詞

yuán yuǎn liú cháng
① 源 遠 流 長 be of long standing

shì dài
② 世代 generation after generation

zhì　　　　　zhì jīn
③ 至 until　至今 up to now

réng　　　　réng rán
④ 仍 still　仍然 still

gé yán　　　　　guāng yīn
⑤ 格言 motto　⑥ 光陰 time

wú jià zhī bǎo
⑦ 無價之寶 priceless treasure

wú fǎ　　　　　jīn qián
⑧ 無法 unable　⑨ 金錢 money

yǒu xiàn　　　　gōng píng　　　　jiàn
⑩ 有限 limited　⑪ 公平 fair　⑫ 箭 arrow

rì　　　　　rì yuè
⑬ 日 sun　日月 time

suō　　　　　　rì yuè rú suō
⑭ 梭 shuttle　日月如梭 The sun and the moon move like a shuttle – time flies.

lì yòng　　　　　lì zhì
⑮ 利用 use　⑯ 立志 be determined

jìn qǔ
⑰ 進取 eager to make progress

zì qiáng bù xī
⑱ 自強不息 constantly strive to improve oneself

shī　　　　　　zhuàng
⑲ 詩（诗）poem　⑳ 壯（壮）strong

tú　　　　　bēi　　　　bēi shāng
㉑ 徒 in vain　㉒ 悲 sad　悲傷 sad

yí　　　　　　hàn　　　　yí hàn
㉓ 遺（遗）leave behind　㉔ 憾 regret　遺憾 regret

huāng　　　　　huāng fèi
㉕ 荒 neglect　荒廢 waste

dà hǎo
㉖ 大好 excellent; superb

tóu　　　　zī　　　　　tóu zī
㉗ 投 put in　㉘ 資 money; expenses　投資 invest

zhuā　　　　zhuā jǐn
㉙ 抓 seize　抓緊 firmly grasp

gēng　　　　　yún　　　　gēng yún
㉚ 耕 cultivate　㉛ 耘 weed　耕耘 cultivate

fù chū
㉜ 付出 pay out

xiào　　　　　xiào jìng
㉝ 孝 filial piety　孝敬 filial piety

shēng mìng
㉞ 生命 life

fǔ　　　　　　fǔ yǎng
㉟ 撫（抚）protect　撫養 raise; bring up

wú sī　　　　　fèng　　　　fèng xiàn
㊱ 無私 selfless　㊲ 奉 offer　奉獻 devote

liàng　　　　　tǐ liàng
㊳ 諒（谅）forgive　體諒 show understanding

lì suǒ néng jí
㊴ 力所能及 within one's ability

huì　　　　　jiào huì
㊵ 誨（诲）teach　教誨 teaching

cāo　　　　　cāo xīn
㊶ 操 act; engaged in　操心 worry about

qiān　　　　　guà　　　　qiān guà
㊷ 牽（牵）worry　㊸ 掛 worry　牽掛 worry

gū　　　　　gū fù
㊹ 辜 let down　辜負 fail to live up to

qī wàng
㊺ 期望 expect

qiān　　　　　xū　　　　qiān xū
㊻ 謙（谦）modest　㊼ 虛 humble　謙虛 modest

wéi rén　　　　chǔ shì
㊽ 為人 behave　㊾ 處事 handle

ràng　　　　　lǐ ràng
㊿ 讓 give way　禮讓 give precedence to someone out of courtesy or thoughtfulness

dài rén jiē wù
51 待人接物 the way one gets along with people

bīn　　　　bīn yǒu lǐ
52 彬彬 refined　彬彬有禮 polite

zhù rén wéi lè
53 助人為樂 take delight in helping others

shēn　　　　　xiāng zhù
54 伸 stretch; extend　55 相助 help

kě qǔ　　　　chéng rèn
56 可取 desirable　57 承認 admit

láo　　　　bìng
58 牢 firm　59 並 and; further

jìn lì
60 盡力 do one's best

luò　　　　　luò shí
61 落 fall onto　落實 carry out

chōng shí
62 充實 substantial; rich

1 完成句子

1) 中國傳統的價值觀影響了世代中國人，<u>至今仍然</u>有着重要的意義。

　____，至今仍然 ____ 。

2) <u>就像</u>格言<u>所説</u>："一寸光陰一寸金，寸金難買寸光陰。"

　就像 ____ 所説："____ 。"

3) 每天只有 24 小時，<u>對於</u>每個人時間都是有限的，又是公平的。

　____，對於 ____ 。

4) <u>誰</u>能更有效地管理時間、利用時間，<u>誰</u><u>就能</u>創造出更有價值的人生。

　誰能 ____，誰就能 ____ 。

5) <u>不得不承認</u>，在其中一些方面我做得還不夠好。

　不得不承認，____ 。

6) <u>我一定會</u>把這些優良傳統牢牢記在心裏，<u>並</u>盡力落實到行動上。

　我一定會 ____，並 ____ 。

2 聽課文錄音，做練習

A 選擇（答案不止一個）

1) ____ 能創造出更有價值的人生。

　a) 有效地管理時間的人

　b) 很好地利用時間的人

　c) 有更多時間的人

　d) 浪費時間的人

2) "'投資'自己"指 ____ 。

　a) 把時間用在學習上

　b) 花錢請家教

　c) 在學習上多花時間

　d) 學費很貴

3) "一分耕耘，一分收穫"的意思是 ____ 。

　a) 學習不努力也能取得好成績

　b) 只要勤奮、努力，就會有收穫

　c) 有多少付出就有多少收穫

　d) 小時候可以玩，上中學後就要努力了

4) 孝敬父母要做到 ____ 。

　a) 少讓父母操心、牽掛

　b) 幫父母做力所能及的事

　c) 聽取父母的教誨

　d) 讓父母體諒自己

B 完成句子

1) 謙虛禮貌是指 ____ 要謙虛禮讓，____ 要彬彬有禮。

2) 助人為樂是指當周圍有人 ____ 時，要 ____ 。

3) 我要成為既 ____ 又 ____ 的人。

C 回答問題

1) "一寸光陰一寸金，寸金難買寸光陰"是什麼意思？

2) "光陰似箭，日月如梭"是什麼意思？

3) "少壯不努力，老大徒傷悲"是什麼意思？

2017 年 9 月 12 日　　星期二　　　　　　　　　　　　　　　　　晴

中國文化源遠流長。中國傳統的價值觀影響了世代中國人，至今仍然有着重要的意義。今天在中文課上，老師為我們介紹了中國傳統的價值觀。以下是我的幾點體會。

第一點體會是，我們應該惜時如金。就像格言所説："一寸光陰一寸金，寸金難買寸光陰。"時間是無價之寶，是無法用金錢買到的。每天只有 24 小時，對於每個人時間都是有限的，又是公平的。"光陰似箭，日月如梭。"時間過得極快，誰能更有效地管理時間、利用時間，誰就能創造出更有價值的人生。

第二點體會是，我們要從小立志勤學、積極進取、自強不息。中國有一句古詩："少壯不努力，老大徒傷悲。"意思是如果小的時候沒有努力學習，到中老年時遺憾、悲傷也沒用了。我們不能荒廢現在的大好時光，應該把最好的時間用來"投資"自己，抓緊時間好好學習。"一分耕耘，一分收穫。"只要我們勤奮學習、努力付出，總會有收穫。

第三點體會是，我們要孝敬父母。父母不僅給了我們生命，撫養我們長大，還教給我們做人的道理。我們應該感謝父母的無私奉獻。在日常生活中，我們要多體諒父母，幫父母做力所能及的事。我們還要聽取父母的教誨，少讓父母操心、牽掛，不辜負他們的期望。

第四點體會是，我們要謙虛禮貌、助人為樂。謙虛禮貌是指為人處事要謙虛禮讓，待人接物要彬彬有禮。助人為樂是指當周圍有人遇到困難時，要伸手相助。如果我們自己遇到困難，也會希望得到別人的幫助。

我認為以上這幾點不僅是中國傳統的價值觀，在今天也是十分可取的生活態度。不得不承認，在其中一些方面我做得還不夠好。我一定會把這些優良傳統牢牢記在心裏，並盡力落實到行動上，成為既積極進取又關心他人的人，讓人生更充實、精彩。

3 根據實際情況回答問題

1) 為什麼要珍惜時間？在你的國家有勸人珍惜時間的格言嗎？請介紹一下。

2) 你平時是否做到了有效地利用時間？在哪些方面可以改進？

3) 時間是無價之寶。如果看到朋友每天都花大量時間玩兒電腦遊戲或玩兒手遊，你會怎樣勸他/她珍惜時間？

4) 在生活、學習中你做到積極進取、自強不息了嗎？請舉例說明。

5) 回顧一下你的中學時光，你是否做到了抓緊時間好好學習？請舉例說明你是怎樣把最好的時間用來"投資"自己的？

6) "一分耕耘，一分收穫"指只要努力付出，總會有收穫。你同意這種觀點嗎？為什麼？

7) 父母不僅養育了我們，還教給我們做人的道理。如果遇到問題，你會第一時間和父母商量嗎？會聽取父母的意見嗎？

8) 你覺得自己是被寵壞的、任性的孩子嗎？在哪些方面應該改進？作為子女，要多體諒父母，幫父母做力所能及的事。在日常生活中，你做到了嗎？請舉例說明。

9) 你曾因取得成功而驕傲過嗎？後來發生了什麼？請講一講你的經歷。

10) 無論是在社會上、在學校裏，還是在家裏，禮貌都非常重要。在待人接物時有哪些是需要注意的？如果碰到沒有禮貌的人，你會怎麼做？

11) 你做過義工嗎？請講一講你做義工的經歷並談一談你的收穫。

12) 你認為如今人們還需要瞭解、學習傳統價值觀嗎？為什麼？

4 成語諺語

A 解釋成語並造句

1) 拔苗助長	2) 畫龍點睛	3) 自強不息
4) 力所能及	5) 彬彬有禮	6) 天涯海角
7) 天長地久	8) 同心同德	9) 胸有成竹
10) 胸有大志	11) 揚長避短	12) 再接再厲

B 解釋諺語並造句

1) 一分耕耘，一分收穫。

2) 光陰似箭，日月如梭。

3) 少壯不努力，老大徒傷悲。

4) 一寸光陰一寸金，寸金難買寸光陰。

2017 年 4 月 4 日　　星期二　　　　　　　　　　　　　　　　　　　多雲

今天是清明節，我和爸爸媽媽一起去為外祖父母掃墓。站在墓碑前，看着照片中外祖父母恬靜、慈祥的笑容，我眼中飽含懷念的淚珠不由滾落下來。時間並未沖淡我對外祖父母的思念，他們的音容笑貌早已印刻在我的腦海裏，他們的諄諄教導和切切關愛已然化成了甜蜜的記憶深藏在我的心底。

我的童年是在外祖父母家度過的。記得小時候，他們視我為掌上明珠：含在嘴裏怕化了，捧在手裏怕摔了。外祖父對我的愛像高高的青山，莊嚴、穩重，而外祖母對我的愛猶如涓涓的溪水，溫和、輕柔。

我的外祖父很有威嚴，對任何事都高標準、嚴要求。外祖父對外人不苟言笑，但只要一看到我，眼睛就頓時瞇成了一條縫。雖然外祖父很寵愛我，但一到教我規矩的時候，他就一臉的嚴肅。外祖父要求我吃飯時不能說話，飯粒不能掉在桌子上，碗裏不准留一粒米。寫字時，他規定我必須坐得端端正正的，字寫得橫平豎直的。外祖父還叮囑我要把東西擺得整整齊齊的。他常說：“只有敬事才能成事。”這種嚴謹的態度對我的成長有很大的影響。

我的外祖母是個明理、慈愛、知足的人。雖然外祖母書讀得不多，但是十分懂得做人的道理。她常說：“沒有文化不可怕，但如果不明理，在社會上會寸步難行。”她還有很多名句，比如“皇帝不遣餓兵”“行得春風有夏雨”“吃虧當便宜”等等。外祖母很疼我，從幼兒園回到家中，餐桌上時不時會擺着一碗她特意為我煮的三絲澆頭麵。香滑的麵條配上肉絲、茭白絲和青椒絲，別提有多美味了。那時，家裏的經濟條件拮据，但外祖母總能用簡單的食材做出色、香、味俱全的菜。外祖母對生活沒有太多的要求，看到一家人其樂融融地在一起，她就心滿意足了。

外祖父如山，外祖母如水，他們的愛陪伴我走過了人生中最美好的童年時光。我閉上眼，雙手合十，希望焚香的這一縷青煙能把我對外祖父母深深的愛與思念帶往遙遠的天國。一瞬間，我仿佛穿越了時空，眼前浮現出外祖父母慈祥的笑容，我也悄悄地笑了……

A 選擇

1) "掌上明珠" 的意思是 ＿＿＿ 。

    a) 唯一的孩子   b) 身體不好的孩子

    c) 小小的珍珠   d) 極受寵愛的兒女

2) "寸步難行" 的意思是 ＿＿＿ 。

    a) 走很遠的路   b) 步步高升

    c) 有很多困難   d) 順風順水

3) "皇帝不遣餓兵" 的意思是 ＿＿＿ 。

    a) 給幫忙做事的人報酬   b) 不付工錢

    c) 吃完飯以後再幹活兒   d) 一分錢一分貨

4) "吃虧當便宜" 的意思是 ＿＿＿ 。

    a) 吃虧沒有關係   b) 賺錢容易

    c) 吃虧可以賺錢   d) 東西便宜

B 回答問題

1) 這篇日記是什麼時候寫的？

2) 外祖父對待作者和對待其他人有什麼區別？

3) 從哪方面可以看出外祖母是個知足的人？

4) 從文章中的哪些地方可以看出外祖父與外祖母疼愛作者？

5) 這篇日記的字裏行間充滿了怎樣的感情？

C 配對

□ 1) 看着墓碑上外祖父母的照片，

□ 2) 外祖父母的音容笑貌

□ 3) 外祖父嚴謹的生活態度

□ 4) 在外祖父母家，吃飯時

□ 5) 外祖母常教育作者

a) 但是跟外祖父母生活在一起仍然很快樂。

b) 他們的關愛和教導永遠銘刻在心。

c) 作者的眼淚落了下來。

d) 一定要懂得做人的道理。

e) 深深地印在作者心中。

f) 不可以浪費食物。

g) 對作者的人生產生了很大影響。

D 判斷正誤

□ 1) 作者用高山和溪水比喻外祖父母對自己的愛。

□ 2) 外祖父的字寫得一般，所以希望作者練好字。

□ 3) 外祖父教育作者養成將東西擺放整齊的好習慣。

□ 4) 作者小時候從幼兒園回來常能吃上三絲澆頭面。

□ 5) 外祖母廚藝精湛，能用簡單的食材做出美味的菜肴。

□ 6) 童年時，在外祖父母的疼愛下作者過得很幸福。

E 學習反思

你和祖父母／外祖父母相處時有什麼難忘的事情？

F 學習要求

1) 掌握 8 個短語。

2) 學會表達一種觀點。

3) 用 100 個字縮寫文章。

中國文化中的個人禮儀

中國素有"禮儀之邦"的美譽，講究文明禮貌是中華民族的優良傳統。對個人來說，禮儀涉及到日常生活的方方面面，貫穿於生活的點點滴滴，是一面反映個人修養、風度與魅力的鏡子。遵從禮儀規範的人能得到他人的接受和喜愛，相反，不懂或者不遵循禮儀規範的人將在社會上步履艱難、處處碰壁。

個人禮儀規範包含對個人外在形象和內在素養多方面的要求，其中儀表、言談、舉止三個方面最為基礎。

首先，要注重儀表。儀表反映出人的精神狀態，是人們交往中的第一印象。無論在職場還是在私人聚會，都要注意個人形象。頭髮要梳理整齊，服飾要乾淨整潔，女士可適當化妝。需要注意的是梳妝打扮一定要得體，要符合場合的要求和個人的身份。

其次，言談要禮貌。在日常生活中，禮貌用語要常掛嘴邊：見面時主動地問聲好，臨別時親切地說再見，得到幫助後真誠地道聲謝，做了不恰當的事後懇切地說抱歉。與人交談時，要努力營造融洽的氣氛，不能太唐突，避免使人感到尷尬、窘迫。與人產生分歧時，要先耐心聽別人的觀點，再以適當的方式表達自己的見解，要給他人留有餘地，千萬不要強詞奪理。應時刻牢記尊重與克制是一個有修養的人應有的表現。

最後，舉止要得體。與人交談時，眼睛要看着對方，要表達出真誠的態度，不要東張西望。與人見面時，臉上要帶着自信的微笑。古人說得好："沒有笑顏不開店。"微笑是健康、文明、自信的表現，簡單的微笑富有很強的感染力，是一張在任何場合都永不過期的通行證。正確的站姿和坐姿也很重要。"站如鐘，坐如松"可以表現出對別人的尊重。

禮儀規範對營造和諧的人際關係、愉快的學習氛圍和輕鬆的工作環境十分重要。我們每個人都應該注重禮儀規範，培養優雅的風度和氣質。這既是為自己，也是為他人，更是為中國"禮儀之邦"的美譽不受到損害。

A 選擇

1) "步履艱難" 的意思是 _____ 。

  a) 艱苦奮鬥　　b) 吃苦耐勞

  c) 寸步難行　　d) 沒有禮貌

2) "沒有笑顏不開店" 的意思是 _____ 才能做生意。

  a) 心胸開闊　　b) 帶着微笑

  c) 嬉皮笑臉　　d) 惡聲惡氣

3) "站如鐘，坐如松" 的意思是 _____ 。

  a) 坐立不安　　b) 站有站相，坐有坐相

  c) 畢恭畢敬　　d) 手足無措，十分慌張

B 回答問題

1) 個人禮儀規範主要包括哪些方面的要求？

2) 為什麼要注意儀表？

3) 為什麼要注意站姿和坐姿？

4) 作者寫這篇文章的目的是什麼？

C 配對

☐ 1) 從生活中一些瑣碎的小事

☐ 2) 遵循禮儀規範

☐ 3) 跟人交談時，語氣要委婉，

☐ 4) 禮儀規範有利於

a) 有修養的人會克制自己的情緒。

b) 說話不能太沖。

c) 可以得到別人的接受、喜愛。

d) 營造和諧的人際關係和學習氛圍。

e) 可以看出一個人的修養、風度和魅力。

f) 人人都應該注重培養自己的風度和氣質。

D 選出四個正確的句子

個人禮儀規範要求人們 _____ 。

a) 不可以蓬頭垢面，衣衫不整

b) 穿衣打扮要與自己的身份相符

c) 與別人溝通時要有禮貌，多使用禮貌用語

d) 跟別人有不同的意見時應該據理力爭

e) 交談時要看着對方，表示自信

f) 交往時要保持微笑

E 學習反思

1) 你注重自己的儀表嗎？請舉例說明。

2) 與人產生分歧時，你會怎麼做？

F 學習要求

1) 掌握 8 個短語。

2) 學會表達一種觀點。

3) 用 100 個字縮寫文章。

要求　每個國家都有自己的傳統美德。在當今社會這些"老古董"仍有重要的現實意義。你跟同學反省一下自己的言行舉止,想想哪些方面可以做得更好。

討論內容包括:

• 哪些傳統美德有現實意義

• 如何成為有學識、有修養、有競爭力的人

例子:

你:　　我是中國人。我在傳統的中國家庭長大,從小耳濡目染,繼承了很多中國的傳統美德。其中一點我特別認同,就是孝順父母。作為家裏的獨生子,我以後一定要贍養父母,讓他們安享晚年。

同學1:　我是美國人。我們家每個人都是平等的,同時父母也對我有一些要求。父母要求我要有禮貌、要助人為樂。不管對待家人還是外人,都要彬彬有禮。如果有人需要幫忙,一定要伸出援手。這是我所繼承的傳統美德。

同學2:　我是印度人。印度人非常重視教育。秉承這一優良的價值觀,父母要求我努力學習。他們相信"一分耕耘,一分收穫",只要我努力學習,就一定會取得好成績。

⋯⋯

你 可以用

a) 父母要求子女學會獨立。一方面子女要能獨立思考,發表自己的看法,另一方面子女不能依靠父母積累的財富,要通過自己的努力去爭取美好的生活。

b) 中國人強調對孩子的早期教育。人們常說:"不能讓孩子輸在起跑線上。"中國家長在孩子很小時就用不同的方式對孩子進行培養。

c) 我們要有知足的心態,要珍惜現在擁有的一切。不應該覺得一切都是理所應當的,更不應該跟別人攀比。如果想要更好的生活,就要通過自己的努力去爭取。

d) 我們要樹立遠大的目標。有了目標,才有努力的方向。在追求成功的過程中,還要有毅力,堅持不懈,不能半途而廢。

e) 做人要謙虛。中國古語說得好:"滿招損,謙受益。"自滿會使人沾沾自喜,招致損失,只有謙虛才能讓人不斷進步,有所收穫。

8 寫作

題目1 俗話說："父母是孩子的第一任老師。"家庭教育對孩子的成長十分重要。作為交換生，你在一個中國家庭住了一個星期。請寫一篇記敍文。

你可以寫：

• 父母以身作則教育孩子

• 孩子繼承的傳統美德及每日的言談舉止

• 你的感受及收穫

題目2 俗話說："少壯不努力，老大徒傷悲。"請談談你對這個觀點的看法。

以下是一些人的觀點：

• "少壯不努力，老大徒傷悲。"這句話提醒我們如果小時候不努力，等到長大後一事無成時再悲傷、後悔也無濟於事。

• 古今中外很多成功人士都是從小時候起就立志勤學、積極進取。想要有精彩的人生、更好地為社會做貢獻，我們要時常鞭策自己，真正做到珍惜時間、自強不息。

你 可以用

a) 中國的家長認為良好的思想品德是做人的根、立世的本，因此把對孩子思想品德、行為習慣的培養放在首位。在中國，家庭教育的核心是要教孩子怎樣做人。

b) 父母會以身作則，尊敬長輩、孝順父母。孩子會繼承這一傳統美德，將贍養父母作為自己的責任與義務。

c) 父母在工作上積極、努力，在生活中勤儉節約，子女也會在不知不覺中具備這些好的品質。

d) 在日常生活中，家長注意培養孩子自食其力的能力。他們教育孩子只有自己努力，才能在社會上有立足之地。

e) 在學習上，家長對孩子有很高的要求，也會給予孩子很大的支持，比如為孩子請家教、讓孩子上補習班、送孩子去國外遊學等。

f) 中國家庭強調和諧的氛圍，一家人互相關心、互相愛護、互相幫助。這種其樂融融的氛圍對孩子成長有積極的影響。

g) 中國有"嚴父慈母"的說法。在他家，父親是嚴父，也很講道理；母親是慈母，卻從不寵孩子。子女尊敬父母，也把他們當作朋友。不論遇到快樂的事還是難過的事，子女都願意跟父母分享。

散步　　莫懷戚

我們在田野散步：我，我的母親，我的妻子和兒子。

母親本不願出來的。她老了，身體不好，走遠一點就覺得很累。我説，正因為如此，才應該多走走。母親信服地點點頭，便去拿外套。她現在很聽我的話，就像我小時候很聽她的話一樣。

天氣很好。今年的春天來得太遲，太遲了，有一些老人挺不住。但是春天總算來了。我的母親又熬過了一個嚴冬。

這南方初春的田野，大塊小塊的新綠隨意地鋪着，有的濃，有的淡；樹上的嫩芽也密了；田裏的冬水也咕咕地（gū gū）起着水泡（shuǐ pào）。這一切都使人想着一樣東西——生命。

我和母親走在前面，我的妻子和兒子走在後面。小傢伙突然叫起來：“前面也是媽媽和兒子，後面也是媽媽和兒子。”我們都笑了。

後來發生了分歧：母親要走大路，大路平順；我的兒子要走小路，小路有意思。不過，一切都取決於我。我的母親老了，她早已習慣聽從她強壯的兒子；我的兒子還小，他還習慣聽從他高大的父親；妻子呢，在外面，她總是聽我的。一霎時（yí shà shí），我感到了責任的重大。我想一個兩全的辦法，找不出；我想拆散（chāi sàn）一家人，分成兩路，各得其所，終不願意。我決定委屈（wěi qu）兒子，因為我伴同他的時日還長。我説：“走大路。”

但是母親摸摸孫兒的小腦瓜，變了主意：“還是走小路吧。”她的眼隨小路望去：那裏有金色的菜花，兩行整齊的桑樹（sāng shù），盡頭一口水波粼粼（shuǐ bō lín lín）的魚塘（yú táng）。“我走不過去的地方，你就背着我。”母親對我説。

這樣，我們在陽光下，向着那菜花、桑樹和魚塘走去。到了一處，我蹲下來（dūn），背起了母親，妻子也蹲下來，背起了兒子。我的母親雖然高大，然而很瘦，自然不算重；兒子雖然很胖，畢竟幼小，自然也輕。但我和妻子都是慢慢地，穩穩地，走得很仔細，好像我背上的同她背上的加起來，就是整個世界。

（選自義務教育課程標準實驗教科書《語文》七年級上冊，人民教育出版社，2009 年）

A 填表

人物	性格	人物	性格
1) 作者		2) 妻子	
3) 兒子		4) 老母親	

B 選擇（答案不止一個）

1) "我的母親又熬過了一個嚴冬" 暗示了 ＿＿＿ 。

    a) 整個冬天，母親的身體一直欠佳

    b) 這個冬天特別長

    c) 母親得了很重的病

    d) 冬天，母親的日子很難過

2) 從文章中可以看出中國人 ＿＿＿ 。

    a) 孝敬父母

    b) 愛護晚輩

    c) 熱愛自然

    d) 重視家庭

C 回答問題

1) 作者為什麼想讓母親出去走走？

2) 從兒時到現在，作者與母親的關係發生了什麼變化？

3) 作者為什麼決定走大道而不走小路？

4) 母親為什麼改變主意要走小路？

5) 文章中對春天的詳細描述有什麼作用？

6) "好像我背上的同她背上的加起來，就是整個世界"，請談一談你對這句話的理解。

7) 你們家有尊老愛幼的傳統嗎？你與父母、父母與祖父母的關係怎麼樣？請舉例說一說。

孔子·老子·墨子

春秋戰國時期（公元前 770 年－公元前 221 年）各種思想流派非常活躍，形成了百家爭鳴的繁榮局面。以孔子、老子、墨子為代表的三大哲學體系對中國的傳統思想文化影響很大。

孔子（公元前 551 年－公元前 479 年）是儒家學派的創始人。孔子年幼時家境貧寒，自學成才，不到 30 歲就掌握了"六藝"，即禮節、音樂、射箭、駕車、書寫與計算。孔子思想的核心是"仁"和"禮"，主張以道德和禮教來治理國家，希望建立"天下為公"的大同世界。孔子開辦私塾，帶領弟子周遊列國宣傳自己的主張，晚年還修訂了"六經"。孔子去世後，孔門的弟子把孔子、其弟子及再傳弟子的思想、話語記錄下來，整理成儒家經典《論語》。儒家思想是中國古代的主流意識，對中國、東亞甚至全世界都產生了深遠的影響。

老子（約公元前 571 年－公元前 471 年）是道家學派的創始人，是中國古代偉大的哲學家和思想家。老子在《道德經》中闡述了天地萬物之源——"道"。老子還用"陰"和"陽"講述了矛盾對立統一的規律。在政治理念上，老子主張"無為而治"，即不做太多干預，充分發揮百姓的能力。《道德經》對中國古代思想文化的發展做出了卓越的貢獻。

老子

孔子

墨子

墨子（約公元前 468 年－公元前 376 年）是墨家學派的創始人，是中國古代著名的思想家、教育家、科學家、軍事家。墨子的思想核心是"兼愛"，就是要無差別地愛不同的人和事物。墨子對力學、聲學、光學等自然科學也有所研究。墨子的弟子及再傳弟子把墨子的思想、言行整理成《墨子》一書。

古為今用（可以上網查資料）

1) 儒家思想的核心是"仁"和"禮"。"仁"和"禮"在當今社會有什麼現實意義？請舉例説說你的看法。

2) 孔子希望建立"大同世界"。他心中的"大同世界"是什麼樣子的？這一主張有什麼現實意義？請説説你的看法。

3) 在政治理念上，老子主張"無為而治"，即不做太多干預，充分發揮百姓的力量。請舉例説說要實現"無為而治"的主張需要哪些條件。

4) 墨家思想的核心是"兼愛"，就是要無差別地愛不同的人和物。請説説你對這一觀點的看法。

5) 你對哪位哲學家有所瞭解？他的哪些哲學思想對你有影響？請介紹一下。

11 地理知識

四大道教名山

道教是發源於中國本土的宗教，對中國傳統文化有很大的影響。湖北的武當山、江西的龍虎山、四川的青城山和安徽的齊雲山是中國的四大道教名山。武當山是聯合國公佈的世界文化遺產(yí chǎn)之一。武當武術是中華武術的一個重要流派，聞名中外的太極拳就屬於武當武術。龍虎山有典型的丹霞地貌(dān xiá dì mào)風

武當山

景，為中國第八處世界自然遺產。龍虎山每兩年舉辦一次道教文化節，宣傳道教文化。青城山位於成都市的西北部。青城山歷史悠久，環境優美，有"青城天下幽"的美譽。齊雲山以奇峯怪崖(qí fēng guài yá)著稱。獨特的丹霞地貌讓崖洞(yá dòng)的石壁呈現(shí bì chéng xiàn)出猶如晚霞一般的紫紅色，美不勝收。

造福後代（可以上網查資料）

1) 你聽説過中國的哪些世界文化遺產？哪些世界自然遺產？

2) 你們國家有哪些世界文化遺產？哪些世界自然遺產？

3) 青城山所在的四川省是大熊貓的棲息地。請簡單介紹一下中國的國寶大熊貓。

生詞

lǎo shào
❶ 老少 the old and the young

jiē
❷ 皆 all

pí
❸ 皮 wrapper

sū
❹ 酥 crisp

xiàn
❺ 餡（馅）stuffing

yǎo
❻ 咬 bite

chǐ
❼ 齒（齿）tooth

yù　　　　shí yù
❽ 欲 desire　食欲 appetite

gū　　　　　xiāng gū
❾ 菇 mushroom　香菇 mushroom

mù ěr
❿ 木耳 edible black fungus

kè
⓫ 克 gram

gēn
⓬ 根 a measure word (used for long, thin piece)

jiāng　　　　chí　　　　chá chí
⓭ 薑 ginger　⓮ 匙 spoon　茶匙 teaspoon

hú jiāo
⓯ 胡椒 pepper

fěn　　　　　miàn fěn
⓰ 粉 powder; flour　麵粉 wheat flour

diàn　　　　　diàn fěn
⓱ 澱（淀）settle　澱粉 starch

bù zhòu
⓲ 步驟（骤）procedure

pào　　　　jìn　　　　jìn pào
⓳ 泡 soak　⓴ 浸 soak　浸泡 soak

mò
㉑ 末 crumble; powder

jiā rù
㉒ 加入 put in

jiǎo　　　　　jiǎo bàn
㉓ 攪（搅）stir　攪拌 mix

yún　　　　　jūn yún
㉔ 勻 even　均勻 even

yān
㉕ 醃（腌）preserve in salt, sugar, etc.

jiā rè
㉖ 加熱 heat

wèi
㉗ 味 smell

fān
㉘ 翻 turn over

qǐ
㉙ 起 remove

shǎo xǔ
㉚ 少許 a little

dié
㉛ 碟 saucer

tiáo
㉜ 調 mix

hú
㉝ 糊 paste

tòu
㉞ 透 fully

jiǎo
㉟ 角 corner

bù wèi
㊱ 部位 position

zhé
㊲ 摺（折）fold

duān　　　　mò duān
㊳ 端 end　末端 end

fēng kǒu
㊴ 封口 seal

jīn huáng
㊵ 金黃 golden yellow

jí
㊶ 即 then

lāo
㊷ 撈（捞）scoop up

shì xiàng
㊸ 事項 item; matter

què bǎo
㊹ 確保 ensure

lòu
㊺ 露 reveal

biàn
㊻ 便 then

pū
㊼ 鋪（铺）spread

pán zi
㊽ 盤子 plate

duō yú
㊾ 多餘 surplus

zhuāng
㊿ 裝 load

1 完成句子

1) 一口咬下去，讓人口齒留香。

____，讓____。

2) 將香菇和木耳泡軟、洗淨。

將____。

3) 在瘦肉絲中加入鹽、醬油、澱粉、植物油，攪拌均勻，醃一下。

在____中____，____。

4) 待油燒熱後加入薑末和蔥絲，炒出香味兒。

待____，____。

5) 將鍋洗淨後燒乾，再加入少許植物油。

____，再____。

6) 因為餡料是熟的，所以只要將春卷炸黃便可。

因為____，所以只要____便可。

2 聽課文錄音，做練習

A 選擇（答案不止一個）

1) 做春卷之前，要準備____。

a) 香菇、木耳、瘦豬肉

b) 蔥、薑

c) 鹽、胡椒粉、醬油

d) 蘑菇、捲心菜、牛肉

2) 炒肉絲之前，要____。

a) 將薑末和蔥絲炒好

b) 把麵粉放入小碟中

c) 先炒好香菇和木耳

d) 把肉絲醃一下

B 完成句子

1) 春卷是中國一種____、廣受喜愛的傳統食品。

2) 春卷的皮____，餡兒____。

3) ____春卷皮炸成金黃色____撈出。

C 回答問題

1) 做春卷需要什麼工具？

2) 為什麼炸春卷時只要炸黃就可以了？

3) 為什麼要在盤子裏鋪吸油紙？

D 排序

包春卷時，____，____，____，____，____，____。要確保春卷包好，否則炸的時候會露餡兒。

a) 在封口的地方抹上麵粉糊

b) 一直捲到春卷皮中央部位

c) 然後繼續捲至春卷皮的末端

d) 拿一張春卷皮，取一些餡料

e) 把春卷皮的兩角摺起來

f) 把餡料放在春卷皮一角並將春卷皮捲起

春卷的做法

春卷是中國一種老少皆宜、廣受喜愛的傳統食品。春卷的皮酥脆，餡兒鹹香。一口咬下去，讓人口齒留香、食欲大增。以下是春卷的做法。

用料：春卷皮（10 張）、香菇（6 個）、木耳（10 克）、豆芽（100 克）、胡蘿蔔（半根）、瘦豬肉（80 克）、葱（1 根）、薑（3 片）、植物油（200 克）、鹽（1/2 茶匙）、胡椒粉（1/4 茶匙）、澱粉（1 茶匙）、醬油（1 茶匙）、麵粉（1 茶匙）、清水適量。

製作工具：炒鍋

製作步驟：

1) 將香菇和木耳泡軟、洗淨。將豆芽洗淨、浸泡。

2) 將香菇、木耳、胡蘿蔔、瘦豬肉和葱切成絲。將姜切成末。

3) 在瘦肉絲中加入鹽、醬油、澱粉、植物油，攪拌均勻，醃一下。

4) 炒鍋加熱後加入植物油。待油燒熱後加入薑末和葱絲，炒出香味兒。然後加入瘦肉絲，翻炒，起鍋。

5) 將鍋洗淨後燒乾，再加入少許植物油。油燒熱後加入香菇、木耳、胡蘿蔔、豆芽，翻炒。加適量的鹽和醬油，加少許胡椒粉。之後再加入炒好的瘦肉絲，翻炒，起鍋，放涼待用。

6) 將麵粉放入小碟中，加入適量清水，調成糊狀。

7) 取一張春卷皮。取少許涼透的餡料，放在春卷皮的一角上。

8) 將放了餡料的春卷皮一角捲起，捲至春卷皮中央部位。將春卷皮的兩角摺起來，然後繼續捲至春卷皮的末端。在封口處抹上麵粉糊，包好。

9) 在鍋內加入油，中火。待油燒熱之後加入春卷。

10) 待春卷皮炸成金黃色即可撈出。

注意事項：

1) 確保春卷包好，炸的時候不露餡兒。

2) 因為餡料是熟的，所以只要將春卷炸黃便可。

3) 將撈出的春卷放在鋪有吸油紙的盤子上吸掉多餘的油以後再裝盤。

3 根據實際情況回答問題

1) 春卷是中國一種廣受喜愛的傳統食品。你還知道中國其他廣受喜愛的傳統食品嗎？在你們國家有什麼老少皆宜、廣受喜愛的傳統食品？請介紹一下它的口感和做法。

2) 你會做飯嗎？你最擅長做什麼？請介紹一下它的做法。

3) 中餐和西餐在做法上有何不同？請介紹一道你喜歡的菜的做法。

4) 中國菜有哪些常用的烹飪方法？做中國菜時有哪些講究？

5) 由於各地氣候、特產不同，中國不同地區的菜肴在口味方面有所不同。你對中國各地飲食口味方面的特點有瞭解嗎？請介紹一下。

6) 請介紹一家你經常光顧的餐館。請從性價比、口味、服務、店堂佈置等方面進行介紹。

7) 經常吃油炸食品會對身體健康造成什麼影響？為了身體健康，青少年在飲食方面要注意什麼？你的飲食習慣健康嗎？應該做怎樣的調整？

8) 廣東人有飲茶的傳統，喜歡一邊喝茶一邊吃點心。飲茶也是廣東人的一種社交方式。請談談你對飲食與社交的看法。

9) 隨着全球化的發展，中國的飲食也走向了世界。為了迎合當地人的口味，中餐到海外後會融入一些外國元素。在中國跟在外國，中餐在味道上有什麼不同？你覺得這樣做有什麼好處？

10) 如今，飲食全球化，在中國的各大城市都可以品嘗到異國佳餚。請分享一下在中國吃到的讓你十分難忘的外國美食。

11) 飲食全球化的原因是什麼？飲食全球化有什麼好處？可能帶來什麼問題？

12) 有些人擔心飲食全球化會對本國傳統的飲食文化造成衝擊。你怎麼看這種觀點？

4 成語諺語

A 解釋成語並造句

1) 琳琅滿目 2) 馬馬虎虎 3) 馬到成功

4) 老少皆宜 5) 迫不及待 6) 千方百計

7) 千變萬化 8) 人才輩出 9) 數不勝數

10) 十全十美 11) 突飛猛進 12) 五彩繽紛

B 解釋諺語並造句

1) 三百六十行，行行出狀元。

2) 一分價錢一分貨。

3) 拿了手軟，吃了嘴軟。

4) 人往高處走，水往低處流。

沙灣古鎮之行

❶ 最近，我跟幾個朋友遊覽了有八百多年歷史的廣東沙灣古鎮。沙灣古鎮的每一處街景都充滿着精緻(jīng zhì)的情調，每一位居民身上都散發着淳樸(chún pǔ)的氣息。這一切無不讓我們感受到嶺南(lǐng nán)文化的特質和積澱(jī diàn)。

❷ 一走進古鎮，一堵(dǔ)鑲滿了蠔殼(háo ké)的高牆就映入(yìng rù)我們的眼簾(yǎn lián)。這是典型的嶺南特色建築。據說，蠔殼砌(qì)成的牆異常堅固，既能防盜(fáng dào)又能抵擋槍彈(dǐ dǎng qiāng dàn)，是嶺南人面對險境時無窮智慧的體現。

❸ 進入古鎮後，我們幾個"吃貨"先來到最具人氣的沙灣奶牛皇后，品嘗地道的粵式甜品薑埋奶(jiāng mái nǎi)和雙皮奶。因為廣東地區濕度很高，而薑能驅寒祛風(qū hán qū fēng)、補氣活絡(huó luò)，所以薑是粵式料理中常用的調味料。薑埋奶以薑汁和牛奶製成，口感滑嫩，風味獨特。雙皮奶以當地的水牛奶為原料，狀如膏(gāo)，色如玉，質感細膩(zhì gǎn xì nì)，口味甜香。

❹ 從甜品店出來，天空中突然飄(piāo)起了蒙蒙(méng méng)細雨。我們撐(chēng)着傘，漫步在曲徑通幽(qū jìng tōng yōu)的青石板路上，欣賞着兩旁滄桑古樸(cāng sāng gǔ pǔ)的老屋。轉過彎，古屋牆上一幅私塾(sī shú)老師授課的壁畫引起了我們的注意。沒走幾步，我們就來到了一家私塾博物館。館內陳列(chén liè)的桌椅和擺設都散發着濃濃的古韻(gǔ yùn)。一瞬間，我們猶如置身(zhì shēn)於古代學堂，耳邊隱約(yǐn yuē)響起了小兒郎的讀書聲。沙灣鎮曾孕育(yùn yù)出七十多位進士、舉人，刻着"詩書世澤""文學流風"的牌坊(pái fāng)、石刻充滿了書香氣息，展現了古鎮崇文重教(chóng wén zhòng jiào)的傳統。

❺ 在私塾博物館附近有一家家庭飯店。店堂內的餐桌椅古色古香，牆上掛着幾幅很有嶺南特色的山水畫。大廚媽媽端出了店裏的特色菜：四杯雞、海皇粉絲煲(hǎi huáng fěn sī bāo)和芝麻糊(zhī ma hù)。四杯雞色、香、味俱全，皮爽肉滑，汁濃甘香。海皇粉絲煲量足色潤，粉絲筋道(jīn dao)入味，大蝦香氣四溢。芝麻糊溫潤順滑，甜而不膩。這頓午餐不僅讓我們大飽眼福、口福，還令我們領略到嶺南人的熱情、好客。

❻ 漫步在錯落縱橫(cuò luò zòng héng)的街巷中，聽着悠揚(yōu yáng)的絲竹聲，看着鱗次櫛比(lín cì zhì bǐ)的老屋，驚歎(jīng tàn)於宗祠的宏偉壯觀(hóng wěi zhuàng guān)，感慨(gǎn kǎi)於簷雕(yán diāo)的精巧秀美。恍惚(huǎng hū)間，我們好似穿越回百年前的嶺南……

A 判斷正誤

□ 1) 沙灣古鎮充滿着精緻的情調。

□ 2) 蠔殼砌牆充分體現了嶺南人的智慧。

□ 3) 雙皮奶是用當地的水牛奶做的。

□ 4) 私塾博物館裏仍有小學生在上課。

□ 5) 古鎮上的居民都用古色古香的家具。

□ 6) 家庭飯店的佈置富有嶺南特色。

□ 7) 在家庭飯店，作者點了四個菜。

□ 8) 古鎮上的宗祠宏偉壯觀。

B 回答問題

1) 沙灣古鎮有多少年的歷史？

2) 為什麼薑是粵菜常用的調味料？

3) 沙灣古鎮崇文重教的傳統體現在哪些
   方面？

4) 為什麼作者對家庭飯店十分滿意？

C 配對

□ 1) 沙灣古鎮的每一處街景都令人駐足，

□ 2) 作者和朋友熱愛美食，

□ 3) 古鎮上居民的熱情、好客，

□ 4) 作者聽着悠揚的絲竹聲，

□ 5) 彎彎曲曲的街道、錯落有致的老屋、
   宏偉的宗祠、精巧的簷雕

a) 給作者留下了深刻的印象。

b) 古鎮的文化傳統完好地保存了下來。

c) 古鎮重視教育，人才輩出。

d) 好像把作者帶回了百年前的嶺南。

e) 漫步在散發着古韻的街巷中。

f) 一進古鎮就去吃了地道的粵式甜品。

g) 每一處景色都讓作者感受到嶺南文化
   的特質和積澱。

D 配對

□ 1) 第二段

□ 2) 第三段

□ 3) 第四段

□ 4) 第五段

a) 欣賞街道兩旁的牌坊、石刻。

b) 品粵式甜品，感受嶺南飲食文化。

c) 遊覽充滿淳樸氣息的嶺南小鎮。

d) 從蠔殼牆看嶺南人的生活智慧。

e) 嘗嶺南特色菜，領略嶺南人的熱
   情好客。

f) 訪私塾博物館，體會嶺南人崇文
   重教的傳統。

E 學習反思

你去過中國的哪些歷史文
化景點？請介紹你印象最
深的景點。

F 學習要求

1) 掌握 8 個短語。

2) 學會表達一種觀點。

3) 用 100 個字縮寫文章。

上海雲南南路美食街

上海雲南南路美食街全長不到兩百五十米，雲集了各種中華美食和小吃，在滬上享有盛譽。

上世紀八九十年代，雲南南路美食街兩旁以小吃排檔為主，有烤串、麵條、餛飩、春卷、蓮心粥、小籠包等數十種風味小吃。如今，這條美食街上既有百年歷史的上海老字號飯店，又有淮揚、杭幫、廣幫、京幫、川幫、清真、西北等多地美食。

下面就為大家介紹幾個雲南南路美食街上的餐飲老字號。

有"江南粽子大王"之稱的五芳齋創建於 1858 年。五芳齋的鮮肉粽子肉嫩味美、肥而不膩、糯而不爛、鹹甜適中，深受食客的喜愛。為了滿足人們不同的口味需求，五芳齋不斷推陳出新，推出了乾貝粽、蛋黃粽等新口味特色粽子。更值得一提的是五芳齋內古色古香的室內設計充滿着濃濃的老上海味道。

大壺春始建於 1932 年，他們的生煎包是上海有名的小吃。大壺春的鮮肉生煎面皮厚實，口感軟糯，內餡兒緊實，很有嚼勁。除了鮮肉生煎外，大壺春的蝦仁生煎也很有特色。充滿麵香的麵皮配上粉嫩透亮的蝦仁，吃到嘴裏別提有多鮮美了。

小紹興至今已有六七十年的歷史，他們的白斬雞和雞粥在上海家喻戶曉。小紹興原是一家粥攤兒，賣粥的是一對個子小小的，操一口紹興口音的兄妹，食客們親切地叫他們"小紹興"。叫着叫着，小紹興便成了粥攤兒的名字。小紹興做的白斬雞肉嫩皮香，配上薑末和香葱，好吃極了。他家的雞粥是用上乘香糯粳米和原汁雞湯熬成的，伴以特製的汁露調味，香氣四溢、口味絕佳。

小金陵創立於 1987 年，他們的金陵鹽水鴨久負盛名。鹽水鴨是南京著名的特產，因南京別稱"金陵"，故稱之為"金陵鹽水鴨"。金陵鹽水鴨肥而不膩、鮮嫩可口，吃在嘴裏回味無窮。除了金陵鹽水鴨，小金陵還有金陵小籠包、老鴨粉絲湯等特色美食。小金陵每天都熱鬧非凡：店堂內食客滿座，店堂外大排長龍。

如果你去上海，一定要去雲南南路美食街品嘗這些老字號的特色美食。

A 選擇

1) "滬" 指 ＿＿＿ 。

  a) 江南　　b) 上海

  c) 南京　　d) 紹興

2) "推陳出新" 的意思是 ＿＿＿ 。

  a) 進行改革　　b) 發展創新

  c) 推倒重來　　d) 改變口味

3) "操一口紹興口音" 的意思是 ＿＿＿ 。

  a) 不太會説紹興話　　b) 説普通話

  c) 説話有紹興口音　　d) 説上海話

4) "大排長龍" 的意思是 ＿＿＿ 。

  a) 哄搶　　b) 搶購

  c) 預訂　　d) 排長隊

B 配對

☐ 1) 在雲南南路美食街

☐ 2) 上海的老字號飯店有

☐ 3) 在五芳齋

☐ 4) 小紹興的白斬雞

☐ 5) 金陵鹽水鴨

a) 因南京別稱 "金陵" 而得名。

b) 可以買到鮮肉粽、乾貝粽等不同口味的粽子。

c) 鹹肉粽裏的蝦仁晶瑩剔透。

d) 上鋪着鵝黄的薑末和翠緑的香葱，味道好極了。

e) 大壺春、小紹興、小金陵等。

f) 可以吃到川菜、粤菜、蘇菜等多種佳餚。

g) 是用原汁雞湯小火熬成的。

C 判斷正誤，並説明理由

1) 大壺春的鮮肉生煎包皮薄餡兒大，蝦仁味道鮮美。　　　　對　　錯

_____

2) 小金陵除了鹽水鴨，還有老鴨粉絲湯和小籠包。

_____

D 回答問題

1) 上世紀末的雲南南路是什麼樣子的？

2) 現在的雲南南路為什麼很出名？

3) 五芳齋的店堂有什麼特色？

4) 小紹興的名稱是怎麼來的？

E 學習反思

如果你去上海，會去雲南南路美食街嗎？你想品嘗什麼美食？為什麼？

F 學習要求

1) 掌握 8 個短語。

2) 學會表達一種觀點。

3) 用 100 個字縮寫文章。

要求 你和幾個來自不同國家/地區的同學談論自己喜歡的美食。

談論內容包括：

• 食物的名稱
• 食物的知名度
• 製作方法，包括用料、製作工具、製作步驟、注意事項等
• 食物的營養價值

例子：

你： 我很愛吃蛋炒飯。蛋炒飯是中國人餐桌上十分常見的食物。我家晚飯常吃蛋炒飯。

同學1： 我家常吃海鮮炒飯。蛋炒飯也不錯，我也非常喜歡。

同學2： 蛋炒飯確實很好吃。我每次去中國餐館吃飯都會叫蛋炒飯。

你： 蛋炒飯吃起來好吃，做起來簡單。做蛋炒飯的主料是米飯、雞蛋和豌豆。

……

你 可以用

a) 我特別愛吃媽媽做的紅燒肉。紅燒肉是一道著名的大眾菜肴，雖然普通卻非常美味。

b) 做紅燒肉要選五花肉，也就是肥瘦相間的肉，如果沒有肥肉會影響口感。

c) 做紅燒肉需要的食材有五花肉、葱和薑，還需要黃糖、冰糖、桂皮、八角、花椒、料酒、老抽、生抽等佐料。

d) 先用清水將肉洗淨，然後切成厚塊，放進開水裏焯（chāo）一下。

e) 把薑切成片，把葱切成段。炒鍋加熱後加入少許油。待油燒熱後加入薑片和葱段，炒出香味兒。然後加入肉塊一起煸（biān）炒。肉煸炒至微黃後加入料酒、老抽、生抽，翻炒均匀。待肉上色後加入清水，放入黃糖、冰糖、桂皮、八角、花椒。先用大火燒開，然後用小火燜燒，使肉入味。

f) 紅燒肉色澤誘人，入口即化，肥而不膩，軟糯香甜，是老少皆宜的佳餚。

g) 紅燒肉含有膠原蛋白，是養顏美容的佳品，但高血糖、高血脂的人不能多吃。

8 文體

菜譜格式

標題：xx 的做法

用　　料：……………………………………………………………………………………

製作工具：……………………………………………………………………………………

製作步驟：1) 先……，然後………………………………………………………………

　　　　　2) ………………………………………………………………………………

　　　　　3) 最後，………………………………………………………………………

注意事項：確保………………………………………………………………………………

9 寫作

題目1　你們社區最近新開了一家餐廳。請為社區報紙寫一個廣告介紹這家餐廳。

你可以寫：
- 餐廳的特色
- 菜餚所屬的菜系
- 餐廳的招牌菜
- 餐廳的地址、營業時間

題目2　俗話說："三百六十行，行行出狀元。"請談談你對這個觀點的看法。

以下是一些人的觀點：
- "三百六十行，行行出狀元"的意思是不管從事何種職業都可以有所作為，做出成績。
- 在社會上，有些工種被視為"高大上"的工作，有些工種被人瞧不起。其實不論幹哪一行，只要熱愛自己的工作，不懈努力，都有成功的機會。

你 可以用

a) 鼎豐大飯店經營上海本幫菜，讓大眾對滬菜的口味與特色有進一步的瞭解。

b) 鼎豐大飯店十分重視食材的質量與口感。時令蔬菜、魚、雞、鴨都定點供應，保證食材的品質。

c) 鼎豐大飯店的特色菜有烤子魚、白斬雞、清炒蝦仁、紅燒肉、清蒸鱸魚、小籠包、酒釀圓子等。

d) 上海菜素以清淡素雅、濃湯厚味出名。炒菜鮮鹹適中，色、香、味俱全。紅燒濃油赤醬，香味兒濃郁。

e) 鼎豐大飯店地處新城商業圈，交通十分便利。

時節須知　　二毛

談到時節，我突然覺得我們這個時代的食品離袁枚老先生的"隨園"越來越遠。這還不僅僅是已經消失了的三月的鰣魚，正在消亡的一邊走一邊啄蟲子的雞，而是四季食品的顛倒和雜亂無章，使得當代的許多年輕人根本分不出番茄、黃瓜、茄子等蔬菜究竟應該在哪個時節正常成熟。

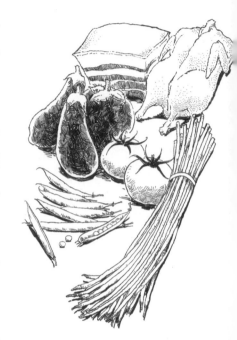

所以胡亂地吃，是我們這個時代的吃相。差不多近三十年來，我越來越感覺到茄子和番茄沒有經過夏天燦爛陽光照耀的那種陌生的味道，在冬天偏離了辣的方向的青椒，以及冬天一臉鐵青的四季豆和豇豆。那些正當季節的、耀眼的、曾經照亮過我們幸福生活的茄子、番茄、青椒、四季豆、豇豆等都去哪兒了？我不止一次問自己，那些帶有金黃色的太陽的味道哪兒去了？我越來越感到一股極其強大的反季節和轉基因食品的力量，在推動着中國飲食朝反味道的方向前行。

清明可以說是一個吃的分界線。從清明開始，在上一年秋冬時節醃製的罈子菜，不管是鹽菜、冬菜、大頭菜還是鮓海椒、酸海椒，都會隨着夏天的到來而得到充分的發酵。那種沁人心脾的乳酸香，似乎專門是為了應對三伏天到來時，搭配那碗粥、撫慰那隻胃的。正如袁老先生所述：當三伏天而得冬醃菜，賤物也，而竟成至寶矣。

這些年來，讓我感觸最深的是每年開春椿芽菜的如期到來，這幾乎成了我應季而食的唯一欣喜。每到這個時節，我會專門深入農村去收尋心愛的土雞蛋，以便門當户對地來搭配我們的椿芽妹妹。所以我想工業化養殖場的那些雞蛋，再怎麼裝，都不能匹配咱們乍寒春暖時那一葉俏椿芽。我們的老祖宗孔子早就說過"不時不食"，即不是季節不到時候，是不能拿出來吃的。反季節菜的味道和營養就遠遠不如應季菜。我曾用自然生長的應季茄子與反季的大棚茄子做過細緻的口感比較記錄，其結果相差甚遠。

豬肉也是一樣的，三個月出欄的豬，其肉質就遠遠不如七八個月或一年出欄的；喂生飼料長大的也遠不如喂熟糧食長大的。去年與搜狐美食頻道去江浙一生態豬場採訪拍攝，一下車我就請豬場老總帶我去看看豬的廚房。豬場老總當時非常驚訝地說，豬怎麼會有廚房呢？！我們把飼料拿去直接餵就是了。我說你們不是說這是完全生態的豬嗎？最好吃的豬肉，一定是把飼料（糧食）煮熟來餵的豬，所以豬一定得有具備鍋灶 guō zào 之類的廚房。

如今想要一年四季按順序 shùn xù 變化而食，早已不是一件容易的事了，除非自己去找一處世外桃源，閒養雞鴨，按季節栽種 zāi zhòng，再養上幾頭大肥豬。不過這也正是我想要去過的美食生活，美食其實也是一種生活方式。

（選自二毛，《味的道》，上海人民出版社，2015 年）

A 配對

- ☐ 1) 分界線
- ☐ 2) 沁人心脾
- ☐ 3) 三伏天
- ☐ 4) 世外桃源

- a) 不同事物的界限
- b) 一年中最熱的日子
- c) 郊區的大花園
- d) 味道很重
- e) 想像中的美好世界
- f) 給人清新、爽朗的感覺

B 判斷正誤

- ☐ 1) 吃應季的食物可以讓人感到幸福。
- ☐ 2) 清明適合醃製罈子菜。
- ☐ 3) 作者不喜歡吃工業化養殖場的雞蛋。
- ☐ 4) 生態豬場是用煮熟的食物餵豬的。
- ☐ 5) 現在想吃應季菜非常困難。
- ☐ 6) 以前的番茄能聞到太陽的"香味兒"。

C 回答問題

1) 為什麼現在很多年輕人不知道蔬菜應該什麼時候成熟？

2) 中國飲食變得不講究時節是受什麼因素影響？

3) "當三伏天而得冬醃菜，賤物也，而竟成至寶矣"，袁枚先生所述的"賤物"指的是什麼？

4) 作者吃椿芽菜時喜歡搭配什麼食品？

5) 為什麼蔬菜不到時候不能拿出來吃？

6) 作者心中理想的美食生活是什麼樣的？

7) 你們家經常吃哪些反季節的蔬菜、水果？你覺得怎樣才能吃到應季的食物？

8) 你們家吃轉基因食品嗎？你怎麼看轉基因食品？

孫武・屈原

春秋時期，諸侯國之間戰爭不斷。齊國的孫武（約公元前 545 年－約公元前 470 年）是傑出的軍事家和政治家，對中國的軍事思想產生了深遠的影響，被譽為"東方兵學的鼻祖"，尊稱兵聖或孫子。孫子的祖先是陳國的國君，後來因陳國戰亂逃到了齊國。孫子家曾經為齊國立下過顯赫的戰功。孫子受到家庭的熏陶，潛心研究兵法。孫子的著作《孫子兵法》深刻揭示了戰爭的規律，是世界上最早的兵書，備受古今中外軍事家的推崇，是中國乃至世界軍事史上一份珍貴的

孫武

歷史遺產。《孫子兵法》中"兵不厭詐""知己知彼，百戰不殆""攻其不備，出其不意"等都是家喻户曉的軍事思想。

戰國時期，齊、楚、燕、韓、趙、魏、秦是最強大的七個諸侯國。在這七國中，秦國最強，經常攻打其他六國。屈原（公元前 340 年－公元前 278 年）是楚國偉大的政治家。他積極促成了楚國及其他五個諸侯國聯盟對抗秦國，使楚懷王成了聯盟的領袖。屈原因此得到了楚懷王的重用，管理內政外交大事。這使楚國的貴族和大臣十分妒恨，經常在楚懷王面前搬弄是非。後來，楚懷王對屈原漸漸疏遠，兩次將他流放在外。公元前 278 年農曆五月初五，聽説楚國的都城被秦國佔領，屈原絕望地投汨羅江自盡了。為了紀念屈原，中國人每年的農曆五月初五都賽龍舟、吃粽子。屈原不僅是偉大的政治家，還是偉大的愛國詩人、中國浪漫主義文學的奠基人。他創作了《離騷》《天問》《九歌》等大量文學作品，其中《離騷》最為著名。《離騷》中傾注了屈原的理想、遭遇和痛苦。

古為今用（可以上網查資料）

粽子

1) 在學習時，可以如何使用“知己知彼，百戰不殆”的策略？請舉例說明。

2) 在比賽時，可以如何使用“攻其不備，出其不意”的策略？請舉例說明。

3) 在談判時，可以如何使用“兵不厭詐”的策略？請舉例說明。

4) 偉大的愛國詩人屈原對後人有哪些影響？

5) 中國有悠久的歷史和遼闊的疆土，各地粽子的樣式和口味有所不同。北方的粽子大多是什麼餡兒的？廣東的粽子有什麼特色？嘉興的粽子有什麼特色？你喜歡吃哪種風味的粽子？

12 地理知識

河流

長江

　　中國有許多聞名於世的大江大河，其中長江與黃河最為著名。長江是中國第一長河、世界第三長河，全長約 6300 公里。黃河是中國第二長河、世界第五長河，全長約 5464 公里。傳說，長江與黃河原是青、黃兩條龍。它們來到人間，化身為兩個和尚，驅走魑、魅（qū zǒu wǎng liǎng）兩個妖怪（yāo guài）在人們心中藏下的“癘火”（lì huǒ），讓人們不再互相傷害。在一場大戰中，魑、魅將自己手下的小妖怪變成了兩條火龍，想燒毀（shāo huǐ）一切。為了保護人類，青、黃二龍變成青、黃兩條大河，將兩條火龍慢慢壓了下去。最後，青、黃二龍變的兩條大河嵌入地下，成為了長江與黃河。從那以後，人們靠着長江、黃河的哺育（bǔ yù），創造了燦爛（càn làn）的中華文化。

造福後代（可以上網查資料）

1) 長江的發源地在哪裏？

2) 從高空俯瞰，長江和黃河哪條河的幹流像漢字“几”字？

3) 長江和黃河是中華文明的搖籃，被稱為中國的“母親河”。你們國家有“母親河”嗎？請介紹一下你們國家的“母親河”或你們國家著名的河流。

第二單元複習

生詞

第四課

隆重	頓	辭舊迎新	合家	盛大	外地	成員	相隔
想方設法	必不可少	民間	敲	子時	相交	更替	即
歲	諧音	元寶	招財進寶	財源	家宴	必須	切忌
剩餘	富貴	來年	事業	豆芽	棗	必備	黃豆芽
如意	寓意	吉祥	僅僅	菜餚	憧憬	合力	歡聚
告別	過去	嶄新					

第五課

源遠流長	世代	至今	仍然	格言	光陰	無價之寶	無法
金錢	有限	公平	箭	日月如梭	利用	立志	進取
自強不息	詩	壯	徒	悲	遺憾	悲傷	荒廢
大好	投資	抓緊	耕耘	付出	孝敬	生命	撫養
無私	奉獻	體諒	力所能及	教誨	操心	牽掛	辜負
期望	謙虛	為人	處事	禮讓	待人接物	彬彬有禮	助人為樂
伸	相助	可取	承認	牢	並	盡力	落實
充實							

第六課

老少	皆	皮	酥	餡	咬	齒	食欲
香菇	木耳	克	根	薑	茶匙	胡椒	粉
澱粉	麵粉	步驟	泡	浸泡	末	加入	攪拌
均勻	醃	加熱	味	翻	起	少許	碟
調	糊	透	角	部位	摺	末端	封口
金黃	即	撈	事項	確保	露	便	鋪
盤子	多餘	裝					

短語 / 句型

- 辭舊迎新　·合家團圓　·一年中最盛大的節日　·年夜飯也叫團圓飯
- 餐桌上必不可少的食品　·按照民間的傳統習俗　·餃子的形狀很像元寶
- 有吃餃子可以"招財進寶""財源廣進"的說法　·除夕夜的家宴還必須有魚
- 吃魚切忌一次吃光，一定要有一些剩餘　·象徵"富貴有餘""年年有餘"
- 象徵來年生活、事業"步步高升"　·很多家庭春節必備的食物
- 黃豆芽的形狀看起來像如意　·吃豆芽的寓意是"吉祥如意"
- 棗表達"春來早"的希望　·象徵着人們對未來的美好憧憬　·合力準備年夜飯
- 歡聚一堂　·告別過去，迎接嶄新的一年

- 中國文化源遠流長　·影響了世代中國人　·至今仍然有着重要的意義
- 一寸光陰一寸金，寸金難買寸光陰　·時間是無價之寶　·光陰似箭，日月如梭
- 從小立志勤學　·積極進取　·自強不息　·少壯不努力，老大徒傷悲
- 不能荒廢現在的大好時光　·應該把最好的時間用來"投資"自己
- 抓緊時間好好學習　·一分耕耘，一分收穫　·撫養我們長大　·教給我們做人的道理
- 感謝父母的無私奉獻　·幫父母做力所能及的事　·聽取父母的教誨
- 少讓父母操心、牽掛　·不辜負他們的期望　·謙虛禮貌　·待人接物要彬彬有禮
- 把這些優良傳統牢牢記在心裏　·盡力落實到行動上　·讓人生更充實、精彩

- 老少皆宜、廣受喜愛的傳統食品　·春卷的皮酥脆，餡兒鹹香
- 一口咬下去，讓人口齒留香、食欲大增　·製作步驟　·將香菇和木耳泡軟、洗淨
- 將豆芽洗淨、浸泡　·將薑切成末　·待油燒熱後加入薑末和葱絲，炒出香味兒
- 加入瘦肉絲，翻炒，起鍋　·將麵粉放入小碟中，加入適量清水，調成糊狀
- 取少許涼透的餡料，放在春卷皮的一角上
- 將放了餡料的春卷皮一角捲起，捲至春卷皮中央部位
- 將春卷皮的兩角摺起來，然後繼續捲至春卷皮的末端　·在封口處抹上麵粉糊，包好
- 待春卷皮炸成金黃色即可撈出　·確保春卷包好，炸的時候不露餡兒

生詞

zhǐ nán
❶ 指南 guide ❷ 膳 meals 膳食 meals
shàn *shàn shí*

shè
❸ 攝 take in ❹ 儘量 to the best of one's ability
jǐn liàng

guī lù
❺ 規律 regular ❻ 俗話 proverb
sú huà

miǎn
❼ 免 avoid ❽ 疫 epidemic disease
yì

miǎn yì
免疫 be immune (from disease)

miǎn yì lì
免疫力 immunity (from disease)

chéngzhǎng
❾ 成長 grow up ❿ 發育 grow up
fā yù

yǒu yǎng yùn dòng
⓫ 有氧運動 an aerobic exercise

xíng shì
⓬ 形式 form

gēn *jù* *gēn jù*
⓭ 根 basis ⓮ 據（据）according to 根據 according to

dú pǐn *hài*
⓯ 毒品 illegal drugs ⓰ 害 harm

biǎo míng *màn xìng*
⓱ 表明 make known ⓲ 慢性 chronic

zhī *guǎn*
⓳ 支 branch ⓴ 管 tube

zhī qì guǎn *xuè guǎn*
支氣管 bronchial tube 血管 blood vessel

yán *guān xīn bìng*
㉑ 炎 inflammation ㉒ 冠心病 coronary heart disease

ái *ái zhèng*
㉓ 癌 cancer 癌症 cancer

sǔn *sǔn hài*
㉔ 損（损）harm; damage 損害 harm; damage

zàng
㉕ 臟 internal organs of the body

gān *gān zàng*
㉖ 肝 liver 肝臟 liver

shèn *shèn zàng*
㉗ 腎（肾）kidney 腎臟 kidney

shén jīng *xì tǒng*
㉘ 神經 nerve ㉙ 系統 system

zuì *má zuì*
㉚ 醉 drunk 麻醉 anaesthetize

wēi *wēi hài*
㉛ 危 endanger 危害 endanger

fèng *quàn*
㉜ 奉 regard as respect ㉝ 勸（劝）(try to) persuade

fèng quàn
奉勸 offer a piece of advice

zhān *zhānrǎn*
㉞ 沾 touch 沾染 contract

mián *shuì mián*
㉟ 眠 sleep 睡眠 sleep

huī fù *tǐ lì*
㊱ 恢復 recover ㊲ 體力 physical strength

wéi *wéi chí* *dà nǎo*
㊳ 維 maintain 維持 maintain ㊴ 大腦 brain

zhèngcháng *yùn zhuǎn*
㊵ 正常 normal ㊶ 運轉 operate

xīn tài *chǔ yú*
㊷ 心態 state of mind ㊸ 處於 be (in)

qīng chūn *qīng chūn qī*
㊹ 青春 youth 青春期 puberty

cháng shì *shī zhǎng*
㊺ 嘗試 attempt ㊻ 師長 teachers

máng *mí máng* *dù guò*
㊼ 茫 unclear 迷茫 confused ㊽ 度過 spend

guān *nán guān* *zhuǎn yí*
㊾ 關 barrier 難關 difficulty ㊿ 轉移 divert

zàn *zàn shí*
51 暫（暂）for the time being 暫時 for the time being

shí qī *dà dào*
52 時期 period; stage 53 大道 broad road

wěi *wěi yuán*
54 委 entrust 委員 committee member

wěi yuán huì
委員會 committee

1 完成句子

1) 想要擁有健康的身體，青少年每日的膳食中應含有人體所需的營養。

想要 ＿＿＿＿，＿＿＿＿ 應 ＿＿＿＿ 。

2) 青少年每天的飲食應該包括穀類、蔬果類和高蛋白食物，儘量少吃或不吃快餐、零食。

＿＿＿＿ 應該 ＿＿＿＿ ，儘量 ＿＿＿＿ 。

3) 多種疾病都跟吸煙有直接關係。

＿＿＿＿ 跟 ＿＿＿＿ 有直接關係。

4) 毒品會麻醉神經，讓人上癮，對人體的危害極大。

＿＿＿＿ 對 ＿＿＿＿ 的危害 ＿＿＿＿ 。

5) 對正處於青春期的中學生來說，心理健康至關重要。

對 ＿＿＿＿ 來說，＿＿＿＿ 至關重要。

6) 在他們的幫助下走出迷茫，度過難關。

在 ＿＿＿＿ 的幫助下 ＿＿＿＿ 。

2 聽課文錄音，做練習

A 選擇（答案不止一個）

1) 在飲食方面，青少年要注意 ＿＿＿＿ 。

a) 按時吃早飯　　　b) 不暴飲暴食

c) 有規律地飲食　　d) 多吃快餐、零食

2) 青少年要養成良好的習慣，＿＿＿＿ 。

a) 不抽煙、不喝酒

b) 否則會影響身體健康

c) 要晚睡晚起

d) 遠離毒品

3) 過量飲酒會損害人體的 ＿＿＿＿ 。

a) 肝臟　　b) 腎臟

c) 四肢　　d) 心血管系統

4) 想擁有健康的生活方式，＿＿＿＿ 。

a) 睡眠要充足

b) 運動量要大

c) 營養要均衡

d) 應多與父母交談

B 完成句子

1) 青少年要 ＿＿＿＿ 或 ＿＿＿＿ 攝入不利於健康的成分。

2) 具體的 ＿＿＿＿ 可以根據 ＿＿＿＿ 來決定。

3) 大家可以嘗試 ＿＿＿＿ 注意力，＿＿＿＿ 忘記煩惱。

C 回答問題

1) 青少年為什麼要堅持做運動？

2) 青少年為什麼要有充足的睡眠？

3) 青少年如果遇到困難或問題可以找誰幫忙？

青少年健康生活方式指南^{zhǐ nán}

青少年朋友們：

健康的生活方式十分重要，直接影響到大家每天的生活和學習。以下是青少年健康生活方式指南，請大家多加注意。

1. **注意健康飲食** 想要擁有健康的身體，青少年每日的膳^{shàn}食^{shí}中應含有人體所需的營養，同時要避免或減少攝入^{shè}不利於健康的成分。青少年每天的飲食應該包括穀類、蔬果類和高蛋白食物，儘量^{jǐn liàng}少吃或不吃快餐、零食。除此之外，合理的飲食習慣也很重要，要按時吃早餐、規律^{guī lù}飲食、不暴飲暴食。

2. **堅持適量運動** 俗話^{sú huà}說："生命在於運動。" 運動不僅可以增強身體的免疫力^{miǎn yì lì}，而且有利於青少年的成長發育^{chéng zhǎng fā yù}。不論學習、生活多麼忙，青少年都應該抽出時間做運動。理想的運動量是每週運動5次，每次做有氧運動^{yǒu yǎng yùn dòng}30分鐘。具體的運動形式^{xíng shì}可以根據^{gēn jù}個人的喜好來決定。

3. **養成良好的習慣** 青少年應該遠離煙、酒和毒品^{dú pǐn}。吸煙害^{hài}人害己。多項研究表明^{biǎo míng}，高血壓、慢性支氣管炎^{màn xìng zhī qì guǎn yán}、冠心病^{guān xīn bìng}、癌症^{ái zhèng}等多種疾病都跟吸煙有直接關係。過量飲酒會損^{sǔn}害^{hài}人的肝臟^{gān zàng}、腎臟^{shèn zàng}、神經系統^{shén jīng xì tǒng}和心血管^{xuè guǎn}系統。毒品會麻醉^{má zuì}神經，讓人上癮，對人體的危害^{wēi hài}極大。奉勸^{fèng quàn}各位青少年要養成良好的生活習慣，一定不要沾染^{zhān rǎn}煙、酒和毒品。

4. **保證充足的睡眠**^{shuì mián} 充足的睡眠可以幫助人恢復體力^{huī fù tǐ lì}、維持大腦^{wéi chí dà nǎo}的正常運轉^{zhèng cháng yùn zhuǎn}，對健康十分重要。正在長身體的青少年更需要充足的睡眠。

5. **保持健康的心態**^{xīn tài} 真正的健康包括身體健康和心理健康。對正處於青春期^{chǔ yú qīng chūn qī}的中學生來說，心理健康至關重要。遇到困難或者不開心的事情，可以嘗試^{cháng shì}與父母、朋友、師^{shī}長^{zhǎng}、社工交談，將煩惱說出來。在他們的幫助下走出迷茫^{mí máng}，度過難關^{dù guò nán guān}。大家還可以嘗試轉移^{zhuǎn yí}注意力，去做自己喜歡的事，如運動、唱歌、看電影，暫時^{zàn shí}忘記煩惱。

俗話說："健康不是一切，但是沒有健康就沒有一切。" 希望大家在青少年時期^{shí qī}養成良好的生活習慣，為自己的未來鋪出一條健康、快樂的大道^{dà dào}。

上海市教育委員會^{wěi yuán huì}

2017 年 8 月 10 日

3 根據實際情況回答問題

1) 健康的飲食十分重要，直接影響到人們每天的學習、工作和生活。請介紹一下食物金字塔。對照食物金字塔分析一下你的飲食結構是否合理，應該做哪些調整。

2) 人們常說："早吃好，午吃飽，晚吃少。"你同意這種觀點嗎？為什麼？

3) 為了身體健康和環境保護，很多人提倡吃素。你怎麼看待素食文化？你會嘗試做素食者嗎？為什麼？

4) 俗話說："生命在於運動。"運動對身體健康有何幫助？

5) 什麼是有氧運動？你平時經常做有氧運動嗎？你喜歡做劇烈的運動還是比較溫和的運動？你最喜歡的運動是什麼？屬於有氧運動嗎？

6) 吸煙、喝酒對身體健康有害。如果發現朋友吸煙、喝酒，你會怎麼做？

7) 你們學校是怎樣教育學生遠離毒品的？你覺得學校的宣傳教育工作有效嗎？還可以做哪些改進？

8) 一些青少年有逃學、有網癮、沉迷於電腦遊戲的壞習慣。造成這些壞習慣的原因有哪些？如果朋友勸你一起逃學，你會怎麼做？

9) 由於學業繁重，有些學生經常熬夜，還有些學生會失眠。睡眠不足會對人的學習、健康、情緒造成什麼影響？你的睡眠充足嗎？你經常熬夜嗎？

10) 你有什麼興趣愛好？有煩惱、不開心的時候，你會怎樣轉移注意力？

11) 如果在學業、生活、交友方面遇到問題、麻煩，你會怎樣處理？請誰幫助？請舉例說明。

12) 你的生活方式健康嗎？有哪些需要改進的地方？

4 成語諺語

A 解釋成語並造句

1) 應有盡有 2) 爭分奪秒 3) 足不出戶

4) 自始至終 5) 自暴自棄 6) 異想天開

7) 異口同聲 8) 夜深人靜 9) 心靈手巧

10) 心滿意足 11) 心平氣和 12) 心曠神怡

B 解釋諺語並造句

1) 生命在於運動。

2) 萬事開頭難。

3) 不費吹灰之力。

4) 健康不是一切，但是沒有健康就沒有一切。

快樂是健康的良方

中國有句老話："笑一笑，十年少；愁一愁，白了頭。"豁達(huò dá)的心態對身體健康十分重要。精神愉快、心情開朗，人就會滿面紅光、青春常駐(qīng chūn cháng zhù)；反之，心情抑鬱、情緒低落，人容易疾病纏身(jí bìng chán shēn)、短壽促命。

現代醫學研究已經證實，陽光心態是保持身體健康的法寶之一。當人心情愉快時，大腦就會分泌出可以幫助人體提高免疫力的成分，從而抵禦(dǐ yù)疾病入侵(rù qīn)，保障(bǎo zhàng)身體各個器官正常運作。相反，恐懼(kǒng jù)、悲傷(bēi shāng)、嫉妒(jí dù)、生氣、緊張等不良情緒會使人吃不好、睡不香，身體免疫功能下降。長期心情不佳的人，輕者免疫機能會故障頻出(gù zhàng pín chū)，重者會有疾病乘虛而入。

想保持陽光心態，不妨試試以下方法：第一，保持積極的態度。多寬容、少抱怨，多行善、少作惡。遇事不要斤斤計較，有時雖然看起來是吃虧了，但卻收穫了寶貴的好心情。參加公益活動、做志願者，在幫助他人的同時還能改善情緒，讓自己快樂、自信。第二，努力適應環境。在生活、學習、工作中，有很多不可改變的因素。當你無法改變環境時，改變自己。與其怨天尤人(yuàn tiān yóu rén)，不如調整心態，變消極為積極去適應環境。這樣不僅有利於改變我們的狀態，還有助於改善我們的心情。第三，多和親友相聚。親情和友情無比珍貴，是幸福的源泉(yuán quán)。時常跟親戚、朋友見面可以增進感情，感受親朋好友無私的關愛。生活不順、工作遇到問題時，找親友聊聊天兒，可以

讓自己儘快從不愉快中走出來。第四，培養多種興趣愛好。眾所周知，興趣愛好有助於轉移注意力，緩解(huǎn jiě)負面情緒。書法能讓人心情平靜，音樂能安撫焦躁(ān fǔ jiāo zào)情緒，旅遊能使人心胸開闊……只要是有益於身心健康的活動都值得我們去嘗試。第五，多參加體育運動。運動不但有利於身體健康，而且可以促進人體內分泌變化，讓人輕鬆、愉快。

快樂的心情和陽光的心態是預防疾病的良藥。行動起來，健康掌握在我們自己的手中！

A 寫出字/詞的確切意思

在文本中……	這個字/詞……	文中的意思是……
1) "精神愉快、心情開朗，人就會滿面紅光、青春常駐"	"滿面紅光" "青春常駐"	
2) "與其怨天尤人，不如調整心態"	"怨天尤人"	

B 選出四個正確的句子

_____ 是保持陽光心態的好方法。

a) 少抱怨，以積極的態度看待事物

b) 經常跟親朋好友聚會

c) 碰到困難找親友幫忙解決問題

d) 堅持適量運動

e) 注意健康飲食，少吃垃圾食品

f) 練習書法、聆聽音樂、遊山玩水

C 回答問題

1) 為什麼陽光心態對身體健康非常重要？

2) 如果長時間心情壓抑可能會有什麼影響？

3) 參加公益活動有什麼好處？

4) 做體育運動對調節情緒有什麼幫助？

D 配對

☐ 1) 中國有句古話說得很有道理，

☐ 2) 心情不好會使人寢食難安，

☐ 3) 如果不能改變環境，

☐ 4) 吃虧是福，

a) 斤斤計較只會破壞自己的心情，萬萬不可取。

b) 就要調整心態，改變自己去適應環境。

c) "笑一笑，十年少；愁一愁，白了頭"。

d) 培養興趣愛好很重要，興趣越廣泛越好。

e) 身體免疫功能也會下降。

f) 經常發脾氣、過度傷心、心情緊張等現象。

E 學習反思

1) 你認同"快樂是健康的良方"這一觀點嗎？

2) 請舉例說一說你平時是怎樣調節情緒的。

F 學習要求

1) 掌握 8 個短語。

2) 學會表達一種觀點。

3) 用 100 個字縮寫文章。

http://blog.sina.com.cn/u/2907678815
周洋子的博客

正確看待素食文化　(2017-7-25 17:47)

　　近年來，素食文化在世界範圍內悄然興起。所謂素食就是不吃由動物製成的食品，只吃蔬菜、穀類、豆類、水果、堅果等。有的素食者會食用海鮮、奶類、蛋類產品，但嚴格的素食主義者是不食用任何來自動物的產品的。

　　吃素的好處有很多。首先，從健康角度來看，人的腸道結構更加適合消化五穀、豆類、水果等素食。人類的腸道近十米長，內壁充滿褶皺，肉類食品在腸道內容易腐敗、發酵。由於無法完全排出體外，長期積累會對身體造成傷害。其次，吃素能促進人體的新陳代謝，不僅有利於保持健美的體形，還可以起到減肥的作用。最後，素菜的價格一般比葷菜便宜，吃素可以節省不少開支。

　　由於素食已成為一種新時尚，所以我也決定開始吃素。兩個月下來，我發現自己的記憶力減退、精神萎靡不振，反應也遲鈍了，還容易感到疲勞。後來，營養師告訴我，素食者必須得注意飲食的種類和搭配，因為並非所有素食都含有人體所需的蛋白質、鈣、鐵、鋅、維生素等營養成分。以維生素 B12 為例，維生素 B12 有助於紅細胞的發育，保證人體造血機能處於正常狀態，缺乏 B12 會引起貧血。維生素 B12 自然存在於肉類食品中。如果吃素，要特別注意吃紫菜、海帶等富含 B12 的素食。

　　素食的確是一種更加尊重其他生命的飲食方式，但對於處在成長發育階段的青少年來說，決定吃素前務必要諮詢醫生的意見。無論吃不吃素，都要保證營養的均衡。

　　你們怎麼看待吃素？請給我留言！謝謝！

閱讀（21）｜評論（3）｜收藏（1）｜轉載（1）｜喜歡▼｜打印

評論　　　　　　　　　　　　　　　　　　　　　　　　　　　　　[發評論]

靜心：我吃素兩年了，覺得自己心神更安定，頭腦更清晰，心靈也得到了淨化。素食讓人類回歸自然，應該大力提倡。

我愛肉肉：我不太看好這種吃素的潮流。我妹妹跟風吃素以後總覺得自己吃得健康，就開始隨意吃零食，身體反而不好了。素食者不一定有健康的身體。

北斗星：樓上說的情況很有意思。我爺爺一輩子吃素。他今年已經 86 歲高齡了，仍舊紅光滿面，身子硬朗，每天還下地幹活呢！

A 判斷正誤

□ 1) 有的素食者會吃雞蛋、魚和奶製品。

□ 2) 肉食在腸道裏容易腐爛、發酵,影響身體健康。

□ 3) 葷菜吃多了,人會容易疲勞、精神不振。

□ 4) 吃素能起到減肥的作用。

□ 5) 吃素能減少開支,因為葷菜一般比素菜貴。

□ 6) 不是所有的蔬菜中都有人體所需的營養成分。

□ 7) 青少年正在成長發育,不能吃素。

□ 8) 維生素 B12 對維持人體正常的造血功能十分重要。

B 選擇

1) "悄然"的意思是 _____ 。

   a) 忽然　　　b) 廣泛地

   c) 突然　　　d) 靜靜地

2) "跟風"的意思是 _____ 。

   a) 追求　　　b) 學別人的樣

   c) 贊成　　　d) 親身體驗

3) "硬朗"的意思是 _____ 。

   a) 弱不禁風　　b) 虛胖

   c) 身體健康　　d) 軟弱

C 配對

□ 1) 從健康的角度來看,

□ 2) 有些想瘦身的人選擇吃素,

□ 3) 作者嘗試吃素是因為

□ 4) 如果素食者不注意飲食的種類、搭配,

a) 因為素食可以促進人體的新陳代謝。

b) 會營養不良、影響健康。

c) 人體的腸胃更適合消化蔬果、穀類等素食。

d) 由於紫菜和海帶含有豐富的維生素 B12。

e) 素食文化已經成為了一種潮流、時尚。

f) 記憶力衰退,思想很難集中。

D 回答問題

1) 嚴格的素食主義者吃什麼?

2) 作者在博客中給吃素的青少年什麼建議?

3) 在評論中,"靜心"怎麼看待素食文化?

4) "我愛肉肉"對吃素的潮流持什麼態度?

5) 在評論中,"北斗星"同意"我愛肉肉"的觀點嗎?為什麼?

E 學習反思

1) 你對吃素有什麼看法?

2) 你身邊有人吃素嗎?你會嘗試吃素嗎?為什麼?

F 學習要求

1) 掌握 8 個短語。

2) 學會表達一種觀點。

3) 用 100 個字縮寫文章。

情景　這個學期你經常生病，已經請了好幾次病假了。平常上課你常常精神萎靡不振、注意力不集中。你的考試成績也在下降。班主任、父母和你坐在一起商量該怎樣改變這種狀況。

討論內容包括：

- 作息習慣
- 飲食習慣
- 健康問題
- 其他問題

例子：

班主任：最近一兩個月，你經常生病，缺了很多課。即使來上課，你也總是一副睡不醒的樣子，精神萎靡不振。任課老師也反映你上課時常常思想不集中，還不按時交作業。今天我想和你們一起找出問題的根源，想辦法改變目前的狀況。

母親：　她最近身體不太好，容易感冒，病剛好沒過一兩週又犯了。她每天晚上都學到很晚才睡，有時候一晚只睡四五個小時。我看她也很久沒有做運動了。

你：　　是的。最近我的狀態是不好，吃飯也不香，睡覺也不穩，有時候還會失眠。我也很想知道是什麼原因讓我變成這樣。

……

可以用

a) 我的作息時間不太規律，有時候累了九點就上牀睡覺了，有時候熬到很晚才睡。這個學期我經常熬夜，總是睡眠不足。

b) 我的飲食習慣不太合理。因為學習緊張，我吃飯不定時也不定量，餓了就去吃零食。這個學期我的體重增加了，還經常覺得疲倦無力。下午上課時我總是沒有精神，有時還會打瞌睡。

c) 我注意到你經常不吃早飯。"早吃好，午吃飽，晚吃少。"只有吃好早飯，你上課時才能集中精力學習。

d) 你正在長身體，合理的飲食十分重要，可以以食物金字塔作為健康飲食的指南。主食給人體提供能量，你不能不吃主食。你還要多吃蔬菜和水果，蔬果中含豐富的維生素、纖維和礦物質，對身體健康很有幫助。只有吃營養豐富的三餐，才能集中精力學習。

e) 為了擁有苗條的身材，我從這個學期開始節食減肥。三個月下來，我確實瘦了很多，但是精神和身體狀態卻變差了。上體育課跑步後，我胸悶、氣喘得厲害。

f) 最近，我最要好的朋友健康出了問題，休學回家了。我們倆是髮小兒，我非常擔心她。

8 文體

指南格式

標題：xx 指南

□□各位 xx：

□□正文（包括簡單的介紹和具體的注意事項）。

部門：xx

日期：xx 年 xx 月 xx 日

9 寫作

題目1 以前你身體比較差，吃素一年後你的身體和精神狀況都有所改善。你想建議更多的同學吃素。請為學校網站寫一篇素食指南。

你可以寫：

- 提倡素食的原因
- 素食的好處
- 食素的注意事項

題目2 俗話說："生命在於運動。" 請談談你對這個觀點的看法。

以下是一些人的觀點：

- "生命在於運動" 是一句至理名言。想要有健康的身體，鍛煉是必不可少的。運動可以增強體質，提高免疫力，還可以改善睡眠質量。

- 專家指出運動應該成為人們生活的一部分。如果工作、學習很忙，可以利用零碎時間來做運動，比如路上快步行走、多走樓梯等。這樣既充分利用了時間又鍛煉了身體，一舉兩得。

你 可以用

a) 現代人生活水平提高了，食物變得豐富了。大魚大肉吃得比以前多了，身體卻不如以前好了。現在越來越多的人意識到吃素是一種健康的飲食方式。正確吃素有利於身體健康。

b) 吃素還有利於保護自然環境。有數據顯示，大量飼養牲畜可能會污染地下水，排放出來的二氧化碳會使全球升溫。如果人類改為吃素，水會更加潔淨，地球會更加健康。

c) 吃素有很多好處。相對葷菜，素菜的熱量更低，所以一般素食者都比較苗條。高纖維、低脂肪的素食對高血壓、糖尿病、心臟病有很好的預防效果。醫學研究表明，吃素還能降低癌症的發病率。

養成好習慣　　梁實秋

　　人的天性大致是差不多的，但是在習慣方面卻各有不同，習慣是慢慢養成的，在幼小的時候最容易養成，一旦養成之後，要想改變過來卻還不很容易。

　　例如說，清晨早起是一個好習慣，這也要從小時候養成，很多人從小就貪睡懶覺，一遇假日便要睡到日上三竿（rì shàng sān gān）還高臥不起，平時也是不肯早起，往往蓬首垢面地就往學校跑，結果還是遲到，這樣的人長大了之後也常是不知振作（zhèn zuò），多半不能有什麼成就。祖逖（zǔ tì）聞雞起舞，那才是志士奮勵的榜樣。

　　我們中國人最重禮，因為禮是行為的規範。禮要從家庭裏做起。我看見有些個孩子們早晨起來對父母視若無睹，晚上回到家來如入無人之境，遇到長輩常常橫眉冷目，不屑搭訕。這樣的跋扈乖戾（bá hù guāi lì）之氣如果不早早地糾正過來，將來長大到社會服務，必將處處引起摩擦（mó cā）不受歡迎。我們不僅對長輩要恭敬（gōng jìng）有禮，對任何人都應維持相當的禮貌。

　　大聲說話，擾及（rǎo jí）他人的寧靜，是一種不好的習慣。我們試自檢討一番，在別人讀書工作的時候是否有過喧（xuān）嘩（huá）的行為？我們要隨時隨地為別人着想，維持（wéi chí）公共的秩（zhì）序，顧慮（gù lù）他人的利益，不可放縱（fàng zòng）自己，在公共場所人多的地方，要知道依次（yī cì）排隊，不可爭先恐後地去亂擠。

　　時間即是生命。我們的生命是一分一秒地在消耗（xiāo hào）着，我們平常不大覺得，細想起來實在值得警惕（jǐng tì）。我們每天有許多的零碎時間於不知不覺中浪費掉了。我們若能養成一種利用閒暇（xián xiá）的習慣，一遇空閒，無論其為多麼短暫，都利用之做一點有益身心之事，則積少成多終必有成。常聽人講過“消遣（xiāo qiǎn）”二字，最是要不得，好像是時間太多無法打發的樣子。其實人生短促極了，哪裏會有多餘的時間待人“消遣”？

　　吃苦耐勞是我們這個民族的標誌。古聖先賢總是教訓我們要能過儉樸的生活，所謂“一簞（dān）食，一瓢（piáo）飲”，就是形容生活狀態之極端的刻苦，所謂“嚼（jiáo）得菜根”，就是表示一個有志的人之能耐得清寒。惡衣惡食，不足為恥（chǐ），豐衣足食，不足為榮，這在個人之修養上是應有的認識。

習慣養成之後，便毫無勉強，臨事心平氣和，順理成章。充滿良好習慣的生活，才是合於 "自然" 的生活。

（選自梁實秋，《雅舍雜文》，武漢出版社，2013 年）

作者介紹 梁實秋（1903-1987），著名的作家、翻譯家、文學批評家。梁實秋的代表作有《雅舍小品》《槐園夢憶》等。

A 選擇

1) "日上三竿" 的意思是 _____ 。

   a) 清晨　　　　b) 太陽剛剛出來

   c) 中午時分　　d) 太陽已經升得很高了

2) "視若無睹" 的意思是 _____ 。

   a) 過度熱情　　b) 自己親眼看見

   c) 殘酷無情　　d) 一點都不關心

3) "豐衣足食" 的意思是 _____ 。

   a) 吃得太飽　　b) 豐富多彩

   c) 生活富裕　　d) 衣服好看

4) "順理成章" 的意思是 _____ 。

   a) 合乎情理　　b) 不講道理

   c) 隨心所欲　　d) 聽人擺佈

B 判斷正誤

☐ 1) 小時候養成的壞習慣長大後很難改正。

☐ 2) 從小就貪睡懶覺的人是很難成功的。

☐ 3) 對客人一定要有禮貌，對家人可以隨便一些。

☐ 4) 別人學習時應該保持安靜，不應該大聲吵鬧。

☐ 5) 大段的時間一定要好好珍惜，零碎的時間可以用來休閒。

☐ 6) 吃苦耐勞是中華民族的傳統美德。

C 回答問題

1) 不重視禮貌的人可能會遇到什麼問題？

2) 為什麼作者不喜歡 "消遣" 這兩個字？

3) 作者認為應該養成哪些好習慣？請列舉四項。

4) 你有哪些好習慣？在哪些方面做得還不夠好？

5) 你做到 "惡衣惡食，不足為恥，豐衣足食，不足為榮" 了嗎？請舉例說一說。

秦 朝

戰國時期，為了使國家更加強大，各諸侯國紛紛變革舊制度。秦國的秦孝公重用法家的代表人物商鞅（約公元前390年－公元前338年）進行政治改革。商鞅變法的主要內容包括：第一，重視農業，鼓勵農業生產；第二，重罰厚賞，以更好地管理人民；第三，制定統一的制度，以實現統一的目標。商鞅變法後，秦國的經濟得到了發展，軍事力量得到了加強。

戰國後期，秦王嬴政（公元前259年－公元前210年）用十年的時間先後滅掉了周圍的六個諸侯國，統一了中國。嬴政成為中國歷史上的第一個皇帝——秦始皇。秦始皇統一中國後進行了多項改革。他廢除了分封制，建立了中央集權制度，統一了全國的貨幣、度量衡和文字，還統一了各地道路的寬窄。由於連年戰爭，農業設施受到很大的破壞，所以秦始皇積極發展水路交通和農業灌溉設施，使農業生產得到大大的提高。為了抵禦北方匈奴人的騷擾，保護北方人民的生命和財產，秦始皇花了無數的人力和物力把戰國時各諸侯國修築的長城連接起來，成為當時世界上最大的防禦工程。"孟姜女哭長城"雖然是個民間傳說，但也說明了修築長城的艱辛。

孟姜女

秦始皇是中國歷史上一個極具爭議性的歷史人物。一方面，秦始皇是個暴君、獨裁者。他對不同的政治主張進行封殺。他"焚書坑儒"，下令燒了很多有不同主張的書，殺了大批有不同意見的人。另一方面，秦始皇完成了統一中國的大業，是中國兩千多年中央集權封建帝制的開創者。這種封建帝制和帝王思想對中國歷史產生了極其深遠的影響。

古為今用 （可以上網查資料）

1) 秦始皇花大量的人力、物力把長城連接了起來。這對當時的國防有什麼影響？

2) 長城是世界十大文化遺產之一。另外九大文化遺產是什麼？

3) 早在兩千多年前，秦始皇統一了全國的貨幣、度量衡、文字以及道路的寬窄。想像一下如果在全球範圍內對這些領域進行統一，將會有什麼好處？

4) 在現今社會，你希望哪些方面可以在全球範圍內進行統一？

長城

12 地理知識

淡水湖

　　中國湖泊眾多，著名的淡水湖有鄱陽湖（pó yáng hú）、洞庭湖（dòng tíng hú）、太湖、洪澤湖（hóng zé hú）、呼倫湖（hū lún hú）等。鄱陽湖位於江西省，是中國最大的淡水湖。鄱陽湖棲息（qī xī）着很多鳥類，是鳥的天堂。洞庭湖是中國第二大淡水湖，從古時候起就有"八百里洞庭"的說法。太湖和洪澤湖都與孫悟空（sūn wù kōng）大鬧天宮的神話故事有關。相傳，孫悟空大鬧天宮時將一個大銀盆（yín pén）打落到人間，從此便有了太湖。太湖中的白魚、銀魚、白蝦，肉白如銀、細膩（xì nì）可口，被稱為"太湖三白"。之後，孫悟空又將太上老君的很多仙丹（xiān dān）打落到了洪澤湖，湖中的魚、蝦、蟹（xiè）因此變得肉鮮味美。呼倫湖位於高原地區，水量少時湖水也會略微（lüè wēi）帶鹹。

太湖

造福後代 （可以上網查資料）

1) 近年來太湖水域污染嚴重。在發展經濟的同時，應該考慮如何保護水資源。請說說你的看法和建議。

2) 中國的愛國詩人屈原投汨羅江而死。汨羅江會注入哪個淡水湖？

3) 為什麼淡水湖很少出現在高原地區？

生詞 15

① 主席 zhǔ xí chairman　② 評委 píng wěi judge

③ 反方 fǎn fāng (as of a debate) counter proposal

④ 代表 dài biǎo representative

⑤ 在座 zài zuò be present (at a meeting, banquet, etc.)

⑥ 內在 nèi zài internal　⑦ 外在 wài zài external

⑧ 形象 xíng xiàng image　⑨ 皮膚（肤） pí fū skin

⑩ 姣 jiāo lovely; charming　姣好 jiāo hǎo graceful

⑪ 官 guān organ

五官 wǔ guān five sense organs – ears, eyes, mouth, nose and tongue

⑫ 緻（致） zhì fine　精緻 jīng zhì fine; delicate　⑬ 身材 shēn cái figure

⑭ 苗 miáo young plant　苗條 miáo tiao (of a woman) slim

⑮ 健美 jiànměi vigorous and graceful

⑯ 遺傳 yí chuán heredity　⑰ 天生 tiān shēng inborn

⑱ 操 cāo conduct　情操 qíng cāo sentiment

⑲ 修 xiū cultivate　修養 xiū yǎng self-cultivation

⑳ 內心 nèi xīn innermost　㉑ 後天 hòu tiān later

㉒ 偶 ǒu mate; spouse　擇偶 zé ǒu choose one's spouse

㉓ 的確 dí què indeed　㉔ 外表 wài biǎo (outward) appearance

㉕ 出眾 chū zhòng outstanding　㉖ 往往 wǎng wǎng often

㉗ 士 shì praiseworthy person　男士 nán shì gentleman　女士 nǚ shì lady

㉘ 對象 duì xiàng boy or girl friend　㉙ 帥（帅） shuài handsome

㉚ 伴侶 bàn lǚ companion　㉛ 模特 mó tè model

㉜ 般 bān like　㉝ 明星 míng xīng star

㉞ 逝 shì pass　消逝 xiāo shì vanish　㉟ 技術 jì shù technology

㊱ 妝（妆） zhuāng make up　化妝 huà zhuāng make up

㊲ 整 zhěng repair; fix　㊳ 容 róng facial features　整容 zhěng róng face-lift

㊴ 手術 shǒu shù surgical operation　㊵ 持久 chí jiǔ lasting

㊶ 深刻 shēn kè deep; profound

㊷ 高尚 gāo shàng lofty　㊸ 學識 xué shí knowledge

㊹ 卓 zhuó outstanding　卓越 zhuó yuè outstanding

㊺ 才 cái talent　㊻ 華 huá essence　才華 cái huá (literary or artistic) talent

㊼ 根本 gēnběn fundamental　㊽ 醜（丑） chǒu ugly

㊾ 本質 běn zhì essential character　㊿ 腹 fù belly

51 詩書 shī shū classics (books)

52 飽 bǎo full　飽讀 bǎo dú read extensively

53 華貴 huá guì gorgeous　54 氣質 qì zhì temperament; qualities

55 惕 tì be careful　警惕 jǐng tì be vigilant

56 虛 xū false; deceitful　57 榮（荣） róng glory　虛榮 xū róng vanity

58 作怪 zuò guài cause trouble

59 純（纯） chún pure　單純 dān chún merely

60 追 zhuī pursue　追求 zhuī qiú pursue

61 略 lüè leave out　忽略 hū lüè neglect

62 與其……不如…… yǔ qí ... bù rú ... would rather... than...

63 綜（综） zōng sum up

1 完成句子

1) 在社交、工作以及擇偶時，外在美 <u>的確</u>是人們考慮的重要方面。

_____ 的確是 _____ 。

2) 外表出眾的人在社交時<u>往往</u>更受 歡迎。

_____ 往往 _____ 。

3) <u>在技術發達的今天</u>，人們還可以通過 化妝，甚至整容手術來獲得外在美。

在 _____ 的今天，_____ 。

4) 這些潛在於內心深處的美<u>從根本上決定</u> 一個人的美與醜。

_____ 從根本上 _____ 。

5) <u>與其</u>追求暫時的外在美，<u>還不如</u>培養持 久的內在美。

與其 _____ ，還不如 _____ 。

6) <u>綜上所述</u>，我方認為：與外在美相比， 內在美更重要。

綜上所述，_____ 。

2 聽課文錄音，做練習

A 選擇（答案不止一個）

1) 天生的外在美指 _____ 。

　a) 皮膚姣好　　b) 五官精緻

　c) 性格開朗　　d) 身材苗條

2) 外在美 _____ 。

　a) 是從父母那裏遺傳來的

　b) 反映一個人的本質

　c) 是找對象時主要考慮的因素

　d) 也可以通過整容手術獲得

3) 內在美指 _____ 等內在素質的美。

　a) 性格　　b) 形象

　c) 情操　　d) 修養

4) 內在美表現為 _____ 。

　a) 高尚的品德和情操

　b) 模特般的身材

　c) 豐富的學識和修養

　d) 明星般的臉

B 完成句子

1) 外在美僅僅是 _____ 和 _____ ，隨着青春 的 _____ ，總有 _____ 的一天。

2) 與外在美 _____ ，內在美更 _____ ，也更 _____ 。

3) 年輕人要 _____ 虛榮心作怪，單純 _____ 外在美而 _____ 內在美的提升。

C 回答問題

1) 外在美在社交方面有什麼影響？

2) 是什麼從根本上決定人的美與醜？

3) "腹有詩書氣自華" 是什麼意思？

尊敬的主席、評委、反方代表，在座的老師、同學：

大家好！

我方的觀點是：內在美比外在美更重要。

俗話說："愛美之心，人皆有之。"

美，分為外在美和內在美。外在美又稱形象美，指人的皮膚姣好、五官精緻、身材苗條或健美。外在美是從父母那裏遺傳來的、天生的。內在美指的是人的性格、情操、修養、思想等內在素質的美，是人內心世界的美，所以內在美也叫心靈美。內在美是通過後天培養而得來的。

在社交、工作以及擇偶時，外在美的確是人們考慮的重要方面。比如，外表出眾的人在社交時往往更受歡迎。再如，很多男士找對象想找"白富美"，不少女士找對象想找"高富帥"。如果自己的伴侶擁有模特般的身材和明星般的臉確實很好，但外在美僅僅是現象和形式，隨着青春的消逝，總有逝去的一天。在技術發達的今天，人們還可以通過化妝，甚至整容手術來獲得外在美。

與外在美相比，內在美更持久，也更深刻。高尚的品德與情操、豐富的學識與修養、卓越的才華與思想都是內在美的重要組成部分。這些潛在於內心深處的美從根本上決定一個人的美與醜，反映一個人的本質。中國的古詩"腹有詩書氣自華"——飽讀詩書的人自然會擁有華貴的氣質，說的也是一樣的道理。

年輕人要警惕虛榮心作怪，單純追求外在美而忽略內在美的提升。與其花大量的時間、精力、金錢去追求暫時的外在美，還不如提高個人素質，以培養持久的內在美。

綜上所述，我方認為：與外在美相比，內在美更重要。

謝謝大家！

3 根據實際情況回答問題

1) 在你的國家，有什麼關於內在美與外在美的俗語嗎？請介紹一下。

2) 你認為現在的年輕人更看重外在美還是內在美？你更看重什麼？

3) 俗話說："愛美之心，人皆有之。"很多人有化妝的習慣。你的同學、朋友化妝嗎？你認為中學生應該化妝嗎？為什麼？

4) 現在技術發達了，外在美可以通過做整容手術等方式獲得。你贊成整容嗎？為什麼？

5) 大眾媒體對身材苗條的美女極為偏愛。如果朋友為了減肥，每天都不吃主食，只吃蔬果，你會怎麼勸她？

6) 一些青少年為了追求外在美，喜歡買名牌、穿名牌，並與同學互相攀比。你怎麼看這種現象？你喜歡買名牌產品嗎？為什麼？

7) 在交男女朋友、擇偶時，外在美是人們考慮的重要因素。很多人找對象時想找"白富美"或"高富帥"。你怎麼看這種擇偶觀？

8) 交友應該廣泛，但也一定要有所選擇。在交朋友時，你更看重朋友的什麼特點？為什麼？

9) 你最喜歡哪位名人？他/她的外在美吸引你還是內在美吸引你？請介紹一下你的偶像。

10) 請介紹一個集外在美和內在美於一身的人，可以是你認識的人，也可以是名人。

11) 內在美從根本上決定人的美與醜。你認識的人中有沒有雖然相貌並不出眾，但是由於具備內在美而廣受歡迎的呢？請介紹一下他/她。

12) 你認為中學生應該怎樣培養內在美？你在這方面做了什麼？

4 成語諺語

A 解釋成語並造句

1) 活龍活現	2) 眉開眼笑	3) 眉清目秀
4) 悶悶不樂	5) 風言風語	6) 輕而易舉
7) 千篇一律	8) 將心比心	9) 無奇不有
10) 聞所未聞	11) 物極必反	12) 興高采烈

B 解釋諺語並造句

1) 近朱者赤，近墨者黑。

2) 知足者常樂。

3) 情人眼裏出西施。

4) 人不可貌相，海水不可斗量。

青少年不應該做整容手術

尊敬的主席、評委、正方代表，在座的老師、同學：

❶　大家好！

❷　我方的觀點是：青少年不應該做整容手術。

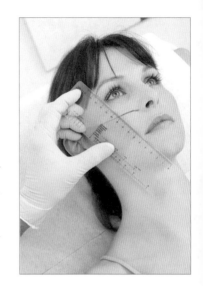

❸　首先，在生理上，青少年成長發育尚未成熟，面部的骨
骼（gǔ）還未定型（dìng xíng），眼睛等器官（qì guān）還在發育，皮膚尤其嬌嫩（jiāo nèn），完全不
適合做整容手術。整容手術可能會對青少年日後的成長發育造
成意想不到的影響。如果過早做整容手術，可能會因為之後骨
骼、器官、肌肉（jī ròu）的發育造成臉部不自然、表情僵硬（jiāng yìng）、手術效
果惡化等問題。

❹　其次，青少年心智尚未成熟，健康的審美標準還沒有確立。當今社會，大眾傳媒對
錐子臉（zhuī zi）、大眼睛、高鼻樑（bí liáng）的帥哥、美女極為偏愛（piān ài）。青少年缺乏理智的分析、判斷能力，
往往不能正確認識自己的個性和容貌特點。在媒體鋪天蓋地（pū tiān gài dì）的宣傳面前，青少年容易變
得盲目（máng mù），嚮往所謂（suǒ wèi）的"明星臉"，草率（cǎo shuài）地做出整容決定。等到心智成熟後追悔莫及（zhuī huǐ mò jí）。

❺　除此之外，大部分青少年對整容手術潛在的巨大風險沒有充分認識。是手術就會有
風險，因整容失敗而帶來毀容（huǐ róng）甚至失去生命的事件時有發生。整容手術一旦出現問題，很
難補救或恢復（huī fù），對身體和心靈都造成極大的傷害。即使手術順利，獲得的美也是暫時的。
隨着時間的推移，整容手術的副作用會逐漸顯現（zhú jiàn xiǎn xiàn），很可能出現臉部變形等問題。

❻　綜上所述，青少年無論在生理還是心理上都不適合整容，不應該冒着醫療風險去
追求暫時的外在美。儘管愛美之心人皆有之，但青少年應該把寶貴的時間用來讀書學
習，豐富自己的內心世界，努力成為有思想、有知識、有才幹的人，而不是將大把的
時光花在琢磨（zuó mo）如何"改頭換面"上。古人云："腹有詩書氣自華。"流行和審美標準
會不斷變化，容貌的魅力是短暫的，而華貴的氣質是持久的。青少年要一分為二地看
待流行文化，培養內在品質，活出自我，這樣才能擁有真正的美麗。

❼　所以我方認為青少年不應該整容。

　　謝謝大家！

A 選擇（答案不止一個）

1) "意想不到" 的意思是 _____ 。

　　a) 巨大　　　　　b) 負面

　　c) 沒有料到　　　d) 無法想到

2) "鋪天蓋地" 的意思是 _____ 。

　　a) 到處都是　　　b) 整天

　　c) 無處不在　　　d) 每天

3) "追悔莫及" 的意思是 _____ 。

　　a) 後悔也沒有用　　b) 抱歉

　　c) 後悔都來不及　　d) 原諒

B 回答問題

1) 為什麼有些青少年整容一段時間後臉部表情會變得僵硬、不自然？

2) 大眾媒體偏愛的 "明星臉" 什麼樣子？

3) 做整容手術有什麼風險？

4) 作者認為青少年怎樣才可以擁有真正的美麗？

C 判斷正誤

□ 1) 青少年的五官還在發育，以後還可能改變。

□ 2) 媒體的宣傳在很大程度上影響着青少年的審美標準。

□ 3) 不少青少年因為無法抵擋廣告的宣傳而去整容。

□ 4) 整容手術一旦發生醫療事故會造成身體和心靈的雙重傷害。

□ 5) 青少年在思考如何 "改頭換面" 的同時也要努力讀書學習。

□ 6) 青少年應該認識到容貌是會變的，而氣質是持久的。

D 配對

□ 1) 第三段　　　a) 考慮到心智方面的因素，青少年不應做整容手術。

□ 2) 第四段　　　b) 青少年不應做整容手術，應重視培養內在美。

□ 3) 第五段　　　c) 因為審美標準會不斷改變，青少年不應做整容手術。

□ 4) 第六段　　　d) 考慮到生理方面的因素，青少年不應做整容手術。

　　　　　　　　e) 由於巨大的風險，青少年不應做整容手術。

　　　　　　　　f) 介紹青少年生理發展的特點。

E 學習反思

1) 你認為青少年應該做整容手術嗎？請説一説你的看法。

2) 有人認為應該制定法律法規制止青少年因愛美而去做整容手術。你是怎麼看的？

F 學習要求

1) 掌握 8 個短語。

2) 學會表達一種觀點。

3) 用 100 個字縮寫文章。

中國空軍的一代天驕 —— 余旭

2016 年 11 月 12 日，中國空軍八一飛行表演隊在進行飛行訓練時發生了一級事故。飛行員余旭跳傘失敗，不幸壯烈犧牲，年僅 30 歲。

余旭 1986 年出生於中國四川省崇州市，是中國第一位殲十戰鬥機女飛行員，曾任中國空軍八一飛行表演隊中隊長。她長相清秀，五官端正，戴上墨鏡後又增添了幾分帥氣。余旭自信樂觀、積極向上，有着超出一般同齡人的擔當。對一個女孩子來說，空軍飛行員這一職業挑戰大、風險高，絕對不是一條輕鬆的路。但是憑藉對空軍飛行事業的熱愛和堅定的信念，余旭快樂而自豪地成為中國空軍的一員，為祖國的藍天國防事業做貢獻。

在戰友的心目中，余旭是個善於鑽研學習、勇於挑戰自我的女孩子。當訓練強度遠超身體極限時，她總是咬着牙挺過去。當訓練難度不斷提高時，她總是迎難而上，決不放棄。

在央視記者朱慧容的印象中，余旭是女性中的翹楚。在她瘦弱的外表下有着一顆堅毅、果敢的心。朱慧容為自己曾零距離接觸這樣一位"天之驕女"感到榮幸萬分。

在全國觀眾的記憶中，余旭是中國首批女性殲擊機飛行員之一。2010 年的央視春晚上，余旭跟其他 15 位女飛行員一起演出了小品《我心飛翔》，向觀眾們展示了中國新一代空軍的颯爽英姿。

余旭是全家的摯愛與榮耀，她的犧牲給家人帶來了沉重的打擊。外公外婆回憶說，余旭從小就是個懂事的孩子。那時家境不太好，所以她特別勤勞節儉。參軍以後，每次回家看望老人，她也總是搶着幫忙幹活兒。外公外婆為失去了貼心的"小棉襖"痛苦萬分，父母因失去了孝順乖巧的女兒痛斷肝腸。

雖然余旭已經離開了我們，但她給世人留下了積極進取的精神。這種正能量和感召力會不斷激勵年輕一代像余旭一樣勇往直前，追求自己的夢想。

A 選擇

1) "擔當"的意思是 ＿＿＿ 。

　　a) 自豪感　　b) 驕傲

　　c) 負責任　　d) 堅毅

2) "翹楚"的意思是 ＿＿＿ 。

　　a) 空軍飛行員　　b) 智勇雙全

　　c) 傑出的人才　　d) 聰明睿智

3) "颯爽英姿"的意思是 ＿＿＿ 。

　　a) 實幹的精神　　b) 精神不振

　　c) 豪邁而矯健　　d) 抬頭挺胸

4) "小棉襖"指 ＿＿＿ 。

　　a) 勤勞的孩子　　b) 榮耀

　　c) 體貼的孩子　　d) 好人

B 配對

☐ 1) 余旭在飛行訓練中

☐ 2) 余旭熱愛飛行事業，

☐ 3) 余旭小時候家裏經濟條件不太好，

☐ 4) 余旭是父母的驕傲，

a) 失去余旭讓他們十分痛苦。

b) 所以她養成了勤勞節儉的習慣。

c) 為成為中國空軍的一員而感到自豪。

d) 長得十分清秀。

e) 不幸身亡，永遠地離開了我們。

f) 對女孩子來説，不是一條好走的路。

C 選出四個正確的句子

余旭 ＿＿＿ 。

a) 是中國首位殲十戰鬥機女飛行員

b) 善於鑽研，勇於挑戰自己

c) 參軍後仍經常回家探望外祖父母

d) 面對困難從不退縮，總是迎難而上

e) 外表瘦弱，內心剛強

f) 參加了 2016 年春節晚會，給觀眾留下了深刻的印象

D 回答問題

1) 空軍飛行員這一職業有什麼特點？

2) 余旭的性格是什麼樣的？

3) 余旭給世人留下了什麼精神財富？

E 學習反思

1) 在生活和學習中，余旭的哪些品質值得你學習？

2) 你以後想從事什麼工作？你對這一職業有哪些瞭解？

F 學習要求

1) 掌握 8 個短語。

2) 學會表達一種觀點。

3) 用 100 個字縮寫文章。

要求　與同學辯論青少年是否適合整容。正方認為青少年可以整容，反方認為青少年不應該整容。

辯論內容包括：

• 整容的原因

• 整容的風險

• 青少年的生理特點

• 青少年的心理特點

例子：

反方1：我方認為青少年不應該整容。僅僅因為對自己的形象不滿意，比如覺得自己的鼻子不夠挺、眼睛是單眼皮、嘴巴不夠好看、下巴不夠尖等等，而草率地做出整容的決定是不對的。

正方1：愛美之心人皆有之。如果一個人覺得單眼皮不夠好看，去割雙眼皮，沒有什麼不妥的。我有幾個朋友去割了雙眼皮，不僅樣子精神多了，自信心也強了，一舉兩得。

反方2：這種愛美的風氣不可滋長。一來人們的審美是不斷變化的，二來外在美會隨着青春的消逝而慢慢逝去，追求形象美是永無止境的。人應該學會坦然接受父母給的容貌，而不應去刻意改變自己的臉蛋兒。

……

你 可以用

a) 青少年的審美標準在很大程度上受到了媒體的影響。在時尚雜誌、電視、電影裏有很多錐子臉、大眼睛的帥哥、美女。青少年無形之中誤認為那樣才是美，因而萌生整容的念頭。這是非常不成熟的。

b) 形象美是短暫的，心靈美才是長久的。青少年應該把注意力放在學習知識和學習做人的道理上，而不應只是膚淺地關注自己的容貌。

c) 青少年沒有收入來源，整容手術費用昂貴，會增加父母的經濟負擔。

d) 在交通事故中不幸毀容等特殊情況下進行整容是合情合理、無可非議的。

e) 外表美會給人留下深刻而美好的印象。漂亮的女孩、帥氣的男孩在人際交往中往往更受歡迎。現今技術非常發達，稍微動一下手術就能改善自己的形象，有什麼不可以呢？

f) 如今整容的設備和技術都相當發達，整容手術的安全性是比較高的。每年都有大量的人去做整容手術，只是偶爾才聽說整容失敗的案例。我方認為沒有必要過度擔心。

g) 容貌不僅僅是形式，對人的性格也有很大的影響。不少青少年因為自己的外貌感到自卑。通過整容改變這種狀態，擁有自信、積極的人生，有什麼不對呢？

8 文體

辯論稿格式

□□尊敬的主席、評委、正方 / 反方代表，在座的老師、同學：

□□大家好！

□□我方的觀點是……………………………………………………………………………………

□□首先，………………………………………………………………………………………………

□□其次，………………………………………………………………………………………………

□□最後，………………………………………………………………………………………………

□□綜上所述，我方認為……………………………………………………………………………

□□謝謝大家！

9 寫作

題目1 你要參加辯論賽。你方的觀點是人應該重視自己的外表。請寫一篇辯論稿。

你可以寫：

• 外表美可以給人留下深刻而美好的印象

• 外表美能夠給人帶來更多的機會

• 打扮得體是對別人的尊重

題目2 俗話說："人不可貌相，海水不可斗量。"請談談你對這個觀點的看法。

以下是一些人的觀點：

• "人不可貌相，海水不可斗量"的意思是不能只憑相貌和外表來判斷一個人。

• 如果要瞭解一個人，千萬不能只看他的相貌和外表，而要與這個人長期接觸、深入交流。這樣得出的結論才靠譜。

你可以用

a) 當今社會，人們還是很看重外在形象的。舉個例子，人事部門招工，兩個人有同樣的背景、學歷、經驗，外表形象好的更容易給人留下好印象，也更可能被錄用。

b) 恰當的化妝和得體的穿戴是一種禮儀，也是對他人的尊重。

c) 穿衣打扮會影響人的精神和狀態。很難想像一個天天都蓬頭垢面、衣冠不整的人能有積極向上的生活狀態。

d) 我方認為人應該重視自己的外表，並不是說要單純追求外在美。

醜石　賈平凹

我常常遺憾我家門前的那塊醜石呢：它黑黝黝地臥在那裏，牛似的模樣；誰也不知道是什麼時候留在這裏的，誰也不去理會它。只是麥收時節，門前攤了麥子，奶奶總是要說：這塊醜石，多礙地面喲，多時把它搬走吧。

於是，伯父家蓋房，想以它壘山牆，但苦於它極不規則，沒棱角兒，也沒平面兒；用鑿破開吧，又懶得花那麼大氣力，因為河灘並不甚遠，隨便去掮一塊回來，哪一塊也比它強。房蓋起來，壓鋪台階，伯父也沒有看上它。有一年，來了一個石匠，為我家洗一台石磨，奶奶又說：用這塊醜石吧，省得從遠處搬動。石匠看了看，搖着頭，嫌它石質太細，也不採用。

它不像漢白玉那樣的細膩，可以鑿下刻字雕花，也不像大青石那樣的光滑，可以供來浣紗捶布；它靜靜地臥在那裏，院邊的槐蔭沒有庇覆它，花兒也不再在它身邊生長。荒草便繁衍出來，枝蔓上下，慢慢地，竟鏽上了綠苔、黑斑。我們這些做孩子的，也討厭起它來，曾合夥要搬走它，但力氣又不足；雖時時咒罵它，嫌棄它，也無可奈何，只好任它留在那裏去了。

稍稍能安慰我們的，是在那石上有一個不大不小的坑凹兒，雨天就盛滿了水。常常雨過三天了，地上已經乾燥，那石凹裏水兒還有，雞兒便去那裏渴飲。每每到了十五的夜晚，我們盼着滿月出來，就爬到其上，翹望天邊；奶奶總是要罵的，害怕我們摔下來。果然那一次就摔了下來，磕破了我的膝蓋呢。

人都罵它是醜石，它真是醜得不能再醜的醜石了。

終有一日，村子裏來了一個天文學家。他在我家門前路過，突然發現了這塊石頭，眼光立即就拉直了。他再沒有走去，就住了下來；以後又來了好些人，說這是一塊隕石，從天上落下來已經有二三百年了，是一件了不起的東西。不久便來了車，小心翼翼地將它運走了。

這使我們都很驚奇！這又怪又醜的石頭，原來是天上的呢！它補過天，在天上發過熱，閃過光，我們的先祖或許仰望過它，它給了他們光明，嚮往，憧憬（chōng jǐng）；而它落下來了，在污土裏，荒草裏，一躺就是幾百年了。

奶奶說："真看不出！它那麼不一般，卻怎麼連牆也壘不成，台階也壘不成呢？"

"它是太醜了。"天文學家說。

"真的，是太醜了。"

"可這正是它的美！"天文學家說，"它是以醜為美的。"

"以醜為美？"

"是的，醜到極處，便是美到極處。正因為它不是一般的頑石（wán shí），當然不能去做牆，做台階，不能去雕刻，捶布。它不是做這些小玩意兒的，所以常常就遭到一般世俗的譏諷（jī fěng）。"

奶奶臉紅了，我也臉紅了。

我感到自己的可恥，也感到了醜石的偉大；我甚至怨恨（yuàn hèn）它這麼多年竟會默默地忍受着這一切，而我又立即深深地感到它那種不屈於誤解、寂寞（jì mò）的生存的偉大。

（選自賈平凹，《醜石——平凹散文》，浙江文藝出版社，2014 年）

作者介紹 賈平凹（1952- ），著名的作家。賈平凹的代表作有《廢都》《秦腔》等。

A 選擇

1)"譏諷"的意思是 ____ 。

a) 冷落　b) 刺激　c) 蔑視　d) 嘲笑

2)"寂寞"的意思是 ____ 。

a) 冷靜　b) 孤單　c) 冷漠　d) 渺小

B 配對

□ 1) 醜石黑黝黝的，形狀不規則，

□ 2) 月圓的時候，作者

□ 3) 醜石原來是一塊隕石，

a) 幾百年前落到了人間。

b) 喜歡飲醜石凹裏的積水。

c) 喜歡爬到醜石上仰望天空。

d) 在人間發光、發熱。

e) 表面很粗糙。

C 回答問題

1) 以前，人們試圖用醜石做什麼？

2) 你怎麼看醜石的"醜"與"美"？

3) "奶奶臉紅了，我也臉紅了。"作者和奶奶為什麼臉紅？

4) 你怎麼看文章中人們對待醜石的態度？你從中學到了什麼？

漢朝

公元前 202 年，劉邦（公元前 256 年－公元前 195 年）建立了漢朝。漢朝（公元前 202 年－公元 220 年）分西漢和東漢兩個時期。自漢朝以來，華夏族逐漸改稱為漢族，以儒家文化為代表的漢文化逐漸形成。

漢朝在政治、經濟、科技等領域有很大的發展。

西漢前期，中國已經有了比較粗糙的紙。東漢的蔡倫（約 61 年－121 年）改進了造紙的方法，造出來的紙又細又白。之後，造紙術在全國推廣開來。紙的使用對文獻的保存、歷史的記載、思想和文化的傳播有巨大的影響。蔡倫的造紙術是中國古代的四大發明之一。

絲綢之路

張衡（78 年－139 年）是東漢偉大的天文學家、數學家、發明家、地理學家和文學家。張衡擅長機械，精通天文曆法。他發明了渾天儀和地動儀，為中國天文學、地震學以及機械技術的發展做出了傑出的貢獻。

華佗（約 145 年－208 年）是東漢著名的醫學家，精通內科、外科、婦科和兒科，被稱為“神醫”。經過幾十年的醫療實踐，華佗掌握了針灸、手術等治療方法。華佗還用中藥製成了麻沸散，也就是麻醉劑。他是世界上最早使用麻醉藥物的人，比歐美國家早了一千六百多年。

在漢朝，中國與西方開始了大規模的經貿、文化交流活動。

漢武帝（公元前 156 年－公元前 87 年）派張騫（公元前 164 年－公元前 114 年）出使西域，開闢了“絲綢之路”。沿着絲綢之路，中國的使團和商隊經過現在的阿富汗、伊朗、伊拉克、敍利亞等地，最遠到達過羅馬。絲綢之路全長六千多公里，是橫貫亞洲的交通道路，是中國與西方文明的交流之路。

古為今用 （可以上網查資料）

中藥

1) 造紙術是中國古代的四大發明之一。其他三大發明是什麼？

2) 如今，在中國的哪些地方還在使用古法造紙技術造紙？他們用什麼材料造紙？

3) 針灸是中醫的一種治療方法。你看過中醫嗎？如果你生病了，會考慮去看中醫嗎？為什麼？

4) 張騫開闢了絲綢之路。中國古代哪些物品沿着絲綢之路傳入了西方國家？哪些物品傳入了中國？絲綢之路對中西方的商貿、政治、宗教產生了什麼影響？

5) 當前，中國提出"一帶一路"倡議。你對此有何瞭解？

12 地理知識

鹹水湖

納木錯湖

中國的鹹水湖主要分佈在西部地區，其中最著名的是青海省的青海湖和西藏自治區的納木錯(nà mù cuò)湖。青海湖是中國最大的鹹水湖(hú)。幾百年來，土(tǔ)著牧民(zhù mù mín)中一直流傳着青海湖裏有豹(bào)首牛身的水怪的説法，給這片湖水蒙上了一層神祕(shén mì)的面紗(miàn shā)。自

2002 年起，每年夏天會舉辦環青海湖國際公路自行車賽，這是世界上海拔最高的國際性公路自行車賽。"納木錯"在藏語中意為"天湖"。納木錯湖是西藏的"三大聖湖"之一。到了冬季，湖面會結厚厚的冰，不僅人和動物可以在湖上行走，連汽車也可以安全地行(xíng)駛(shǐ)。來年 5 月，冰層裂開會發出震耳欲聾(zhèn ěr yù lóng)的巨響，成為大自然的又一個神來之筆。

造福後代 （可以上網查資料）

1) 世界海拔最高的鹹水湖是哪個湖？世界最大的鹹水湖在哪裏？

2) 納木錯湖有什麼特別之處？如果有機會，你會去那裏旅遊嗎？為什麼？

3) 納木錯湖地區有豐富的太陽能資源和風能資源。你覺得要開發這些清潔能源，應該注意什麼？

生詞

❶ 緩（缓）relax
huǎn

❷ 解 relieve
jiě

緩解 alleviate
huǎn jiě

❸ 考場 examination hall; examination room
kǎochǎng

❹ 錄 employ; hire
lù

錄取 enroll; recruit
lù qǔ

❺ 考生 examination candidate
kǎoshēng

❻ 寐 sleep
mèi

夢寐以求 long for something day and night
mèngmèi yǐ qiú

❼ 心願 cherished desire
xīn yuàn

❽ 夜以繼日 day and night
yè yǐ jì rì

❾ 檢（检）check up
jiǎn

檢測 test; check
jiǎn cè

檢查 check up
jiǎnchá

❿ 手段 means
shǒu duàn

⓫ 機制 mechanism
jī zhì

⓬ 同齡 of the same age
tónglíng

⓭ 統 all; entirely
tǒng

統計 statistics
tǒng jì

⓮ 反應 respond
fǎn yìng

⓯ 焦 anxious
jiāo

⓰ 慮 worry
lù

焦慮 anxious
jiāo lù

⓱ 悲觀 pessimistic
bēi guān

⓲ 失眠 (suffer from) insomnia
shī mián

⓳ 暈（晕）dizzy
yūn

頭暈 dizzy
tóu yūn

⓴ 躁 impetuous
zào

煩躁 irritable and restless
fán zào

㉑ 不安 uneasy
bù ān

㉒ 表現 show
biǎo xiàn

㉓ 處長 head of a department
chù zhǎng

㉔ 鑒（鉴）inspect carefully
jiàn

借鑒 use for reference
jiè jiàn

㉕ 列 list
liè

㉖ 表 table
biǎo

㉗ 卷 examination paper
juàn

試卷 examination paper
shì juàn

㉘ 目標 objective
mù biāo

㉙ 拆 take apart
chāi

㉚ 任務 task
rèn wù

㉛ 效率 efficiency
xiào lù

㉜ 勞（劳）work
láo

㉝ 逸 leisure
yì

㉞ 結合 combine
jié hé

勞逸結合 strike a balance between work and leisure
láo yì jié hé

㉟ 緒（绪）emotional state
xù

情緒 mood
qíng xù

㊱ 穩（稳）steady
wěn

穩定 stable
wěn dìng

㊲ 強度 intensity
qiáng dù

㊳ 舒 leisurely
shū

舒緩 relax; ease up
shū huǎn

㊴ 脫 escape from
tuō

脫離 break away from
tuō lí

㊵ 感到 feel
gǎn dào

㊶ 沉 heavy
chén

沉重 heavy
chénzhòng

㊷ 一系列 a series of
yí xì liè

㊸ 失敗 fail
shī bài

㊹ 加重 increase the amount or degree
jiā zhòng

㊺ 負擔 burden
fù dān

㊻ 缺 lack
quē

㊼ 乏 lack
fá

缺乏 lack
quē fá

㊽ 全力 with all one's strength
quán lì

㊾ 赴 go to
fù

全力以赴 spare no effort
quán lì yǐ fù

㊿ 對得起 not let someone down
duì de qǐ

51 縱（纵）even if
zòng

縱使 even if
zòng shǐ

52 挫 setback
cuò

53 折 loss
zhé

挫折 setback
cuò zhé

54 謂（谓）say
wèi

所謂 so-called
suǒ wèi

55 虹 rainbow
hóng

彩虹 rainbow
cǎi hóng

56 抱 cherish; harbour
bào

57 樂觀 optimistic
lè guān

58 堅強 strong
jiān qiáng

59 毅 resolute
yì

毅力 will power
yì lì

60 勝 victory
shèng

戰勝 defeat
zhànshèng

61 贏（赢）win
yíng

62 仗 battle
zhàng

1 完成句子

1) <u>眾所周知</u>，考試是一種檢測學習效果的手段。

眾所周知，_____。

2) 這樣把大目標拆成小任務，<u>既</u>可以提高效率，<u>又</u>可以增加成就感，<u>還</u>有助於緩解壓力。

_____，既_____，又_____，還_____。

3) <u>越</u>擔心失敗<u>就越</u>容易失敗。

越_____就越_____。

4) <u>當</u>要參加像高考這樣重要的考試<u>時</u>，考生要承受巨大的壓力。

當_____時，_____。

5) <u>只要</u>全力複習了，<u>無論</u>最終考得怎麼樣<u>都</u>對得起自己。

只要_____，無論_____都_____。

6) <u>縱使</u>成績真的不理想，<u>也</u>要經得起挫折。

縱使_____，也_____。

2 聽課文錄音，做練習

A 選擇（答案不止一個）

1) 高考 _____。

a) 是檢測學習效果的手段

b) 是相對公平的競爭機制

c) 會給學生巨大的壓力

d) 會影響學生的身體健康

2) 考生對高考的不良反應有 _____。

a) 焦慮

b) 悲觀

c) 頭暈

d) 煩躁

3) 緩解高考壓力的方法有 _____。

a) 努力為高考做準備

b) 保證充足的睡眠

c) 定合理的目標

d) 學會放鬆心情

4) 李處長希望考生 _____。

a) 抱着樂觀的態度

b) 有堅強的毅力

c) 用適合自己的方法學習

d) 把所有時間都用來學習

B 回答問題

1) 在飲食方面要注意什麼？

2) 可以通過什麼方式舒緩情緒？

3) 為什麼不應把目標定得太高？

4) 為什麼越害怕失敗越容易失敗？

高考壓力大應該如何緩(huǎn)解(jiě)

還有三個月，全國的高中畢業生就要走入高考考場(kǎo chǎng)了。被名校錄取(lù qǔ)是每個考生(kǎo shēng)夢寐以求(mèng mèi yǐ qiú)的心願(xīn yuàn)，考生們都在夜以繼日(yè yǐ jì rì)地為高考做準備。

眾所周知，考試是一種檢測(jiǎn cè)學習效果的手段(shǒu duàn)，也是一個相對公平的競爭機制(jī zhì)。但當要參加像高考這樣重要的考試時，考生不僅面臨學習效果的檢查(jiǎn chá)、與同齡人(tóng líng)的競爭，還要承受巨大的壓力。據統計(tǒng jì)，本市有 **54.9%** 的考生對高考有不同程度的不良反應(fǎn yìng)，出現緊張、焦慮(jiāo lù)、悲觀(bēi guān)、失眠(shī mián)、頭暈(tóu yūn)、煩躁不安(fán zào bù ān)、注意力難集中等現象，這些都是壓力過度的表現(biǎo xiàn)。巨大的壓力不僅會影響學生的身心健康，還可能影響他們高考時水平的正常發揮。教育部的李處長(chù zhǎng)建議考生借鑒(jiè jiàn)以下方法來緩解考前壓力：

1. **列(liè)學習時間表(biǎo)** 列出每天計劃複習的科目和必須做的題目、試卷(shì juàn)，並將時間表貼在牆上隨時提醒自己。這樣把大目標拆(mù biāo chāi)成小任務(rèn wù)，既可以提高效率(xiào lù)，又可以增加成就感，還有助於緩解壓力。

2. **保證充足睡眠** 要學會科學、合理地用腦，注意勞逸結合(láo yì jié hé)。大腦也需要休息。只有休息好了，大腦才能正常運轉，情(qíng)緒(xù)才會穩定(wěn dìng)，複習才有效率。

3. **注意飲食均衡** 要多吃高蛋白的食物及蔬菜、水果，少吃垃圾食品，保證身體有足夠的能量應對高強度(qiáng dù)的複習。

4. **學會放鬆心情** 適量的運動、娛樂既能舒緩(shū huǎn)緊張的情緒，又有助於保持身心健康。

5. **確定合理的期望值** 要正確認識自己的實際能力，不要有脫離(tuō lí)實際的期待。如果把目標定得太高，會使人感到沉重(gǎn dào chén zhòng)，並產生一系列(yí xì liè)的負面影響。

6. **不要害怕失敗(shī bài)** 越擔心失敗就越容易失敗。因為這樣的擔心會加重(jiā zhòng)心理負擔(fù dān)，讓人缺乏(quē fá)自信。其實，只要全力(quán lì)複習了，無論最終考得怎麼樣都對得起(duì de qǐ)自己。縱使(zòng shǐ)成績真的不理想，也要經得起挫折(cuò zhé)，正所謂(suǒ wèi)"風雨後總會有彩虹(cǎi hóng)"。

李處長希望各位參加高考的同學抱着樂觀(bào lè guān)的態度，以堅強(jiān qiáng)的毅力(yì lì)，用適合自己的方法，積極地面對並戰勝(zhàn shèng)壓力，全力以赴(quán lì yǐ fù yíng)打贏高考這一仗(zhàng)。

(張集)

3 根據實際情況回答問題

1) "有些課程的內容是需要死記硬背的。"你同意這種觀點嗎？請舉例說明。

2) 哪些科目壓得你透不過氣來？為什麼？你打算怎麼做？

3) 為了申請大學你做了哪些準備？你的壓力大嗎？壓力大的時候你會用什麼方式放鬆心情？

4) 緊張、焦慮、失眠等不良反應都是壓力過度的表現。重要的考試之前你會有不良反應嗎？會有哪些症狀？

5) 考試不是評估學習的唯一方式。如果取消考試，你認為可以用什麼方式來評估學習效果？

6) 你認為應該取消中學會考嗎？應該取消高考嗎？為什麼？

7) 你列學習時間表嗎？你覺得這種方法對你有什麼幫助？還有什麼可以幫你提高效率的學習方法？

8) 有的學生習慣考試前熬夜複習。你會這樣做嗎？為什麼？

9) 父母對你學習的期望值合理嗎？你達到他們的要求了嗎？達不到父母的要求時，你會如何與他們溝通？

10) 你最近一次漢語考試成績理想嗎？考試成績不理想時你的心情是怎樣的？你會怎麼調整心態？

11) 你是個自信、樂觀的人嗎？你害怕失敗嗎？學習、生活中遇到挫折，你會怎麼做？請舉例說明。

12) 人們常說："風雨後總會有彩虹。"你同意嗎？請舉例說明。

4 成語諺語

A 解釋成語並造句

1) 夢寐以求　　2) 夜以繼日　　3) 全力以赴

4) 名列前茅　　5) 排山倒海　　6) 勤學好問

7) 事倍功半　　8) 事半功倍　　9) 書香門第

10) 束手無策　　11) 無憂無慮　　12) 有備無患

B 解釋諺語並造句

1) 有志者事竟成。

2) 滴水石穿，繩鋸木斷。

3) 留得青山在，不怕沒柴燒。

4) 虛心使人進步，驕傲使人落後。

太極拳

太極拳極富中國傳統民族特色，是中華武術之瑰^{guī}寶。太極拳綜合了中國古代陰陽合一的哲學思想和中醫理論。在流傳的過程中，太極拳產生了眾多流派，各派有各派的特點，可謂百花齊放。在眾多流派中，楊氏太極拳最為流行。2006 年，太極拳被列入中國國家級非物質文化遺產名錄。

太極拳是一種形式獨特的體育運動。它要求鬆靜自然、剛柔結合、連貫協調，是一套可以修身養性、強身健體、延年益壽的醫療體操。現今，太極拳不僅風靡中國，在國外也廣為流傳。太極被越來越多的人列為最受歡迎的養生方式和健身活動。據說全世界的太極愛好者有兩三億之多。

太極拳之所以大受歡迎，是因為它有着神奇的健身、養生的功效：

第一，調節神經系統。因為太極拳中有很多變化細微的招式和複雜的動作，並且整套拳法要一氣呵成，所以練太極拳要做到心平氣和、全神貫注。對負責專注力和情緒掌控的大腦來說，太極拳無疑是很好的鍛煉。

第二，調節循環及呼吸系統。練太極拳要求練習者放鬆全身肌肉，有節奏地進行深呼吸，吸入大量氧氣，排出濁氣，達到增強肺部功能、提高血液循環速度、使身體氣血通暢的效果。

第三，調節消化系統。太極拳緩慢、有節奏的腹式呼吸可以對腸胃起到一定的刺激作用，有助於改善消化系統的血液循環，提高消化、吸收能力。

第四，調節運動系統。太極拳的動作連貫、圓活，要求全身各個部位都參與運動，使全身的肌肉、骨骼得到鍛煉，對關節的保健也有積極的作用。

太極拳的拳法並不難學，運動量的大小也可以根據個人的體質而定，適合不同年齡、不同體質的人士。實踐證明，長期練習太極拳可以起到健身、防病、養生的保健作用。

A 寫出字 / 詞的確切意思

在文本中……	這個字 / 詞……	文中的意思是……
1)"太極拳是中華武術之瑰寶"	"瑰寶"	
2)"各派有各派的特點,可謂百花齊放"	"百花齊放"	
3)"太極拳不僅風靡中國,在國外也廣為流傳"	"風靡"	
4)"太極拳無疑是很好的鍛煉"	"無疑"	

B 判斷正誤

☐ 1) 廣受歡迎的太極拳富有中國傳統特色。

☐ 2) 太極拳有很多流派,其中楊式太極拳流傳最廣。

☐ 3) 太極拳要求鬆靜自然、剛柔結合、連貫協調。

☐ 4) 打太極拳時要心平氣和、全神貫注。

☐ 5) 太極拳是專門為老年人設計的體育運動。

☐ 6) 越來越多注重養生和健身的人喜愛太極拳。

☐ 7) 想要防病、治病、延年益壽,可以去學太極拳。

☐ 8) 2006 年,太極拳申請列入中國國家級非物質文化遺產名錄。

C 回答問題

1) 太極拳是基於什麼思想理論創立的?

2) 在世界範圍內大約有多少人在練太極拳?

3) 為什麼太極拳受到中國人和外國人的廣泛喜愛?

4) 為什麼說不同年齡、不同體質的人都適合練太極拳?

D 選出四個正確的句子

太極拳有健身、養生的功效,打太極拳時 _____ 。

a) 負責專注力和控制情緒的大腦可以得到鍛煉

b) 動作變化不多,可以讓大腦得到休息

c) 呼吸很有節奏,吸入大量氧氣,呼出體內濁氣

d) 可以調節循環和呼吸系統,促進氣血循環

e) 可以促進腸胃蠕動,改善消化和吸收功能

f) 全身的肌肉和骨骼都承受着壓力,可能會受傷

E 學習反思

1) 你學過太極拳嗎?有什麼體會?

2) 你會推薦親朋好友學太極拳嗎?為什麼?

F 學習要求

1) 掌握 8 個短語。

2) 學會表達一種觀點。

3) 用 100 個字縮寫文章。

http://blog.sina.com.cn/jiangyichengblog
姜依承的博客

中國高考的合理性　（2017-6-5 17:56）

在中國，每年 6 月的 7、8、9 日是全國高等院校統一招生考試的日子。高考制度建立於 1952 年。這些年，人們對高考制度進行了很多討論，對其褒貶不一。有些人認為高考能給學生清晰的學習目標和努力方向，在青少年中形成崇尚知識的良好氛圍。也有些人認為高考制度導致學生"兩耳不聞窗外事，一心只讀應試書"，還把中國學生的創新能力不強也歸罪於它。最近我讀了教育專家陸先生關於高考的發言稿，我很認同他的一些觀點。

首先，陸先生認為高考制度給所有學生提供了相對平等的競爭機會和接受高等教育的可能。不管貧窮還是富裕，不管家有權勢還是普通百姓，在高考中都是平等的。家庭條件不好的學生可以通過努力進入名牌大學，接受良好的教育，改變自己的命運。

其次，陸先生指出，高考制度與中國一直以來的主流價值觀是一脈相承的。唐朝大文學家韓愈的佳句"書山有路勤為徑，學海無涯苦作舟"以及著名數學家華羅庚的名言"聰明出於勤奮，天才在於積累"都是這一價值觀的體現。學生經歷十年寒窗的磨煉，在備戰高考的過程中養成了勤奮好學的習慣，具備了終身學習的能力。這些習慣和能力有助於學生在競爭激烈的未來獲得成功。

最後，陸先生強調應試教育與素質教育並不矛盾。學習如同建造樓房，只有地基牢固，樓才能建得快、建得高、建得牢。只有在中小學階段牢固掌握了基礎知識，才有繼續向上發展的可能。另外，中國的教育方式跟以前的已大有不同了。雖然要應對考試，但也十分重視在訓練學生掌握基礎知識的同時，引導他們結合實際生活，靈活、創造性地使用知識分析、解決問題。這種"應試"和"素質"相結合的教育模式為中國培養出了許許多多的行業領軍人物。他們在高鐵、航空、航海、太空等領域發揮着重要作用。

綜上所述，我認為高考是符合中國國情的，有不可替代的積極作用。如果看了我的博客有任何想法，請給我留言。謝謝大家！

閱讀（76）｜評論（21）｜收藏（9）｜轉載（34）｜喜歡▼｜打印

A 判斷正誤

☐ 1) 高考制度是 1952 年建立的。

☐ 2) 有錢人家的孩子不喜歡讀書。

☐ 3) 勤奮和努力一直是中國的主流價值觀。

☐ 4) 教育專家陸先生用造樓房來比喻學習。

☐ 5) 應試教育不能培養優秀的人才。

☐ 6) 未來的競爭很激烈，要求人們有良好的學習習慣和較強的學習能力。

B 回答問題

1) 中國高考的時間是哪幾天？

2) 人們對高考制度有什麼正面的評論？

3) 人們認為高考制度有什麼負面的影響？

4) 作者怎麼看高考制度？

C 寫出字/詞的確切意思

在文本中……	這個字/詞……	文中的意思是……
1) "對其褒貶不一"	"貶"	
2) "兩耳不聞窗外事，一心只讀應試書"	"一心"	
3) "書山有路勤為徑，學海無涯苦作舟"	"勤為徑"	
4) "學生經歷十年寒窗的磨煉"	"十年寒窗"	
5) "培養出了許許多多的行業領軍人物"	"領軍人物"	

D 選出四個正確的句子

關於高考，教育專家陸先生的觀點是 ＿＿＿ 。

a) 高考是相對平等的考試，對所有人都一視同仁

b) 高考讓每個學生都有上大學的機會

c) 高考制度符合中國千年延續下來的主流價值觀

d) 高考使學生養成了在寒冷的天氣學習的習慣

e) 中國採用的是"應試"與"素質"相結合的教育模式

f) 經過高考的磨煉，學生對基礎知識的學習不太感興趣

E 學習反思

1) 你對中國的高考制度有什麼看法？

2) 你對將要參加的大學入學考試有什麼看法？

F 學習要求

1) 掌握 8 個短語。

2) 學會表達一種觀點。

3) 用 100 個字縮寫文章。

要求　與同學辯論公開考試是否真的公平。正方認為公開考試是公平的，反方認為公開考試不是公平的。

辯論內容包括：

• 考試內容

• 教育資源

• 大學錄取名額

例子：

正方1：我方認為公開考試是十分公平的。不管你在哪所學校，家庭條件多好，都要用相同的考卷考試，用相同的時間答題。

反方1：用相同的考卷就公平了嗎？如果你在山區，師資、設施等條件都沒有大城市好，學習效果也肯定不如大城市的學生。在這種情況下，讓你們用同一張考卷是不公平的。

正方2：按照反方的觀點，不同地區、不同學校的學生都應該有不同的考卷。難道這樣是公平的嗎？

……

你 可以用

a) 有的學生偏科，在一些科目上很有天賦，而其他科目成績不佳。現在的考試制度看的是總分，對這些學生來說是不公平的。

b) 我方認為面試、項目考核等一對一的評估才能看出一個人的真正才能。

c) 每年畢業的學生那麼多，不可能對所有學生進行一對一的評估，這是不現實的。就是在教育資源非常豐富的發達國家也同樣採用公開考試的方法。

d) 大學錄取名額的分配也不公平。發達地區的錄取名額一般遠多於邊遠地區。本來各地的教育資源就不公平，大學錄取名額分配也不公平，對於邊遠地區的學生來說，真的公平嗎？

e) 高考加分制度也影響了考試的公平性。有些學生不擅長也不喜歡學習，僅僅因為有體育或音樂天賦，可以得到高考加分，即使考試成績不好也會被名校錄取。

f) 我方認為反方誇大了外部條件的影響。外部教學條件的確很重要，但更重要的是自己的刻苦努力。不能簡單地說在教學條件不好的地方就學不好。

8 文體

新聞報道格式

標題

- 標題要具有概括性。
- 觀點要客觀、公正。
- 可以引用相關的資料、數據，也可以引用人物的原話。
- 語言要簡明扼要，以第三人稱來寫，一般用現在時態寫。

9 寫作

題目1 高中生面對各種各樣的壓力。作為小記者，你採訪了幾位高中生和任課老師。請為《都市日報》的副刊寫一篇新聞報道。

你可以寫：

- 壓力的來源
- 壓力的影響
- 減壓的方法

題目2 俗話說："留得青山在，不怕沒柴燒。"請談談你對這個觀點的看法。

以下是一些人的觀點：

- "留得青山在，不怕沒柴燒"的意思是只要留住生命就有希望。
- 有時候後退一步並不是懦弱的表現，而是更加理性、智慧的選擇。
- 碰到事情不要鑽牛角尖，妥協也是一種藝術。

你 可以用

a) 除了繁重的學習任務以外，高中生要準備大學入學考試，還要準備各種大學申請材料。

b) 要正確看待測試。平日的測試可以讓學生瞭解自己對知識的實際掌握情況，令學生有努力的方向。學生也可以把平時的測驗看作是高考的預賽。積累了豐富的考試經驗，高考時可以更好地把真實水平發揮出來。

c) 要平衡學習和社交的時間。學習壓力大時，可以通過社交活動來減壓，比如參加體育鍛煉、跟同學聊聊天兒、看電影等等。

d) 在選擇大學和專業方面，學生很容易跟父母產生分歧。父母往往會把自己年輕時沒有實現的理想加在子女的頭上，而子女對於未來有自己的想法。

九十九分的苦惱　　　昭辰

女兒入小學，考試成績，雖然都在九十分以上，但總不能使她的母親滿意。在她看來孩子應該門門都一百分才順理成章，孩子每次拿了九十四五分回來，她臉上都沒有笑容。有時孩子失誤，也有只拿到八十幾分的，暴風驟雨（bào fēng zhòu yǔ）立即爆發（bào fā）。平時各式各樣的小毛小病，甚至是非毛非病都被拿出來數落（lùn jù）一頓。論據軟弱，而論斷卻是誇張的。這時孩子默默垂淚（mò mò chuí lèi），一副可憐相（kě lián xiàng）。那眼神顯然（xiǎn rán）是希望我出馬相救。可是太太也在看我，那眼神顯然也是希望我為她找出更為雄辯（xióng biàn）的論據。

隨着孩子功課難度的上升，我覺得最關鍵的是切實有效地幫助孩子提高成績，放下架子，親自輔導孩子做作業。

皇天不負苦心人，不久，孩子放學回家老遠就喊着沖進門來了：“爸——爸！”這肯定是好消息了。

果然帶回來一個九十九分。

我大喜，待她媽媽下班歸來，我撇撇嘴（piě）暗示（àn shì）孩子把考卷奉（fèng）上。

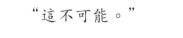

太太臉上一絲微笑還沒有來得及閃爍（shǎn shuò）就消失（xiāo shī）了。

她往椅子上一癱（tān）：“我就是弄不明白，你為什麼就拿不下那最後一分！”

我大為震驚（zhèn jīng），本想頂回去：“你上小學考過幾個一百分？我看連九十分都難得。”但是我知道，這樣意氣用事的話是絕對愚蠢（yú chǔn）的，只能破壞孩子學習成績有所提高所帶來的良好氣氛，我靈機一動，歎了一口氣說：“都是我不好。”

太太奇怪了：“平時都是驕傲自滿（jiāo ào zì mǎn）得不得了，這回怎麼謙虛起來了？”

我說：“孩子學習成績不夠理想，無非是兩個原因：第一，老師沒有教好。但是這種可能不大，因為人家的孩子，在同一個班上，並沒有聽說成績不理想的呀。這就有了第二種可能：那就是她的頭腦不好，天生的笨。”

太太有點不同意的神色，我請她讓我說完。

“天生的笨，是遺傳的原因。這也有兩種可能的原因。第一個是你笨。”

“這不可能。”

"我同意。那就第二種可能：那就是我笨。"

"我看這樣說，還比較恰當。"

"但是，這也並不能怪我，更不能怪她呀。想當年，你找對象：背後跟着一個連隊，你滿園裏揀瓜，揀得眼花；揀了半天，揀了個傻瓜。你不怪自己，還要怪她。"

女兒捂着嘴巴笑了。

太太忍着笑。

女兒偷偷向我豎起大拇指。

（選自義務教育課程標準實驗教科書《語文》九年級下冊，北京師範大學出版社，2009 年）

A 寫出字／詞的確切意思

在文本中……	這個字／詞……	文中的意思是……
1) "暴風驟雨立即爆發"	"暴風驟雨"	
2) "非毛非病都被拿出來數落一頓"	"數落"	
3) "我大為震驚，本想頂回去"	"頂"	
4) "你滿園裏揀瓜，揀得眼花"	"眼花"	

B 配對

☐ 1) 作者經常做"三夾板"：
☐ 2) 女兒的功課越來越難，
☐ 3) 女兒考到了九十九分，
☐ 4) 太太對女兒的要求過高，

a) 考到一百分是理所當然的。
b) 而作者則比較通情達理。
c) 作者不得不花時間輔導孩子學習。
d) 頭腦不好，自認不聰明。
e) 作者很滿意，但太太覺得還不夠好。
f) 太太希望他能和自己一起責備女兒，女兒希望他能幫自己說話。

C 回答問題

1) 太太因為女兒沒得滿分而生氣，作者是怎麼打破尷尬的局面的？

2) 你怎樣理解文章的題目"九十九分的苦惱"？你有這種苦惱嗎？請舉例說一說你是怎麼處理的。

三國

東漢（25 年－220 年）末年，軍閥混戰，漢王朝名
存實亡。公元 196 年，曹操（155 年－220 年）自封為
大將軍，之後逐步統一了北方。在南方，孫堅和長子孫
策打下了江東地區，勢力漸漸壯大。孫堅去世後，孫策
接班。孫策去世後，由他年僅 19 歲的弟弟孫權（182 年
－252 年）接位。這一時期另外一個重要的人物是劉備。
劉備（161 年－223 年）是西漢皇室的宗親，志向遠大、
為人謙和、善用人才。

曹操

有很多歷史故事都與劉備有關。劉備年輕時與武
藝高強的關羽和張飛親如兄弟。劉備聽說諸葛亮是一位奇才，想請他來幫助自己實現
政治抱負。劉備跟關羽、張飛去請了諸葛亮三次。第一次、第二次正巧諸葛亮都不在
家。第三次，為了表示尊敬，劉備下馬走了半里地，讓關羽和張飛在門外等候，自己
恭恭敬敬地站在台階上等待與諸葛亮見面。諸葛亮被劉備的誠意打動，決定出山相
助。這就是著名的"三顧茅廬"的故事。

公元 208 年，曹操率領 20 萬大軍南下。孫權和劉備只有 4 萬精兵，所以決定聯
合起來在赤壁一帶跟曹操對抗。曹操的北方士兵不適應在船上打仗，所以把戰船的首
尾連接起來，使戰船如同陸地一般平穩。孫權和劉備聯軍的統帥周瑜想出了一個計
策：讓手下的大將黃蓋寫信給曹操稱自己要投降，之後乘坐裝有乾柴的船投奔曹操。
當船靠近曹軍時，黃蓋下令把船上的乾柴點着。着火的船乘着強風駛向曹軍的戰船，
使曹軍所有的船變成了一片火海。這就是中國歷史上著名的以少勝多的"赤壁之戰"。

赤壁之戰後曹操無法在短期內統一全國，只好退回了北方。這次大戰奠定了魏國
（曹操）、蜀漢（劉備）和東吳（孫權）三國鼎立的基礎（220 年－280 年）。元末明
初的小說家羅貫中根據這段歷史創作了中國第一部長篇歷史小說《三國演義》。《三
國演義》是中國最著名的四部古典文學作品之一。

古為今用 （可以上網查資料）

1) 諸葛亮是中國歷史上一位奇才。《隆中對》中記錄了諸葛亮與劉備的對話。這次對話對後來的政治局勢有什麼影響？

2) 中國有句俗話："三個臭皮匠，頂個諸葛亮。"這句俗話是什麼意思？你覺得三個"臭皮匠"能頂一個"諸葛亮"嗎？為什麼？

3) 人們常用"扶不起的阿斗"形容不能扶持成才的人。阿斗是誰？請講講他的故事。

4) 曹操的兒子曹植很有才華。歷史上有"七步成詩"的故事。《七步詩》是在什麼情況下寫的？

5) 曹操的另一個兒子曹沖智慧過人。"曹沖稱象"的故事在民間廣為流傳。請講講這個故事。

12 地理知識

高原

中國有四大高原，為青藏高原、內蒙古 (nèi měng gǔ) 高原、雲貴高原、黃土高原。其中，青藏高原是中國面積最大、海拔最高的高原，有"世界屋脊 (wū jǐ)"之稱。著名的喜馬拉雅山脈就在青藏高原上。青藏高原冰川 (bīng chuān)、雪山眾多，是世界有名的"固體水庫 (gù tǐ shuǐ kù)"。內蒙古高原是中國的第二大高

黃果樹瀑布

原。那裏有大片的草原，是中國重要的牧場 (mù chǎng)。《敕勒歌 (chì lè gē)》中"天蒼蒼，野茫茫，風吹草低見牛羊"是它極好的寫照。雲貴高原地形複雜，居住着很多少數民族。氣勢宏偉 (hóng wěi) 的中國第一大瀑布——黃果樹瀑布就在雲貴高原上。黃土高原是中華文明的搖籃，有很多歷史文化遺址。黃土高原的礦產資源豐富，是中國重要的能源基地 (jī dì)。

造福後代 （可以上網查資料）

1) 哪個國家有"瀑布之國"之稱？

2) 高原環境低壓、缺氧。為確保安全，去高原地區旅遊事先要做好哪些準備工作？

3) 近幾年，高原成了運動員鍛煉耐力的寶地。你知道這是為什麼嗎？

第三單元複習

生詞

<table>
<tr><td rowspan="8">第七課</td><td>指南</td><td>膳食</td><td>攝</td><td>儘量</td><td>規律</td><td>俗話</td><td>免疫力</td><td>成長</td></tr>
<tr><td>發育</td><td>有氧運動</td><td>形式</td><td>根據</td><td>毒品</td><td>害</td><td>表明</td><td>慢性</td></tr>
<tr><td>支氣管</td><td>炎</td><td>冠心病</td><td>癌症</td><td>損害</td><td>肝臟</td><td>腎臟</td><td>神經</td></tr>
<tr><td>系統</td><td>血管</td><td>麻醉</td><td>危害</td><td>奉勸</td><td>沾染</td><td>睡眠</td><td>恢復</td></tr>
<tr><td>體力</td><td>維持</td><td>大腦</td><td>正常</td><td>運轉</td><td>心態</td><td>處於</td><td>青春期</td></tr>
<tr><td>嘗試</td><td>師長</td><td>迷茫</td><td>度過</td><td>難關</td><td>轉移</td><td>暫時</td><td>時期</td></tr>
<tr><td>大道</td><td>委員會</td><td></td><td></td><td></td><td></td><td></td><td></td></tr>

<tr><td rowspan="9">第八課</td><td>主席</td><td>評委</td><td>反方</td><td>代表</td><td>在座</td><td>內在</td><td>外在</td><td>形象</td></tr>
<tr><td>皮膚</td><td>姣好</td><td>五官</td><td>精緻</td><td>身材</td><td>苗條</td><td>健美</td><td>遺傳</td></tr>
<tr><td>天生</td><td>情操</td><td>修養</td><td>內心</td><td>後天</td><td>擇偶</td><td>的確</td><td>外表</td></tr>
<tr><td>出眾</td><td>往往</td><td>男士</td><td>對象</td><td>女士</td><td>帥</td><td>伴侶</td><td>模特</td></tr>
<tr><td>般</td><td>明星</td><td>消逝</td><td>技術</td><td>化妝</td><td>整容</td><td>手術</td><td>持久</td></tr>
<tr><td>深刻</td><td>高尚</td><td>學識</td><td>卓越</td><td>才華</td><td>根本</td><td>醜</td><td>本質</td></tr>
<tr><td>腹</td><td>詩書</td><td>飽讀</td><td>華貴</td><td>氣質</td><td>警惕</td><td>虛榮</td><td>作怪</td></tr>
<tr><td>單純</td><td>追求</td><td>忽略</td><td colspan="2">與其……不如……</td><td>綜</td><td></td><td></td></tr>

<tr><td rowspan="8">第九課</td><td>緩解</td><td>考場</td><td>錄取</td><td>考生</td><td>夢寐以求</td><td>心願</td><td>夜以繼日</td><td>檢測</td></tr>
<tr><td>手段</td><td>機制</td><td>檢查</td><td>同齡</td><td>統計</td><td>反應</td><td>焦慮</td><td>悲觀</td></tr>
<tr><td>失眠</td><td>頭暈</td><td>煩躁</td><td>不安</td><td>表現</td><td>處長</td><td>借鑒</td><td>列</td></tr>
<tr><td>表</td><td>試卷</td><td>目標</td><td>拆</td><td>任務</td><td>效率</td><td>勞逸結合</td><td>情緒</td></tr>
<tr><td>穩定</td><td>強度</td><td>舒緩</td><td>脫離</td><td>感到</td><td>沉重</td><td>一系列</td><td>失敗</td></tr>
<tr><td>加重</td><td>負擔</td><td>缺乏</td><td>全力</td><td>對得起</td><td>縱使</td><td>挫折</td><td>所謂</td></tr>
<tr><td>彩虹</td><td>抱</td><td>樂觀</td><td>堅強</td><td>毅力</td><td>戰勝</td><td>全力以赴</td><td>贏</td></tr>
<tr><td>仗</td><td></td><td></td><td></td><td></td><td></td><td></td><td></td></tr>
</table>

短語 / 句型

- 直接影響到大家每天的生活和學習　• 請大家多加注意　• 想要擁有健康的身體
- 每日的膳食中應含有人體所需的營養　• 要避免或減少攝入不利於健康的成分
- 生命在於運動　• 增強身體的免疫力　• 有利於青少年的成長發育
- 根據個人的喜好來決定　• 吸煙害人害己　• 多種疾病都跟吸煙有直接關係
- 過量飲酒會損害人的肝臟　• 毒品會麻醉神經　• 對人體的危害極大　• 奉勸各位青少年
- 一定不要沾染煙、酒和毒品　• 保證充足的睡眠　• 幫助人恢復體力
- 維持大腦的正常運轉　• 對正處於青春期的中學生來說　• 心理健康至關重要
- 將煩惱說出來　• 在他們的幫助下走出迷茫　• 度過難關　• 暫時忘記煩惱

- 愛美之心，人皆有之　• 皮膚姣好　• 五官精緻　• 身材苗條或健美
- 內在美指的是人的性格、情操、修養、思想等內在素質的美　• 模特般的身材
- 明星般的臉　• 僅僅是現象和形式　• 隨着青春的消逝，總有逝去的一天
- 通過化妝，甚至整容手術來獲得外在美　• 與外在美相比，內在美更持久，也更深刻
- 高尚的品德與情操　• 豐富的學識與修養　• 卓越的才華與思想
- 這些潛在於內心深處的美從根本上決定一個人的美與醜　• 腹有詩書氣自華
- 飽讀詩書的人自然會擁有華貴的氣質　• 年輕人要警惕虛榮心作怪
- 單純追求外在美而忽略內在美的提升　• 培養持久的內在美　• 綜上所述

- 被名校錄取是每個考生夢寐以求的心願　• 夜以繼日地為高考做準備
- 檢測學習效果的手段　• 相對公平的競爭機制　• 承受巨大的壓力
- 建議考生借鑒以下方法來緩解考前壓力　• 把大目標拆成小任務
- 既可以提高效率，又可以增加成就感　• 確定合理的期望值　• 不要有脫離實際的期待
- 如果把目標定得太高，會使人感到沉重　• 不要害怕失敗　• 加重心理負擔
- 無論最終考得怎麼樣都對得起自己　• 縱使成績真的不理想，也要經得起挫折
- 正所謂"風雨後總會有彩虹"　• 抱着樂觀的態度　• 以堅強的毅力
- 用適合自己的方法　• 積極地面對並戰勝壓力　• 全力以赴打贏高考這一仗

生詞

1 持 manage　主持 chair; manage
chí　*zhǔ chí*

2 好奇 curious
hào qí

3 茶館 teahouse　**4** 酒樓 restaurant
chá guǎn　*jiǔ lóu*

5 閒聊 chat　**6** 戲院 theatre
xiánliáo　*xì yuàn*

7 曲 song　戲曲 traditional opera
qǔ　*xì qǔ*

8 習武 practice martial arts
xí wǔ

9 習字 practice calligraphy
xí zì

10 玩賞 take pleasure or delight in
wán shǎng

11 玩 object for appreciation　古玩 antique
wán　*gǔ wán*

12 雅 elegant　高雅 refined and graceful
yǎ　*gāo yǎ*

13 列舉 list
liè jǔ

14 射 shoot　射箭 archery
shè　*shè jiàn*

15 競技 athletics
jìng jì

16 繩（绳）rope　跳繩 rope skipping
shéng　*tiào shéng*

17 捉 catch　**18** 藏 hide　捉迷藏 hide-and-seek
zhuō　*cáng*　*zhuō mí cáng*

19 科技 science and technology
kē jì

20 日新月異 change with each passing day
rì xīn yuè yì

21 無所不能 very capable
wú suǒ bù néng

22 層 repeatedly　**23** 窮 end
céng　*qióng*

層出不窮 emerge one after another
céngchū bù qióng

24 大多 mostly
dà duō

25 繞（绕）revolve　圍繞 revolve round
rào　*wéi rào*

26 產品 product　**27** 深遠 far-reaching
chǎn pǐn　*shēn yuǎn*

28 析 analyze　分析 analyze
xī　*fēn xī*

29 現今 nowadays　**30** 對抗 resist
xiàn jīn　*duì kàng*

31 智力 intelligence　**32** 腦筋 brain; mind
zhì lì　*nǎo jīn*

33 開發 develop　**34** 維 thinking　思維 thinking
kāi fā　*wéi*　*sī wéi*

35 益智 raise intelligence
yì zhì

36 戶 door　戶外 outdoor
hù　*hù wài*

37 相當 be equivalent to
xiāng dāng

38 怨 resentment　抱怨 complain　**39** 整 whole
yuàn　*bào yuàn*　*zhěng*

40 屏 screen　**41** 幕 screen　屏幕 screen
píng　*mù*　*píng mù*

42 姿 posture　**43** 勢 posture　姿勢 posture
zī　*shì*　*zī shì*

44 導致 result in　**45** 腰 waist
dǎo zhì　*yāo*

46 脖 neck　脖子 neck
bó　*bó zi*

47 反而 on the contrary
fǎn ér

48 內向 introverted　**49** 不禁 can not help
nèi xiàng　*bù jīn*

50 退 move backwards　退步 lag or fall behind
tuì　*tuì bù*

51 深思 think deeply about
shēn sī

52 訪談 talk
fǎng tán

1 完成句子

1) 如今電子科技日新月異，中國人的休閒方式也隨之發生了很大的變化。

如今 ＿＿＿，＿＿＿也隨之發生了很大的變化。

2) 現在中國人的休閒活動大多是圍繞着電子產品進行的。

＿＿＿大多是＿＿＿。

3) 這些問題應該引起我們每個人深思。

＿＿＿引起＿＿＿深思。

4) 這種改變給人們的生活帶來了深遠的影響。

＿＿＿給＿＿＿帶來了深遠的影響。

5) 現在的遊戲多是與電子產品互動，反而令人們失去了很多與他人交流的機會。

＿＿＿，反而＿＿＿。

6) 聽了您的分析，我不禁開始思考：這些變化是好還是壞？

＿＿＿，＿＿＿不禁＿＿＿。

2 聽課文錄音，做練習

A 選擇（答案不止一個）

1) 以前兒童喜歡的活動有 ＿＿＿。

a) 跳繩

b) 捉迷藏

c) 放風箏

d) 玩賞古玩

2) 以前的棋類遊戲 ＿＿＿。

a) 是對抗性的活動

b) 可以開發智力

c) 可以鍛煉思維能力

d) 讓人越來越內向

3) 以前的戶外遊戲 ＿＿＿。

a) 相當於體育鍛煉

b) 使人四肢發達，頭腦簡單

c) 可以強身健體

d) 讓人多動腦筋

4) 以前的休閒方式 ＿＿＿。

a) 需要人與人溝通、互動

b) 能讓人學會禮讓、合作

c) 是單純的娛樂

d) 使人失去了很多與他人交流的機會

B 回答問題

1) 以前中國人喜歡哪些體育競技類活動？

2) 什麼原因使中國人的休閒方式發生了巨大的變化？

3) 整天盯着電腦或手機會對身體有哪些影響？

4) 沉迷於電子遊戲會對性格有哪些影響？

訪孫委教授

林西：觀眾朋友們，大家好！我是主持人林西。今天孫委教授將跟我們談談中國人休閒方式的變化。孫教授，我很好奇，中國傳統的休閒活動都有哪些？

孫委：中國傳統的休閒活動多種多樣。有的人愛去茶館、酒樓跟朋友閒聊，有的人愛去戲院看戲曲表演，有的人喜歡去武館習武，還有的人喜歡彈琴、下棋、習字、作畫、玩賞古玩等高雅的娛樂活動。除了前面列舉的娛樂活動以外，人們還愛射箭、騎馬等體育競技活動。兒童喜愛的娛樂活動有放風箏、跳繩、捉迷藏等。

林西：如今電子科技日新月異，手機和電腦無所不能，新的娛樂活動層出不窮。中國人的休閒方式也隨之發生了很大的變化。

孫委：是的。現在中國人的休閒活動大多是圍繞着電子產品進行的。這種改變給人們的生活帶來了深遠的影響。

林西：孫教授，您可以為我們具體分析一下現今休閒方式改變所帶來的影響嗎？

孫委：好的。首先，以前大受歡迎的棋類遊戲屬於對抗性的智力活動，讓人在休閒、放鬆的同時，多動腦筋、開發智力、鍛煉思維能力。如今手機和電腦上的遊戲大多是單純的娛樂，不能起到益智的作用。

林西：很有道理。

孫委：其次，以前流行的戶外遊戲很多都相當於體育鍛煉，可以強身健體。現今的遊戲大多只用到眼睛和手。不少人因為玩兒遊戲上癮影響了身體健康。

林西：對。很多家長都抱怨孩子整天盯着電腦或手機屏幕，一個姿勢坐半天。不僅導致視力下降，還會腰疼、背疼、脖子疼。

孫委：另外，以前的休閒方式需要人們面對面溝通、互動，可以讓人們學會合作、禮讓。現在的遊戲多是與電子產品互動，反而令人們失去了很多與他人交流的機會。有些人因為沉迷於電子遊戲，變得越來越內向、越來越不願意與他人交往。

林西：聽了您的分析，我不禁開始思考：這些變化是好還是壞？人類是進步了還是退步了？這些問題應該引起我們每個人深思。時間到了，今天的訪談就到這裏。謝謝孫教授！觀眾朋友們，再見！

3 根據實際情況回答問題

1) 你們國家傳統的休閒活動都有哪些？現在流行的休閒活動有哪些？

2) 你體驗過哪些中國傳統的休閒活動？你喜歡嗎？為什麼？

3) 什麼是有益的休閒娛樂活動？有益的休閒娛樂活動可以對人產生什麼影響？你在選擇休閒活動時有什麼考慮？請舉例說明。

4) 你喜歡體育競技類活動嗎？你參加了哪些體育競技類活動？體育競技類活動有什麼好處？請談談你參加體育比賽的經歷。

5) 很多棋類活動都可以讓人在休閒、放鬆的同時開發智力、鍛煉思維能力。你喜歡下棋嗎？你喜歡下什麼棋？為什麼？

6) 你喜歡看電影嗎？你喜歡看哪類電影？哪部電影讓你很有感觸？請介紹一下這部電影並談一談你的感想。

7) 現在的很多休閒活動都離不開電子產品。你玩兒電子遊戲嗎？你喜歡玩兒什麼遊戲？為什麼？

8) 你玩兒電子遊戲時一般玩兒多長時間？玩兒電子遊戲對你的健康、學習和社交有影響嗎？有什麼影響？

9) 讀萬卷書，行萬里路。旅遊不光是遊山玩水，還能讓我們有所收穫。你喜歡旅遊嗎？請介紹一下你最喜歡的旅遊景點。你為什麼喜歡那裏？

10) 你喜歡哪種旅遊方式？自助游還是跟團遊？你喜歡跟家人旅遊還是跟同學或朋友旅遊？為什麼？談一談你最難忘的旅行經歷。

11) 好的休閒活動可以讓人學會合作、禮讓。請介紹一種能培養青少年合作精神的休閒活動。

12) 很多休閒活動都是老少皆宜的。請介紹一種全家人都能參與的休閒活動。

4 成語諺語

A 解釋成語並造句

1) 舉世聞名	2) 世外桃源	3) 息息相關
4) 與眾不同	5) 意想不到	6) 雨後春筍
7) 無所不能	8) 真才實學	9) 層出不窮
10) 一舉兩得	11) 趁熱打鐵	12) 一無所有

B 解釋諺語並造句

1) 滿招損，謙受益。

2) 歲月不待人。

3) 羊毛出在羊身上。

4) 良藥苦口利於病，忠言逆耳利於行。

自助遊的好處及注意事項

現今社會，隨着網絡和交通的日益發達，越來越多的人選擇自助旅遊。自助遊有三大好處：

1. 行程自由、靈活

行程安排獨立。旅遊路線、參觀景點可以根據興趣而定，也不受時間限制。即使臨時興起，要調整行程也沒有問題。

住宿預訂自由。自助遊可以事先在網上預訂自己喜歡的住處。星級酒店、公寓式酒店、民宿、青年旅社、叢林小屋……各有各的情趣。如果想改變計劃，可以隨時上網解決。

餐飲選擇隨性。在自助遊途中，既可以去知名的飯店品嘗大餐，大飽口福，也可以即興在街邊的攤位買些小吃，邊逛邊吃，十分輕鬆自在。如果選擇公寓式酒店或者民宿，還可以買回食材自己動手，愜意得很。

交通方式靈活。如果整個旅程時間較緊，坐飛機是最理想的方案。如果想節省旅費，搭火車是不錯的選擇，搭乘夜車還能省下住宿費。旅行中，還可以多嘗試公共交通，既體驗了當地人的日常生活，也瞭解了那裏的社會風貌。

2. 充滿意外驚喜

因為自助遊沒有固定的行程安排，旅途中更容易遇到大大小小的驚喜：交到志同道合的新朋友，買到一見鍾情的心頭好，看到出人意料的景觀等。

3. 收穫巨大的滿足感

當自助遊順利結束時，想到從選擇目的地到安排行程、從做預算到訂酒店……一切都由自己搞定，滿足感和成就感會油然而生。

為了確保自助遊順利、愉快，以下事項必須加以注意：

1. 出門前切記帶好證件、信用卡、現金、手機以及常用藥，例如感冒藥、止瀉藥等。

2. 根據行程，事先買好各類保險。

3. 跟家人分享行程安排，在旅途中與家人保持聯繫。

4. 旅行中如果身體不適，要及時吃藥。嚴重的話要去當地醫院檢查，並接受治療。

5. 不要去危險的地方，夜晚千萬不要單獨行動。

6. 要遵守當地的法律，尊重當地的民俗。

A 寫出字／詞的確切意思

在文本中……	這個字／詞……	文中的意思是……
1) "民宿、青年旅社、叢林小屋……各有各的情趣"	"民宿"	
2) "還可以買回食材自己動手，愜意得很"	"愜意"	
3) "買到一見鍾情的心頭好"	"心頭好"	
4) "滿足感和成就感會油然而生"	"油然而生"	

B 判斷正誤，並説明理由

1) 在旅途中感覺身體不適要立刻去醫院就診。　　　　　　對　　　錯

_____ ____ ____

2) 自助旅遊時千萬不要單獨行動，要結伴而行。

_____ ____ ____

C 配對

☐ 1) 自助遊可以隨着自己的性子來，

☐ 2) 如果自助遊的時間有限，

☐ 3) 搭乘火車自助遊

☐ 4) 乘當地公共交通的好處是

☐ 5) 自助遊每到一處都要跟家人通報，

☐ 6) 選擇自助遊要事先瞭解

a) 如何在當地的醫院檢查並接受治療。

b) 臨時改變路線、時間也沒有問題。

c) 當地的法律法規，免得闖禍。

d) 可以瞭解、體驗當地人的真實生活。

e) 在網上能取消酒店的訂單。

f) 否則家人會感到擔憂。

g) 坐飛機是最合適的交通方式。

h) 雖然比較費時，但相對便宜。

D 回答問題

1) 自助遊時，在餐飲上有哪些選擇？

2) 如何安排交通可以節省住宿費？

3) 自助遊途中可能遇到哪些意外驚喜？

4) 自助遊出發前要注意攜帶哪些藥品？

E 學習反思

如果你假期要跟朋友出去旅遊，你想去哪裏？會自助遊還是跟團遊？為什麼？

F 學習要求

1) 掌握 8 個短語。

2) 學會表達一種觀點。

3) 用 100 個字縮寫文章。

警惕手機依賴綜合症

21 世紀是智能手機的時代。智能手機是人們不可或缺的"日常生活用品"。不用智能手機的人很可能被貼上"落伍_{luò wǔ}"的標簽_{biāo qiān}。

智能手機是人們每日生活的好幫手。清晨，手機是枕邊_{zhěn biān}的鬧鐘。上學路上，手機是解悶_{jiě mèn}的音樂播放器。回家途中，手機是與父母聯繫的通訊器。但不知從什麼時候開始，手機已不只是一個多功能的工具了。清晨，人還沒有起牀，先抓起手機刷一下臉書、看一看微信。洗漱_{xǐ shù}完畢，早飯還沒有吃，再抓緊時間看一眼微博、查一下電郵。到了學校，課還沒有開始，要爭分奪秒玩兒一局手遊、看一段視頻……人們幾乎每分每秒都在抓緊"機"會，而這種"機"不可失的背後其實危"機"重重。

中國雲南省的一家雜誌社曾對 5000 位 20 至 30 歲的年輕人做了一次調查。調查發現在所有受訪者中，53% 的人每日用手機的時間超過 3 小時，近半數的人連上廁所都機不離手，26% 的人每日玩兒手遊的時間超過 2 小時，11% 的人平均 10 分鐘就看一次手機。在手機上花那麼多的時間和精力，越來越多的人在不知不覺中成為了手機的奴隸_{nú lì}，患上了手機依賴_{yī lài}綜合症_{huàn}。

醫生指出，手機依賴綜合症會對人的身體造成很大傷害。患者會感到眼睛發脹_{fā zhàng}、視線模糊、頸部_{jǐng bù}疼痛、肩膀_{jiān bǎng}僵硬、手指麻木_{má mù}、腰酸背痛。更糟糕_{zāo gāo}的是，他們的精神狀態_{zhuàng tài}也會每況愈下_{měi kuàng yù xià}，嚴重的患者會出現睡眠質量變差、無精打采_{wú jīng dǎ cǎi}、思想渙散_{sī xiǎng huàn sàn}、脾氣暴躁_{pí qi bào zào}等症狀。他們還容易感到焦慮_{jiāo lù}，一旦手機不在身邊、沒電或者不能連接無線網，他們就會像丟了魂兒_{húnr}似的坐立不安、心神不寧。

想治癒手機依賴綜合症、戒掉_{jiè}手機癮需要很大的決心和恆心_{héng xīn}。要有意識地控制每天用手機的時間，計劃好用手機完成的事項，把注意力轉向周圍真實的人和事，空閒時參加一些有益的娛樂活動。

我們一定要合理地使用智能手機，不能沉溺_{chén nì}於指尖世界。只有這樣，我們才能成為它真正的主人。

A 判斷正誤

□ 1) 很多人一邊刷牙一邊看微博。

□ 2) 調查顯示六成人每天用手機的時間超過三小時。

□ 3) 調查顯示一成以上的人平均每小時看六次手機。

□ 4) 手機花費人們很多精力，好像變成了人的主人。

□ 5) 手機讓人變得四肢發達，頭腦簡單。

□ 6) 手機不在身邊時，有手機癮的人會感到焦慮不安。

□ 7) 想戒掉手機癮要有毅力和決心。

□ 8) 只有合理地使用手機才能使手機更好地為自己
服務。

B 回答問題

1) 智能手機有哪些功能？

2) 舉例說明人們是怎樣抓緊一切時間使用手機的？

3) 應該怎麼理解"'機'不可失"中的"機"？

4) 怎樣才能治好手機依賴綜合症？

C 寫出字／詞的確切意思

在文本中……	這個字／詞……	文中的意思是……
1) "智能手機是人們不可或缺的'日常生活用品'"	"不可或缺"	
2) "不用智能手機的人很可能被貼上'落伍'的標籤"	"落伍"	
3) "要爭分奪秒玩兒一局手遊"	"爭分奪秒"	
4) "不能沉溺於指尖世界"	"指尖世界"	

D 選出四個正確的句子

手機依賴綜合症的症狀有 _____ 。

a) 眼睛發脹、看東西模糊

b) 脖子酸痛、肩部僵硬

c) 手臂酸痛，嚴重時整條手臂都抬不起來

d) 經常用微信聯繫朋友

e) 晚上睡覺睡得不踏實

f) 白天做事思想不集中、精神不足

E 學習反思

1) 你身邊有人患手機依賴綜合症嗎？他
們有什麼症狀？

2) 你今後打算怎樣合理地使用手機？

F 學習要求

1) 掌握 8 個短語。

2) 學會表達一種觀點。

3) 用 100 個字縮寫文章。

要求 現代人的休閒方式多種多樣。有益的休閒活動有助於放鬆心情、培養能力。你和同學討論自己喜歡的休閒活動。

討論內容包括：

- 參加休閒活動的目的
- 有益的休閒活動
- 不健康的休閒活動
- 自己喜歡的休閒活動

例子：

你： 我們每個人都有自己的興趣愛好，都會參加一些休閒活動。我們參加休閒活動的目的是什麼呢？

同學1： 我們每天讀書學習、準備考試，非常辛苦，壓力也很大。我參加休閒活動的一個主要目的是放鬆一下。

同學2： 我認為參加休閒活動不僅可以放鬆心情，還可以結識志趣相同的人，擴大朋友圈。休閒活動也是培養社交能力的一種方式。

……

你 可以用

a) 休閒活動豐富多彩，有室內的，也有戶外的，有劇烈的，也有平緩的，有文娛類、體育類、收藏類等不同類型。

b) 年輕人利用閒暇時間參加有益的休閒活動，可以調節心情、舒緩壓力、開闊心境、強身健體。有些休閒活動老少皆宜，適合全家一起參與，有利於增進家人的感情。

c) 曲棍球、橄欖球等體育競技類休閒活動深受年輕人的喜愛。體育競賽可以培養年輕人的拼搏精神和團隊精神。在活動中，他們可以學會處理人際關係，提高與人溝通、合作的能力。

d) 有些休閒活動意義不大，以玩兒電子遊戲為例。茶餘飯後玩兒一會兒無可非議，但是整天玩兒遊戲對年輕人沒有什麼好處。如果玩兒遊戲上癮，會浪費很多時間，還會影響學習成績。

e) 我喜歡旅行。我們家幾乎每年假期都會一起去旅行。我們去過亞洲和歐洲的很多國家。旅行讓我放鬆心情、開闊眼界、增長知識。

8 寫作

題目1　你的同學結伴去西藏拉薩自助遊。作為學校雜誌記者，你採訪了他們，聽他們講述了旅行中的所見所聞和體驗感受。請為學校雜誌寫一篇文章。

你可以寫：

• 自助遊的行程安排

• 當地的美食、美景、傳統、習俗

• 自助遊的感受和收穫

題目2　俗話說："良藥苦口利於病，忠言逆耳利於行。"請談談你對這個觀點的看法。

以下是一些人的觀點：

• 有些人只說你愛聽的話，不但對你沒有幫助，還可能使你誤入歧途。有些人會直接指出你的錯誤，雖然言語大多不太好聽，但是能讓你看清自己，不斷進步。所以應該正確對待別人的意見和批評。

• 這句俗語教育人們要勇於接受別人的批評。就像生病吃藥一樣，藥雖然苦，但卻能治好病。批評的話雖然不好聽，但卻能幫人改正錯誤。

你 可以用

a) 拉薩是西藏的首府，是具有民族特色的旅遊城市，也是藏傳佛教的聖地。拉薩以悠久的歷史、秀麗的風光、獨特的風俗、濃厚的宗教色彩而聞名於世。

b) 拉薩有很多名勝古跡。坐落在拉薩市區西北部的布達拉宮是世界上海拔最高的古代宮殿，被列為世界文化遺產。布達拉宮宏偉壯觀，給我們留下了十分深刻的印象。

c) 因為這次是我們幾個同學結伴一起去，所以父母有些擔心，建議我們隨團旅遊。我們猶豫了很久，最後還是決定自助遊。這樣行程安排可以更加靈活一些。

d) 出發之前我們看了很多遊記，做了很多功課。我們在網上預訂了客棧，制訂了詳細的行程安排，還瞭解了藏族的禮儀和習俗。

e) 我們住在一個藏族人開的小客棧裏。有一天晚上，客棧主人的爺爺過生日，他們熱情地邀請我們一起慶祝。我們學會了藏族人的用餐禮儀。

f) 藏族人非常講究禮儀，有尊敬客人和長者的習俗。

養花　　　老舍

　　我愛花，所以也愛養花。我可還沒成為養花專家，因為沒有工夫去作研究與試驗。我只把養花當做生活中的一種樂趣，花開得大小好壞都不計較，只要開花，我就高興。在我的小院中，到夏天，滿是花草，小貓兒們只好上房去玩，地上沒有它們的運動場。

　　花雖然多，但無奇花異草。珍貴的花草不易養活，看着一棵好花生病要死是件難過的事。我不願時時落淚。北京的氣候，對養花來說，不算很好。冬天冷，春天多風，夏天不是乾旱就是大雨傾盆(qīng pén)；秋天最好，可是忽然會鬧霜凍。在這種氣候裏，想把南方的好花養活，我還沒有那麼大的本事。因此，我只養些好種易活、自己會奮鬥的花草。

　　不過，儘管花草自己會奮鬥，我若置之不理，任其自生自滅，它們多數還是會死了的。我得天天照管它們，像好朋友似的關切它們。一來二去，我摸着一些門道：有的喜陰，就別放在太陽地裏，有的喜乾，就別多澆水。這是個樂趣，摸住門道，花草養活了，而且三年五載(sān nián wǔ zǎi)老活着、開花，多麼有意思啊！不是亂吹，這就是知識呀！多得些知識，一定不是壞事。

　　我不是有腿病嗎，不但不利於行，也不利於久坐。我不知道花草們受我的照顧，感謝我不感謝；我可得感謝它們。在我工作的時候，我總是寫幾十個字，就到院中去看看，澆澆這棵，搬搬那盆，然後回到屋中再寫一點，然後再出去，如此循環，把腦力勞動和體力勞動結合到一起，有益身心，勝於吃藥。要是趕上狂風暴雨或天氣突變哪，

就得全家動員，搶救(qiǎng jiù)花草，十分緊張。幾百盆花，都要很快地搶到屋裏去，使人腰酸腿疼，熱汗直流。第二天，天氣好轉，又得把花都搬出去，就又一次腰酸腿疼，熱汗直流。可是，這多麼有意思呀！不勞動，連棵花也養不活，這難道不是真理嗎？

　　送牛奶的同志，進門就誇"好香"！這使我們全家都感到驕傲。趕到曇花(tán huā)開放的時候，約幾位朋友來看看，更有秉燭夜遊(bǐng zhú yè yóu)的神氣——曇花總在夜裏開放。花兒分根了，一棵分為數棵，就贈給朋友們一些；看着友人拿走自己的勞動果實，心裏自然特別喜歡。

當然，也有傷心的時候，今年夏天就有這麼一回。三百株菊秧還在地上（沒到移入盆中的時候），下了暴雨，鄰家的牆倒了，菊秧被砸死三十多種，一百多棵！全家都幾天沒有笑容！

有喜有憂，有笑有淚，有花有果，有香有色，既須勞動，又長見識，這就是養花的樂趣。

作者介紹 老舍（1899-1966），著名的作家、人民藝術家、語言大師。老舍是中國文學界最具影響力的作家之一。他的代表作有《駱駝祥子》《茶館》等。

（選自老舍，《想北平》，中國青年出版社，2016 年）

A 寫出字 / 詞的確切意思

在文本中……	這個字 / 詞……	文中的意思是……
1)"花開得大小好壞都不計較"	"計較"	
2)"我只養些好種易活、自己會奮鬥的花草"	"奮鬥"	
3)"一來二去，我摸着一些門道"	"門道"	
4)"約幾位朋友來看看，更有秉燭夜遊的神氣"	"秉燭夜遊"	

B 判斷正誤

☐ 1) 作者把養花變成了自己的第二份職業。

☐ 2) 小院裏的花雖不是珍貴品種，但作者像朋友一樣關心它們。

☐ 3) 作者把養花當成樂事，既有益身心，又能從中學到知識。

☐ 4) 如果天氣突變，作者一家人會一起把花搬到房間裏。

☐ 5) 花的香味兒引來了別人的讚美，讓作者感到十分驕傲。

☐ 6) 作者常請朋友來看花，但不捨得把精心養的花送給朋友。

C 回答問題

1) 哪句話從側面寫出了夏天院子裏開滿了花？

2) 對作者來說，養花有什麼好處？

3) 鄰家的牆倒下，砸死了很多花，作者一家人的心情是怎樣的？哪句話表現了這種心情？

4) 文中的最後一句表達了作者對養花的認識。請談一談你對自己興趣愛好的認識。

5) 從文章中的哪些地方能看出作者愛花？

6) "看着友人拿走自己的勞動果實，心裏自然特別喜歡"，請結合自己的經歷說說你對這句話的看法。

晉朝·南北朝

晉朝（266 年－420 年）雖然是一個動盪的朝代，但在哲學、文學、藝術等方面都有所發展。

在書法界，晉朝出了著名的"書聖"王羲之。王羲之經過勤學苦練，開創了獨具一格的書法風格。他的書法秀麗中透着蒼勁，柔和中帶着剛強。據說，唐太宗十分喜歡王羲之所寫的《蘭亭序》，臨終時決定把《蘭亭序》帶入昭陵陪葬。

南北朝（420 年－589 年）在中國歷史上是一段大分裂的時期，但在宗教、藝術、數學、科學、文學等方面也都有很大發展。

南北朝時期，隨着佛教的傳播，佛像、壁畫、石窟等得到了空前的發展。今山西的雲岡石窟就是在南北朝時期開始開鑿的，前後花了六十多年的時間才完成。雲岡石窟依山開鑿，東西綿延一公里，有主要洞窟四十五個、石雕像五萬一千餘尊。雲岡石窟是中國規模最大的古代石窟羣之一，是中國佛教藝術的瑰寶。

祖沖之是南北朝時期傑出的數學家、天文學家。祖沖之是第一位將圓周率數值精準到小數點後七位數的數學家。除了數學，他在天文曆法和機械製造方面也做出了巨大的貢獻。

雲岡石窟

在文學方面，《木蘭詩》是南北朝時期北方的長篇敍事民歌。詩中講述了一名叫花木蘭的女子，由於家中父親年邁、弟弟年幼，所以女扮男裝替父從軍的故事。在長達十幾年的軍旅生涯中，她跟其他士兵一起英勇作戰。皇帝因為花木蘭在戰場上立了大功而希望她做官為朝廷效力，但是花木蘭請求返鄉孝敬父母。雖然花木蘭的姓氏、籍貫等在史書中沒有確切的記載，但是《木蘭詩》集中國的傳統道德與樂觀精神於一體，是中國詩史上的一部傑作。

敦煌莫高窟

古為今用 （可以上網查資料）

1) 王羲之是中國著名書法家，在歷史上留下了很多軼事。請講講“入木三分”的故事，並說說這個成語的意思。

2) 雲岡石窟是中國四大石窟之一。其他三大石窟是什麼？在哪裏？

3) 莫高窟始建於哪一年？為什麼莫高窟又被稱為“千佛洞”？其中有哪些藝術表現形式？

4) 祖沖之將圓周率數值精確到小數點後七位數。你能背出這七位數嗎？

5) 花木蘭身上有哪些好的品質？從花木蘭的故事中，你學到了什麼？

11 地理知識

盆地

中國有四大盆地，為塔里木盆地、準噶爾盆地、柴達木盆地、四川盆地。塔里木盆地和準噶爾盆地在新疆維吾爾自治區。中國最大的沙漠——塔克拉瑪干沙漠就在塔里木盆地中。“塔克拉瑪干”在維吾爾語中為“走得進，出不來”的意思。柴達木盆地在青海省，蘊藏大量礦產資源，是名副其實的“聚寶盆”。四川盆地有豐富的礦產資源、植物資源和動物資源。中國的國寶大熊貓就主要生活在四川盆地。在青藏高原向四川盆地的過渡地帶有號稱“水景之王”的旅遊勝地——九寨溝。翠海、疊瀑、彩林、雪峯、藏情、藍冰是九寨溝的“六絕”。民間有“九寨歸來不看水”的說法。

九寨溝

造福後代 （可以上網查資料）

1) 請根據“盆地”這個名字說說其地形特點。

2) 四川盆地有豐富的自然資源。請列出兩種。

3) 2017 年九寨溝經歷了地震破壞，需要重建。對於九寨溝的重建，請說說你的看法和建議。

4) 著名的樂山大佛也在四川省。請簡單介紹一下樂山大佛。

生詞 21

① 今日 jīn rì today　② 露營 lù yíng camp

③ 歷歷 lì lì clearly

歷歷在目 lì lì zài mù appear vividly before one's eyes

④ 陌生 mò shēng unfamiliar

⑤ 跟 gēn follow　跟隨 gēn suí follow

⑥ 營地 yíng dì camp site

⑦ 無微不至 wú wēi bú zhì in every possible way

⑧ 懷（怀）huái think of　關懷 guān huái show loving care for

⑨ 照料 zhào liào take care of

⑩ 彆（别）扭 biè niu not get along well

⑪ 開導 kāi dǎo give guidance to　⑫ 教導 jiàodǎo teach; instruct

⑬ 諒解 liàng jiě understand

⑭ 添 tiān add　增添 zēng tiān add

⑮ 樂趣 lè qù pleasure

⑯ 解除 jiě chú relieve

⑰ 饋（馈）kuì present (a gift)　回饋 huí kuì return a favor

⑱ 協（协）xié coordinate　協調 xié tiáo coordinate

⑲ 助手 zhù shǒu assistant

⑳ 曲 qū bent; crooked　㉑ 棍 gùn stick　曲棍球 qū gùn qiú field hockey

㉒ 橄欖（榄）gǎn lǎn olive　橄欖球 gǎn lǎn qiú rugby

㉓ 參與 cān yù participate in

㉔ 義賣 yì mài charity sale

㉕ 擔當 dāndāng take on

㉖ 街舞 jiē wǔ hip-hop

㉗ 拉丁 lā dīng Latin　拉丁舞 lā dīng wǔ Latin dance

㉘ 開展 kāi zhǎn carry out

㉙ 文娛 wén yú (cultural) recreation

㉚ 曾經 céng jīng used to

㉛ 具備 jù bèi possess; have

㉜ 辦事 bàn shì handle affairs

㉝ 領導 lǐng dǎo lead

㉞ 班長 bānzhǎng form captain

㉟ 學生會 xué shēng huì Students Union

㊱ 踏 tà step on　腳踏實地 jiǎo tà shí dì earnest and down-to-earth

㊲ 主動 zhǔ dòng initiative

㊳ 謹（谨）jǐn cautious　㊴ 慎 shèn careful　謹慎 jǐn shèn cautious

㊵ 勇於 yǒng yú have the courage to

㊶ 敢 gǎn dare　敢於 gǎn yú dare to

㊷ 樂於 lè yú be happy to　㊸ 善於 shàn yú be good at

㊹ 人際 rén jì interpersonal

㊺ 厚 hòu profound　深厚 shēn hòu deep; profound

㊻ 友誼（谊）yǒu yì friendship

㊼ 若 ruò if

㊽ 竭 jié exhaust　竭盡 jié jìn exhaust　竭盡全力 jié jìn quán lì do all one can

㊾ 樹 shù establish　樹立 shù lì establish

㊿ 榜 bǎng list of names published on a noticeboard　榜樣 bǎng yàng mode

1 完成句子

1) 從那時起，我就決定以後也要爭取做露營級長。

從那時起，＿＿＿就＿＿＿。

2) 在刻苦學習之餘，我參加了多項課外活動。

在＿＿＿之餘，＿＿＿。

3) 我還參與組織了一些校級活動，像義賣會、文化節等。

＿＿＿，像＿＿＿。

4) 我曾經參加過夏令營和暑期班，很瞭解營地生活。

＿＿＿曾經＿＿＿過＿＿＿。

5) 若有機會做露營級長，我一定會融入露營的大家庭。

若＿＿＿，＿＿＿會＿＿＿。

6) 我會竭盡全力為大家服務，為低年級同學樹立好的榜樣。

＿＿＿為＿＿＿樹立好的榜樣。

2 聽課文錄音，做練習

A 選擇（答案不止一個）

1) 當露營級長作者有很多優勢，如＿＿＿。

a) 人際關係好

b) 領導能力強

c) 和新同學結下了深厚的友誼

d) 辦事能力強

2) 作者有很多興趣愛好，如＿＿＿。

a) 打曲棍球

b) 打太極拳

c) 跳拉丁舞

d) 打橄欖球

B 選出四個正確的句子

☐ 1) 作者剛來到中學時感到很陌生。

☐ 2) 作者剛上中學不久就去露營了。

☐ 3) 作者組織安排過學校開放日的活動。

☐ 4) 作者學習成績好，興趣愛好廣泛。

☐ 5) 作者希望為低年級同學服務。

☐ 6) 作者曾經參加過街舞比賽並獲得了冠軍。

C 回答問題

1) 作者寫這封信的目的是什麼？

2) 初一露營時，露營級長給了作者哪些幫助？

3) 作者有哪些營地生活經驗？

4) 作者的性格怎麼樣？

尊敬的張校長：

您好！

我叫錢麗如，今日寫信是想申請做低年級同學的露營級長。

初一那年跟同學們去露營的經歷至今歷歷在目。剛上中學時周圍的一切都那麼陌生，新學校、新老師、新同學……開學不久便要離開家去露營，讓我既興奮又擔心。跟隨我們去露營的十二年級的大哥哥、大姐姐在營地對我們無微不至的關懷和照料給我留下了深刻的印象。我想家時他們想方設法轉移我的注意力，讓我開心起來。我跟同學鬧彆扭時他們開導我，教導我去諒解他人。從那時起，我就決定以後也要爭取做露營級長，為新同學的露營生活增添樂趣、解除煩惱，回饋學校對我的培養。

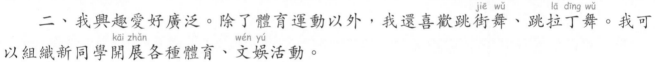

我深知露營級長是露營工作的協調者，是老師的小助手。為了能做露營級長，這幾年在刻苦學習之餘，我參加了多項課外活動，如打曲棍球、打橄欖球等。我還參與組織了一些校級活動，像義賣會、文化節等。

擔當露營級長，我認為自己有以下優勢：

一、我學習能力強，成績優秀。我不僅能夠很快學會如何做露營級長，還可以和新同學交流學習經驗、分享學習方法。

二、我興趣愛好廣泛。除了體育運動以外，我還喜歡跳街舞、跳拉丁舞。我可以組織新同學開展各種體育、文娛活動。

三、我有營地生活經驗。我曾經參加過夏令營和暑期班，很瞭解營地生活，遇到問題可以更快地做出反應、解決問題。

四、我具備較強的辦事能力和領導能力。我做過班長、體育代表、學生會代表，工作腳踏實地，做事主動、認真、謹慎。

五、我性格開朗，勇於嘗試，敢於挑戰自己，樂於助人，善於與人合作，人際關係良好。相信我一定可以與新同學結下深厚的友誼。

若有機會做露營級長，我一定會融入露營的大家庭，竭盡全力為大家服務，為低年級同學樹立好的榜樣。

此致

敬禮！

學生：錢麗如

10 月 2 日

3 根據實際情況回答問題

1) 你們學校組織露營嗎？你最近一次露營是什麼時候？請講一講你的露營經歷。

2) 露營級長是露營工作的協調者。如果去申請做露營級長，你有什麼優勢？

3) 如果你是露營級長，有低年級的同學鬧彆扭，你會怎樣勸導他們？有低年級的同學打架，你會怎樣處理？有低年級的同學想家、難過，你會怎樣轉移他 / 她的注意力？

4) 如果你是露營級長，你會組織什麼體育、文娛活動？

5) 曲棍球和橄欖球是比較劇烈的運動。你打過曲棍球或橄欖球嗎？你喜歡看曲棍球、橄欖球比賽嗎？為什麼？

6) 你喜歡跳舞嗎？你跳過街舞嗎？如果讓你去學習跳舞，你想學什麼舞？

7) 你做過班長、課代表或者學生會代表嗎？你的具體工作是什麼？你給自己的工作打幾分？為什麼？

8) 你們學校有哪些校級活動？你參與組織過校級活動嗎？在組織活動的過程中遇到了哪些困難？你是怎樣克服困難的？你從中學到了什麼？

9) 作為高年級的學生，你有哪些有效的學習方法想分享給低年級的同學？

10) 作為高年級的學生，你在哪些方面能為低年級的同學樹立榜樣？請舉例說明。

11) 友誼十分珍貴。與同學或朋友出現矛盾時，你會如何處理？請舉例說明。

12) 如果你轉學到一個新學校，會有什麼感受？會怎樣快速融入新的環境？

4 成語諺語

A 解釋成語並造句

1) 風和日麗　2) 全力以赴　3) 人山人海

4) 手舞足蹈　5) 井井有條　6) 山清水秀

7) 情同手足　8) 言談舉止　9) 眼高手低

10) 歷歷在目　11) 無微不至　12) 助人為樂

B 解釋諺語並造句

1) 冰凍三尺，非一日之寒。

2) 有福同享，有難同當。

3) 患難見真情。

4) 一個鼻孔出氣。

露營活動通知

十年級的同學們：

　　"體驗別樣的野外生活，鍛煉獨立的生活能力，富有熱愛大自然的情懷，擁有積極樂觀的心態，培養謙讓包容的品質"一直是我校課外拓展活動的宗旨。十年級"親近自然、回歸自然"的露營活動將於春假後第二週舉行。本次的露營地是坐落於廣州市郊的萬綠湖營地。

　　為了讓同學們有一次愉悅而難忘的露營經歷，請務必注意以下事項：

露營前的準備

1. 帶好水壺、洗漱用品、防水透氣的外衣、替換的衣物、雨具、兩雙戶外運動鞋和登山杖。
2. 每個露營小組要準備一個急救箱，裏面要配有創可貼、眼藥水、驅風油、感冒藥、止瀉藥等常用藥物。
3. 由於有特殊的野外生存訓練，每個露營小組需要準備好指南針、地圖和小刀。

露營中的注意事項

1. 帳篷的使用
   1) 應選擇地面平整、通風良好的地方架設帳篷。
   2) 要確保帳篷牢牢地固定在地面上，避免被強風吹起。
   3) 夜間出帳篷時要注意安全，先用手電筒照一下外面的情況；回帳篷時要保持安靜，不打擾別人休息。

2. 水上活動
   1) 所有水上活動都必須在老師的陪同下進行。
   2) 下湖游泳前要熱身。剛下水時，動作要緩慢，等身體適應水溫後才可自由遊玩。
   3) 划船時，要穿好救生衣。切勿在船上打鬧，避免翻船、溺水。

3. 篝火的使用
   1) 點篝火前要閱讀安全手冊和消防手冊。
   2) 做飯時要與火焰保持一定的距離，避免燒傷。
   3) 使用完篝火後要用水澆滅、澆透，確保山林安全。

4. 野外活動
   1) 野外徒步時儘量輕裝上陣，帶上小背包和必需品即可。
   2) 在野外手機可能會沒有信號，建議使用對講機。對講機要事先調好頻道。
   3) 野外行進時要緊跟隊伍。如需離隊要事先告知帶隊老師，歸隊也需通報。

　　希望同學們為本次露營做好充分的準備。

知行學校校務處
2017 年 3 月 20 日

A 寫出字 / 詞的確切意思

在文本中……	這個字 / 詞……	文中的意思是……
1)"切勿在船上打鬧,避免翻船、溺水"	"溺水"	
2)"野外徒步時儘量輕裝上陣"	"輕裝上陣"	
3)"如需離隊要事先告知帶隊老師,歸隊也需通報"	"歸隊"	

B 判斷正誤

☐ 1) 搭帳篷時要選地勢高、風勢強的地方。

☐ 2) 夜間出帳篷前要先觀察一下,確認四周是否安全。

☐ 3) 去湖裏游泳前要先做準備活動,然後再慢慢下水。

☐ 4) 不穿救生衣的學生不可以參加任何水上活動。

☐ 5) 用篝火做飯要注意安全,要認真看安全手冊和消防手冊。

☐ 6) 用完篝火後要將火熄滅,確保火已經滅透之後再離開。

☐ 7) 去野外徒步時要帶好洗漱用具、乾糧和急救箱。

☐ 8) 如果在野外走失,要用對講機聯繫帶隊老師。

C 回答問題

1) 今年十年級的同學什麼時候去露營?

2) 露營前要準備哪些常用藥品?

3) 為什麼參加露營的學生要準備地圖和小刀?

4) 校務處發出這個通知的目的是什麼?

D 選出四個正確的句子

學校課外拓展活動的宗旨是讓學生 ＿＿＿＿ 。

a) 體驗野外生活,鍛煉獨立生活能力

b) 接觸大自然,培養熱愛自然的情懷

c) 有機會輪流做營長,培養領導能力

d) 學會以樂觀的態度看待事物

e) 遇到問題更快地做出反應,解決問題

f) 更好地處理人際關係,變得更加包容

E 學習反思

1) 你們學校有露營活動嗎?活動的宗旨是什麼?你有什麼改進建議?

2) 參加露營活動,你有什麼收穫?

F 學習要求

1) 掌握 8 個短語。

2) 學會表達一種觀點。

3) 用 100 個字縮寫文章。

2017 年 3 月 18 日　　星期六　　　　　　　　　　　　　　　晴

　　今天晴空萬里，天空中一絲浮絮（fú xù）都沒有，暖暖的春風伴隨着和煦（hé xù）的陽光輕撫（qīng fǔ）着大地。我們班三十個學生懷着興奮的心情來到位於杭州（hángzhōu）近郊的養老院做義工。

　　這家養老院背靠蒼翠（cāng cuì）的青山，掩映（yǎn yìng）在一片綠樹叢中，門前有一條清澈（qīng chè）的小溪（xiǎo xī）。在養老院門口，我們見到了熱情的陳院長。陳院長先帶我們參觀了養老院。養老院有四排低矮的房子，中間是一個橢圓形（tuǒ yuán xíng）的小花園。環境非常優美、舒適。

　　之後，陳院長把我們帶進了開展活動的大廳。大廳裏滿滿地坐着四五十位老人，各個臉上都掛着笑容。我們一進去，老人們就一起鼓掌表示歡迎。看到他們高興的樣子，有些緊張的我們也放鬆了下來。在簡單的自我介紹後，我們為老人們獻上了一台精心準備的文藝表演，有朗誦、合唱、獨唱、小組唱、羣舞、揚琴（yáng qín）獨奏等節目。我準備的節目是古箏獨奏《高山流水》。《高山流水》是中國十大古典樂曲之一，老人們對這首曲子比較熟悉，所以我的演奏引起了他們的共鳴（gòngmíng）。演奏完畢，老人們熱烈的掌聲（shēng）讓我感到特別開心。

　　接着，我們分頭跟老人們開展活動，陪他們剪紙、讀報、聊天兒等。跟我聊天兒的老奶奶在教育領域耕耘（gēng yún）了一輩子，曾經當過老師、做過校長。老奶奶有一個兒子，已經成了家，現在在美國工作。她的兩個孫子也都在那裏上學。老奶奶以前經常去美國看望他們，但去年她得了中風，再也不能長途旅行了。老奶奶還告訴我她的兩個孫子都在學漢語，打電話時會用中文和她聊天兒。這是最讓她欣慰的時刻。在交流的過程中，老奶奶不時流露出對下一代的關愛和對中華文化的熱愛，讓我非常感動。

　　這是我第一次去養老院做義工。通過這次活動，我感受到做義工是一件非常崇高的事。我不僅幫了那些需要幫助的人，而且自己也收穫了快樂和滿足。在今後的日子裏，我會繼續投身於義工服務，為社會獻出我微薄（wēi bó）的力量。

A 判斷正誤

□ 1) 3 月 18 日天空晴朗，萬里無雲。

□ 2) 老人們看到學生覺得很開心，鼓掌歡迎他們。

□ 3) 學生們花了很多心思為老人準備了一台節目。

□ 4) 老人們對二胡獨奏《高山流水》十分滿意。

□ 5) 老人們跟學生一起度過了快樂的時光。

□ 6) 老奶奶退而不休，不時會去上課。

□ 7) 老奶奶現在的身體狀況大不如前了。

□ 8) 老奶奶的兒子和孫子都在美國學漢語。

□ 9) 做義工讓作者有一種滿足感。

□ 10) 在今後的日子裏，作者打算去小學做義工。

B 回答問題

1) 學生們表演節目時用到了哪些中國民族樂器？

2) 為什麼作者的演奏引起了老人的共鳴？

3) 通過交談，作者對老奶奶有哪些瞭解？

4) 作者去養老院做義工有什麼收穫？

C 填表

1) 來到養老院，作者的心情是怎樣的？	
2) 走進開展活動的大廳，作者的心情是怎樣的？	
3) 演奏結束時，作者的心情是怎樣的？	
4) 跟老奶奶談話時，作者的心情是怎樣的？	
5) 做義工之後，作者的心情是怎樣的？	

D 選出四個正確的句子

作者做義工的養老院 _____ 。

a) 離杭州市區不遠，環境十分舒適

b) 置身於青山綠水之間，景色宜人

c) 前面有一條小溪，溪水清澈見底

d) 都是低矮的房子，後面有一個小花園

e) 的陳院長十分熱情，帶學生們四處參觀

f) 裏住着五十位老人，都是退休的老教師

E 學習反思

1) 你想去哪裏做義工？為什麼？

2) 俗話說："予人玫瑰，手有餘香。"請結合你做義工的經歷，談談對這句話的理解。

F 學習要求

1) 掌握 8 個短語。

2) 學會表達一種觀點。

3) 用 100 個字縮寫文章。

情景 聽説劉老師要帶初中生去福建遊學。你跟兩個同學打算協助劉老師組織這次活動。你們自己先討論一下。

討論內容包括：

• 行程、食宿安排

• 中文課程、文化活動安排

• 你們的職責

例子：

你： 聽説劉老師要帶初中生去福建遊學。我們可以申請參與組織這次活動。一來我們可以通過組織遊學活動積累經驗，提高辦事能力和領導能力；二來可以練習漢語口語，提高漢語交際能力；三來可以順便去福建遊玩，開闊眼界。這是一舉三得的好機會。

同學1： 這麼好的機會我們一定不能錯過！

同學2： 對。我們先討論一下可以怎樣協助劉老師組織這次遊學活動吧！

……

a) 這次遊學希望讓同學們多用普通話跟當地人溝通，練習口語、聽力，提高漢語交際能力。

b) 除了學習漢語以外，我們還可以安排參觀遊覽、品嘗美食等活動，幫同學們瞭解福建的文化、感受當地的風土人情。

c) 因為同學們的中文水平參差不齊，中文課需要分班上課。希望通過一星期的強化訓練，讓大家的聽説能力得到明顯提高。

d) 我建議坐高鐵去廈門，因為中國的高鐵建得非常好，又快又穩，一路上還能看風景。

e) 鼓浪嶼是廈門的一個小島。島上有大量不同風格的建築，還有教堂、教會醫院、領事館等，有"萬國建築博覽"之稱。鼓浪嶼還有"鋼琴之島"的美譽，島上有許多音樂世家，經常舉辦鋼琴比賽、音樂節等活動。

f) 客家土樓是中國傳統建築中獨具特色的建築形式，既實用又美觀。很久以前，客家人從中原背井離鄉來到南方。在他鄉生活十分不易，所以客家人獨創了土樓這種建築形式，方便本姓本家人聚居在一起，互相照顧、互相幫助。

8 寫作

題目1 你要申請參與組織福建遊學活動。請給遊學活動的負責人劉老師寫一封申請信。

你可以寫：

- 你申請的職位
- 你具備的條件
- 你適合此職位的理由

題目2 俗話說："有福同享，有難同當。" 請談談你對這個觀點的看法。

以下是一些人的觀點：

- "有福同享，有難同當" 形容交情很深，共同分享幸福，共同分擔苦難。只有真正的朋友才能在你有困難時兩肋插刀、不離不棄。

- 人應該為自己做的事情負責，不應該要求朋友在你落難時跟你一起承擔。

- 有些人很現實。當你走運的時候，他們會來分享你的幸運。但是，當你有困難的時候，他們卻不會幫你解決問題。

- 中國有句古話叫 "患難見真情"。遇到挫折時才能看出誰是你真正的朋友。

你 可以用

a) 我做過家教，還參與組織過校級活動。我們可以聯繫、安排學生去當地的小學做 "英文小老師"。出發前，我可以組織學生備課、設計教學活動。我還可以帶領他們在學校開展義賣活動，籌款給那裏的學生買英文原版書、小禮物等。

b) 我曾經在廣東一個貧困縣的小學做過義工。我們可以聯繫、安排學生去福建貧窮地區的小學做義工，讓他們開闊眼界，對中國的農村有進一步的瞭解，幫他們真正理解 "身在福中要知福" 的含義，更加珍惜現在擁有的一切，努力學習，將來更好地服務社會。

c) 我們可以把這次遊學活動辦成 "純中文" 遊學體驗，讓學生在真實的環境裏用漢語跟人溝通、交流。我晚上還可以輔導學生做中文作業，陪他們練習口語。

d) 我可以幫您承擔一部分工作，比如吃飯時督促學生不浪費食物、遊玩時提醒學生注意安全、睡覺前去學生的房間查房等等。

e) 我性格開朗，樂於助人，人際關係良好，很容易就能跟低年級學生搞好關係、打成一片。我勇於嘗試，善於挑戰自我，工作腳踏實地，做事主動、認真、謹慎，一定會盡力完成您交給我的各項任務。

樹　　王蒙

世界上什麼最美麗？天，海，星星，山，雪花和樹木。

最親切的，隨時可以看見，可以觸摸(chù mō)，可以接受它的好意的蔭庇，可以欣賞它的千姿百態，可以與它相對相悅相知，又可以與它相別相忘，從此各自東西再也不相識的，是樹。

樹沒有姿態，它只不過是生長。它長得幾個人抱不過圍，它參天(cān tiān)但它並不稱雄(chēng xióng)，並不得意洋洋。當小鳥兒在它的枝頭唧唧喳喳(jī ji zhā)，跳來跳去的時候，鳥兒是那樣的聰明、活潑、可意，而傻大個子的樹卻自慚形穢(zì cán xíng huì)、默默不語。

樹沒有表白。你給他掛一面牌子，是漢朝的柏(bǎi)，是遼(liáo)代的松(dài sōng)，是重點保護的文物，是稀有(xī yǒu)的品種，是經濟作物藥用特種工業用，是廢物是蘑菇(mó gu)的寄生體，是毒蛇的淚，全聽命你的選取和你的評論。是因為它城府(chéng fǔ)太深嗎？

然而它從來沒有防禦(fáng yù)。它把一切暴露在風裏、雨裏、熱裏、冷裏、鳥裏、蟲裏。即使它受到了蟲蟻的蛀食(chóng yǐ zhù shí)，受到雷電的斬劈(zhǎn pī)，受到砍伐燃(kǎn fá rán)燒(shāo)，受到了惡言惡語，它仍然不動聲色，它仍然是自己。噢，當然它的根、眾多的根長在土裏，長在黑暗的地下，痛苦地使着延伸(yán shēn)和吸取的力氣。然而它無意隱藏(yǐn cáng)自己的根系。

它獻出來的只能是它能夠獻出來的自己最美的部分。你不需要知道它的根的深(shēn)沉(chén)的努力。

它沒有動作卻又搖曳不已(yáo yè bù yǐ)。它沒有允諾(yǔn nuò)，卻又生息有定，姿態有勢，自我調節，不離不棄。它沒有爭奪卻又得到了大自然和人的一切賜予(cì yǔ)——包括詩人的詩和畫家的筆，包括蝙蝠(biān fú)與梟鳥(xiāo niǎo)的棲息(qī xī)。

即使它被山火燒焦(shāo jiāo)，即使它被巨斧腰斬(jù fǔ yāo zhǎn)，即使它被病毒麻痺(má bì)，它的種子已經灑(sǎ)向四方。它的風格已經留下了深刻的印跡。不幸的結局也許只會增加它的魅力。

（選自《寫作》，2007 年第 6 期）

A 判斷正誤

☐ 1) 樹很親切，讓人隨意觸碰、撫摸。

☐ 2) 有些樹有經濟、藥用價值。

☐ 3) 樹從來也不為自己辯護，是因為它的城府太深了。

☐ 4) 樹沒有姿態，也沒有自我防範意識。

☐ 5) 樹根是最軟弱的，深深地藏在地底下。

☐ 6) 即使樹毀了，樹的種子已播向四方，樹的風格已留下印跡。

作者介紹 王蒙（1934- ），著名的作家、學者。王蒙的代表作有《青春萬歲》《説客盈門》等。

B 寫出字／詞的確切意思

在文本中……	這個字／詞……	文中的意思是……
1)"它參天但它並不稱雄"	"參天"	
2)"並不得意洋洋"	"得意洋洋"	
3)"而傻大個子的樹卻自慚形穢、默默不語"	"傻大個子"	
4)"受到了惡言惡語，它仍然不動聲色"	"不動聲色"	
5)"它沒有動作卻又搖曳不已"	"搖曳不已"	

C 選擇

1)"樹沒有表白"是指 ＿＿＿ 。

a) 樹本身沒有價值

b) 樹不計較別人的評論

c) 樹能告訴人們它的過去

d) 看樹的外表可以判斷它的品種

2) 樹"受到了惡言惡語"是指 ＿＿＿ 。

a) 人們對它讚不絕口

b) 人們對它好言相勸

c) 人們給它不公平的評價

d) 人們無視它的貢獻

D 回答問題

1) 樹可能會遭遇到哪些傷害？它是如何應對的？人生中可能會遭遇到哪些挫折？可以如何應付？

2)"它獻出來的只能是它能夠獻出來的自己最美的部分。你不需要知道它的根的深沉的努力。"請結合自己的經歷説説你對這句話的理解。

隋朝

公元 581 年，隋文帝（541 年 – 604 年）建立了隋朝。公元 589 年，隋文帝統一全國，結束了中國自西晉末年以來長期分裂的局面。

為了鞏固統治，隋文帝採取改革兵制、嚴懲貪官、減少稅收等一系列有效的措施。隋文帝在位二十多年時隋朝進入極盛時期，史稱"開皇之治"。那時，隋朝社會安定，政局穩定，經濟繁榮，疆域遼闊，人口達到約 860 萬。

隋文帝堅信自己得到了佛的保佑，所以積極提倡佛法，甚至自己受戒成為佛家弟子。佛教因此成為隋朝的國教，進入鼎盛時期。隋朝

科舉考試

期間，各地興建了五千餘座寺塔，塑造了數萬尊佛像。除了佛教，隋朝對道教也十分重視。

為了打破血緣世襲關係和士族的壟斷，隋煬帝（569 年 – 618 年）創立了科舉制度。科舉制度是中國古代通過考試公開選拔人才的制度，使社會中下層有能力的讀書人能進入社會上層施展才華。

隋朝的都城在長安，政治中心在北方，而經濟中心逐漸轉移至南方。因為只靠陸路把南方的物資運往北方太慢了，所以隋煬帝決定開鑿貫通南北的大運河。大運河連接了海河、黃河、長江等五大河流，是南北交通的大動脈。大運河是世界上里程最長、工程最大的古代運河。大運河對當時南北經濟、文化交流、維護隋朝統治和中央集權制起到了促進作用，對後來中國經濟的發展也起到了重大作用。

由於隋煬帝生活奢侈，再加上開鑿大運河濫用民力，引起了很多起義、暴亂，最後導致了隋朝的覆亡。

古為今用 （可以上網查資料）

1) 科舉制度是中國古代選拔人才的制度。你們國家古時候是如何選拔人才的？

2) 在古代，科舉考試有哪些優勢？有哪些弊端？今時今日，公開考試有哪些優勢？有哪些弊端？

3) 有些人認為應該用平時的成績替代統一的考試。請說說你對這一觀點的看法。

4) 京杭大運河是中國南北的交通大動脈。它的起點在哪裏？終點在哪裏？

5) 在交通四通八達的今天，還需要運河嗎？今時今日，運河發揮着怎樣的作用？

京杭大運河

11 地理知識

平原

烏鎮

中國有三大平原，為東北平原、華北平原、長江中下游平原。東北平原是中國最大的平原。東北平原為世界上為數不多的黑土平原之一，是中國重要的糧食產地。石油是東北平原最重要的礦產資源。華北平原是中國第二大平原。華北平原從古時候起就是農業發達、人口密集（mì jí）的地區，有許多著名的歷史名城。中國的首都北京就在這裏。長江中下游平原是中國最為繁榮富庶（fù shù）的地區。長江中下游平原土壤肥沃（tǔ rǎng féi wò），河網縱（zòng）橫（héng），大大小小的湖泊星羅棋佈（xīng luó qí bù），有“水鄉澤國”之稱。由於盛產魚、蝦等水產，還是重要的糧、棉產地，這裏也被稱為“魚米之鄉”。

造福後代 （可以上網查資料）

1) 什麼是黑土？世界三大黑土平原在哪裏？

2) 長江中下游平原有“魚米之鄉”之稱，盛產魚、蝦、大閘蟹、菱、蓮等。你吃過大閘蟹嗎？你覺得味道怎麼樣？

3) 周莊、烏鎮都是著名的江南水鄉。水鄉有什麼特點？你想去周莊、烏鎮遊玩嗎？為什麼？

生詞 23

① 俱樂部 jù lè bù club

② 募 mù recruit　招募 zhāo mù recruit

③ 匯 huì gather together　匯聚 huì jù assemble

④ 雄 xióng powerful　雄厚 xióng hòu abundant

⑤ 懈 xiè slack　不懈 bú xiè unremitting

⑥ 精心 jīng xīn meticulously　⑦ 培訓 péi xùn train

⑧ 取得 qǔ dé get; obtain

⑨ 欣 xīn joyful　欣喜 xīn xǐ joyful

⑩ 連續 lián xù successive

⑪ 年度 nián dù annual

⑫ 伍 wǔ army　隊伍 duì wu group

⑬ 壯大 zhuàng dà strong

⑭ 營造 yíng zào construct

⑮ 交際 jiāo jì social intercourse; communication

⑯ 公眾 gōng zhòng the public

⑰ 應變 yìng biàn meet an emergency

⑱ 聯想 lián xiǎng associate with; connect in the mind

⑲ 邏（逻）輯（辑）luó jí logic

⑳ 批 pī criticize　㉑ 判 pàn judge　批判 pī pàn criticize

㉒ 團隊 tuán duì group; team　㉓ 協作 xié zuò cooperation

㉔ 精神 jīng shén spirit

㉕ 母語 mǔ yǔ mother tongue

㉖ 隊員 duì yuán team member

㉗ 搜 sōu search　搜集 sōu jí collect

㉘ 稿 gǎo draft; manuscript

㉙ 舉行 jǔ xíng hold (a meeting, etc.)

㉚ 初賽 chū sài preliminary contest

㉛ 勝出 shèng chū win over someone

㉜ 決賽 jué sài finals　半決賽 bàn jué sài semi-finals

㉝ 參賽 cān sài participate in a competition

㉞ 才能 cái néng ability

㉟ 優 yōu give preferential treatment　優先 yōu xiān have priority

㊱ 故 gù reason　無故 wú gù without reason

㊲ 遲（迟）chí late　遲到 chí dào be late

㊳ 退 tuì withdraw from　早退 zǎo tuì leave early

㊴ 缺 quē absent　㊵ 席 xí seat　缺席 quē xí absent

㊶ 開除 kāi chú expel　㊷ 權利 quán lì right

㊸ 衷 zhōng inner feelings　熱衷 rè zhōng develop an intense desire for

㊹ 口才 kǒu cái eloquence

㊺ 臨場 lín chǎng on the spot

㊻ 挖 wā dig　㊼ 掘 jué dig　挖掘 wā jué dig out

㊽ 錯過 cuò guò miss　㊾ 良機 liáng jī good opportunity

㊿ 心動 xīn dòng be tempted

51 提交 tí jiāo submit

52 截 jié cut off　截止 jié zhǐ cut off

53 日期 rì qī date

1 完成句子

1) 英才學校中文辯論俱樂部<u>成立於</u>2010 年。

_____ 成立於 _____ 。

2) <u>在</u>同學們<u>不懈的努力下</u>，俱樂部取得了令人欣喜的成績。

在 _____ 不懈的努力下，_____ 。

3) <u>為了</u>使隊伍不斷成長、壯大，中文辯論俱樂部現招募新成員。

為了 _____ ，_____ 。

4) <u>如果</u>你熱衷於辯論，<u>千萬</u>不要錯過良機！

如果 _____ ，千萬 _____ ！

5) 心動<u>不如</u>行動。

_____ 不如 _____ 。

6) 申請截止<u>日期為</u> 9 月 30 日。

_____ 日期為 _____ 。

2 聽課文錄音，做練習

A 選擇（答案不止一個）

1) 辯論俱樂部的活動目的是 _____ 。

a) 營造良好的中文學習氛圍

b) 鍛煉同學們的公眾演講能力

c) 培養同學們的獨立思考能力

d) 訓練同學們的批判性思維

2) 辯論俱樂部的成員 _____ 。

a) 主要是近母語班的同學

b) 每週都有訓練活動

c) 不能早退

d) 經常請病假

B 選出四個正確的句子

☐ 1) 辯論俱樂部剛剛成立。

☐ 2) 辯論俱樂部現在有三十多個成員。

☐ 3) 辯論訓練的辯題由隊長來定。

☐ 4) 每年一至四月有校際辯論賽。

☐ 5) 需要在網上提交申請書。

☐ 6) 中文成績優秀是加入辯論俱樂部的條件之一。

C 回答問題

1) 中文辯論俱樂部取得了哪些成績？

2) 辯論俱樂部為什麼要招募新成員？

3) 辯論俱樂部看重成員哪些方面的才能？

4) 這張招募通知是誰發的？

中文辯論俱樂部招募通知

英才學校中文辯論俱樂部成立於 2010 年，現已匯聚了 30 名實力雄厚的中文辯論人才。在同學們不懈的努力及中文部老師精心的培訓下，俱樂部取得了令人欣喜的成績，連續三年獲得了全市年度校際辯論賽的冠軍。為了使隊伍不斷成長、壯大，中文辯論俱樂部現招募新成員。

中文辯論俱樂部的招募通知如下：

活動目的 豐富同學們的課餘生活，營造良好的中文學習氛圍，提升同學們的漢語交際能力，鍛煉同學們的公眾演講能力與應變能力，培養同學們的聯想能力與獨立思考能力，訓練同學們的邏輯思維與批判性思維，增強同學們的自信心與團隊協作精神。

成員組成 俱樂部的成員主要由九至十二年級中文近母語班的同學組成。俱樂部的隊長和副隊長會在各位成員中選出。

活動安排 1) 每週有一次辯論訓練。隊長定辯題，隊員進行討論、搜集材料、寫辯論稿並開展辯論。活動時間是每週三中午 12:30 至 13:30，活動地點是文書樓 203 室。

2) 每年一至四月舉行校際辯論賽。初賽勝出後，即可參加半決賽及決賽。比賽時間是放學以後，比賽地點是各參賽學校。

招募要求 加入辯論俱樂部的一個重要條件是中文成績優秀，如有朗誦和演講才能可優先錄取。成為俱樂部成員後，要按時參加訓練活動。如經常無故遲到、早退或缺席，俱樂部保留開除成員的權利。

如果你熱衷於辯論，希望鍛煉口才、提高臨場發揮能力、挖掘自己的潛能，千萬不要錯過良機！心動不如行動，趕快加入中文辯論俱樂部吧！提交申請表請登錄網站：www.debateclub.com。申請截止日期為 9 月 30 日。

中文辯論俱樂部負責人：金老師

9 月 1 日

3 根據實際情況回答問題

1) 你參加過辯論嗎？你喜歡辯論嗎？為什麼？你嘗試過用中文辯論嗎？請談談用中文辯論的體會。

2) 你們學校有中文辯論俱樂部嗎？你是中文辯論俱樂部的成員嗎？請介紹一下你們學校的中文辯論俱樂部，如俱樂部成立的時間、成員組成、取得的成績等。

3) 你覺得做中文辯論俱樂部的隊長需要具備什麼條件？你會競選做辯論隊隊長嗎？為什麼？

4) 如果你是中文辯論俱樂部的隊長，跟副隊長由於辯題發生了矛盾，你會如何處理？怎樣才能既解決問題又不破壞你們之間的友誼？

5) 你們學校有哪些俱樂部？你參加了什麼俱樂部？為什麼參加？參加俱樂部的活動讓你有什麼收穫？

6) 如果讓你組織一個俱樂部，你會組織什麼俱樂部？你對俱樂部的活動、成員、要求等有什麼想法？

7) 你們學校有中文寫作比賽嗎？你參加過嗎？有老師給你指導、幫助嗎？你的作文得獎了嗎？你平時寫的哪篇中文作文得到過老師的好評？那篇作文寫的是什麼？

8) 你們學校有英文演講比賽嗎？你覺得學校舉辦這一比賽的目的是什麼？你參加過嗎？演講的題目是什麼？

9) 你參加過校際比賽嗎？是什麼比賽？成績怎麼樣？你有什麼體會？

10) 你們學校有去貧困地區做義工的活動嗎？你參加過嗎？請講一講你的經歷。

11) 你的漢語交際能力強嗎？你打算怎樣提高漢語交際能力？

12) 你的團隊協作精神強嗎？你認為怎樣可以提高團隊協作精神？

4 成語諺語

A 解釋成語並造句

1) 一模一樣	2) 一絲不苟	3) 走馬觀花
4) 有聲有色	5) 有說有笑	6) 依依不捨
7) 優勝劣汰	8) 引人入勝	9) 引人注目
10) 開門見山	11) 口齒伶俐	12) 能言善辯

B 解釋諺語並造句

1) 己所不欲，勿施於人。

2) 門門精通，樣樣稀鬆。

3) 一日為師，終身為父。

4) 八仙過海，各顯神通。

金庸
jīn yōng

說起武俠小說、武俠電影，不得不提及鼎鼎大名的武俠小說作家金庸。金庸不僅在通俗文學界、影視界赫赫有名，還是一位活躍的新聞學家、企業家、政治評論家和社會活動家。

金庸，原名查良鏞，1924 年出生於浙江海寧的一個書香世家。1939 年，初中三年級的查良鏞就出版了自己的第一本書《給投考初中者》，顯露了獨特的寫作能力。也正是在中學階段查良鏞無意中讀到的一本武俠小說讓他與那個"刀光劍影、伸張正義"的世界結下了不解之緣。1948 年，查良鏞移居香港。之後的幾年裏，他不僅創作了《絕代佳人》《蘭花花》等電影劇本，還參與了電影的導演工作。1955 年，查良鏞以"金庸"為筆名，開始在《新晚報》上連載他的第一部武俠小說《書劍恩仇錄》。1959 年，金庸等人創立了為知識分子而寫的報紙——《明報》。家喻戶曉的武俠小說《神雕俠侶》就曾在《明報》上連載。

時至今日，金庸的武俠小說仍是中國文學史上的傳奇。金庸以其豐富的閱歷、淵博的知識、獨到的眼光以及細緻入微的描寫，創造了一個眾彩紛呈的武俠世界，書寫了一個又一個經久不衰的武俠傳奇。他的小說故事情節曲折離奇，人物間的情感錯綜複雜，讓人百看不厭。自上世紀六十年代至今，一代又一代的導演們都熱衷于將金庸的小說改編成電影或電視劇。熒幕上一個又一個英雄兒女的傳奇故事吸引了無數的影迷、粉絲。

1993 年，金庸正式宣告退休，但實際上是退而不休。退休後，他開始重新修訂自己的 15 部武俠小說。2005 年，81 歲高齡的金庸赴英國劍橋大學攻讀碩士、博士學位。2010 年，金庸獲得劍橋大學授予的博士學位。

金庸一生獲得了很多獎項，如文學創作終身成就獎、當代文豪金龍獎、影響世界華人終身成就獎等。這位文學大師的武俠小說雅俗共賞，在中國文學史上有著重要地位，影響了無數的讀者。

A 選詞填空（每個詞只能用一次）

細緻入微　曲折離奇　經久不衰　錯綜複雜　家喻戶曉　鼎鼎大名

1) ＿＿＿＿＿＿ 的小說作家

2) ＿＿＿＿＿＿ 的武俠小說

3) ＿＿＿＿＿＿ 的描寫

4) ＿＿＿＿＿＿ 的武俠傳奇

5) ＿＿＿＿＿＿ 的故事情節

6) ＿＿＿＿＿＿ 的情感

B 寫出字／詞的確切意思

在文本中……	這個字／詞……	文中的意思是……
1)"金庸在通俗文學界、影視界赫赫有名"	"赫赫有名"	
2)"那個'刀光劍影、伸張正義'的世界"	"刀光劍影" "伸張正義"	
3)"吸引了無數的影迷、粉絲"	"粉絲"	
4)"這位文學大師的武俠小說雅俗共賞"	"雅俗共賞"	

C 選出四個正確的句子

金庸 ＿＿＿＿ 。

a) 生長在浙江省一個世代讀書的家庭

b) 早在初中時就顯露了特別的寫作才能

c) 不僅寫小說，還創辦了報紙

d) 退休之後又創作了十五部武俠小說

e) 在中國文學界有不可撼動的地位

f) 八十歲赴英國深造，獲得了博士學位

D 選出四個正確的句子

金庸的武俠小說 ＿＿＿＿ 。

a)《神雕俠侶》曾在《新晚報》上連載

b) 中的情節曲折離奇、扣人心弦

c) 裏的人物栩栩如生，情感錯綜複雜

d) 都被改編成了電影或電視劇

e) 征服了一代又一代的讀者

f) 讓人愛不釋手，是中國文學史上的傳奇

E 回答問題

1) 金庸是什麼時候與武俠小說結緣的？

2) 金庸都做過哪些工作？

3) 金庸創作的第一部武俠小說是什麼？

4) 金庸退休以後還在忙些什麼？

F 學習反思

1) 你喜歡看武俠電影嗎？為什麼？

2) 你看過金庸寫的武俠小說嗎？你以後會去看金庸的作品嗎？為什麼？

G 學習要求

1) 掌握 8 個短語。

2) 學會表達一種觀點。

3) 用 100 個字縮寫文章。

積極向上的娛樂節目

大家早上好！我是《羊城的早晨》節目主持人小麗。好的娛樂節目有高雅的審美情趣、時尚的文化模式和健康的價值觀念，是青年人積極上進的精神食糧。在今天的節目裏，我要向大家推薦兩檔優秀的娛樂節目。

第一檔節目是由上海東方衛視主辦的電視舞蹈真人秀《舞林爭霸》。該節目為專業舞者提供了一個展示舞蹈水平、交流舞蹈技藝的平台。舞者們優美的舞姿對觀眾來說既是視覺的盛宴，又是心靈的滋養。

第一屆《舞林爭霸》的冠軍是身高一米八六的張傲月。張傲月的動作靈活、優美且具有張力，讓觀眾大飽眼福、讚不絕口。張傲月八歲離家求學。雖然家境貧窮，但父母竭盡全力從精神上、經濟上支持他學習舞蹈。獨舞《老爸》是張傲月獻給父母的"匯報演出"，表達了對父母的思念、感激和深愛。張傲月最大的願望是讓自己更強大，讓父母過上更幸福的生活。他用自己的方式展現了中華民族的家庭觀。

第二檔節目是由北京衛視和能量傳播聯合出品的語言競技真人秀節目《我是演說家》。該節目以弘揚中國文化的核心價值觀為目標，用勵志、感人的故事向社會傳遞正能量。

第三屆《我是演說家》的冠軍是熊浩。他奪冠的演講《家國天下》向大家介紹了三位愛國人士。第一位是他的外婆，一個普通的中國知識分子。她的一生都在為國家建設做貢獻，雖然經歷了很多不如意和艱辛，但從來都沒有停止過對國家的熱愛。第二位是在清朝末年赴美的中國勞工丁龍。1901 年，丁龍將自己辛苦攢下的一萬兩千美金捐給哥倫比亞大學，希望設立漢學系，"讓中國文化能夠在此處落地，讓國家的文化根不斷、脈不絕"。第三位是前北大校長，中國著名的經濟學泰斗馬寅初先生。他發現中國人口增長速度太快，雖然面對重重壓力，仍堅持提出控制人口的主張。正因為有許多像他們一樣普通而偉大的愛國者，中國才一步步走到今天。

今天的推薦就到這裏，希望青年朋友們能喜歡這兩檔娛樂節目。我們明天同一時間再見！

A 判斷正誤

□ 1) 舞蹈真人秀《舞林爭霸》是業餘舞者展示舞蹈技藝的平台。

□ 2)《舞林爭霸》第一屆奪冠的舞者是高個子的張傲月。

□ 3) 張傲月家境貧寒，父母想盡一切辦法支持他學習舞蹈。

□ 4) 張傲月的經歷體現了中國人的家庭觀。

□ 5)《我是演說家》是由上海電視台主辦的語言競技真人秀。

□ 6)《家國天下》介紹了三位愛國者的經歷，向社會傳遞了很多正能量。

□ 7) 熊浩的外婆雖然在生活上遇到很多困難，但一直深愛着祖國。

□ 8) 前北大校長馬寅初是中國一位傑出的經濟學家。

B 判斷正誤，並說明理由

	對	錯
1) 丁龍向哥倫比亞大學捐了兩千美金，設立了漢學系。		
2) 丁龍的願望是讓中國文化在美國落地生根，使中國文化的血脈延續下去。		
3) 馬寅初提出控制人口的主張是"明知山有虎，偏向虎山行"。		
4) 中國有今天的成就是因為有成千上萬平凡而偉大的愛國人士。		

C 回答問題

1) 小麗主持的這檔節目是什麼時候播出的？

2) 好的娛樂節目應該具有哪些特點？

3) 獨舞《老爸》有什麼特別之處？

4) 張傲月最大的心願是什麼？

D 學習反思

1) 你一般看哪類娛樂節目？

2) 你會去看小麗推薦的這兩檔娛樂節目嗎？為什麼？

E 學習要求

1) 掌握 8 個短語。

2) 學會表達一種觀點。

3) 用 100 個字縮寫文章。

情景 你跟同學想組建一個龍舟俱樂部。你們討論組建俱樂部的具體事項。

討論內容包括：

- 活動目的
- 所需資金，包括基礎設備、指導老師的費用
- 活動安排
- 成員組成
- 招募要求

例子：

你： 划龍舟是中國傳統的民族文化活動，也是一項非常有意思的水上運動。我一直想組建一個龍舟俱樂部。你們有什麼想法？説出來聽聽！

同學1： 我認為這是一個好主意。我們學校只有一個中文辯論俱樂部，由於入會的門檻很高，很多想練習中文、瞭解中國文化的同學都進不去。

同學2： 如果我們辦龍舟俱樂部，門檻可以低一些，但是對隊員的要求要非常嚴格。我們自己心裏要有一把尺子，想一想要把俱樂部辦成什麼樣子。

你： 每年端午節市裏都有龍舟比賽。我希望我們的俱樂部也能派出一個隊伍參賽。

……

你可以用

a) 組建俱樂部的目的是培養同學們吃苦耐勞、拼搏、協作的精神。

b) 活動資金很重要。龍舟訓練需要很多費用，要租船、租場地、請教練、買設備。沒有錢，什麼都做不了。

c) 我父親以前是香港商會龍舟隊的隊員，認識一位非常棒的划龍舟教練。我回頭問一下，看看他的時間安排，以及他的訓練費是不是在我們可接受的範圍內。

d) 划龍舟是一項劇烈的體育運動。平時隊員要進行體能訓練，划船訓練可以安排一星期一次。

e) 一條船上要有 23 個人：20 個人划槳，1 個人敲鼓，1 個人敲鑼，1 個人掌舵。如果我們希望參加市級龍舟比賽，就要多訓練幾個預備隊員，要招募大約 30 名成員。你們看怎麼樣？

f) 我們最好招募十年級以上的學生。具體的要求是：第一，會游泳；第二，身體健康；第三，要能堅持參加訓練，不能無故遲到、缺席、早退；第四，要能顧全大局，要有團隊合作精神。

8 寫作

題目1 你跟音樂系主任張老師要組建一個中國民族樂隊。請寫一份招募通知。

你可以寫：

- 樂隊簡介
- 活動目的
- 活動安排
- 成員組成
- 招募要求
- 申請方式

題目2 "己所不欲，勿施於人" 是孔子的名言。請談談你對這個觀點的看法。

以下是一些人的觀點：

- "己所不欲，勿施於人" 的意思是：如果你自己都不願意做，也不要強求別人去做。

- 孔子的這句話闡明了處理人際關係的重要原則：要尊重他人、平等待人，自己都不喜歡做的事切勿硬讓別人去做。

- 反過來說，"己所欲" 也不應該 "施於人"。即使是自己願意做的事，也不應該強迫別人去做，要尊重別人的選擇。

你 可以用

a) 中國的民族音樂歷史悠久，演奏形式豐富多樣，是中華民族寶貴的文化財產。中國的民族樂器多種多樣，有笛子、古箏、二胡、揚琴、馬頭琴等。這些樂器極富特色，向世人展現出中華民族的智慧和創造力。

b) 組建中國民族樂隊的目的是使隊員通過學習民族樂器對中國民樂有深入的瞭解，讓更多的人有機會欣賞到美妙的中國樂曲。這支樂隊將會由 22 位同學組成，由音樂系主任張老師負責管理。

c) 中國民族樂隊演奏使用的樂器有四個基本類型。

吹奏類：竹笛、笙、簫

彈撥類：琵琶、古箏

打擊類：鼓、鑼

弓弦類：二胡

d) 申請加入中國民族樂隊的同學要會彈奏至少一種樂器，還要懂得一些樂理知識。

e) 中國民族樂隊會聘請專業老師進行指導，所以樂隊成員每個學期要繳納 500 元活動費。

鄉 愁　　　余光中

小時候
鄉愁是一枚小小的郵票
méi
我在這頭
母親在那頭

長大後
鄉愁是一張窄窄的船票
zhǎi
我在這頭
新娘在那頭

後來啊
鄉愁是一方矮矮的墳墓
我在外頭
母親在裏頭

而現在
鄉愁是一灣淺淺的海峽
hǎi xiá
我在這頭
大陸在那頭

（選自余光中，《白玉苦瓜》，
北京聯合出版公司，2017 年）

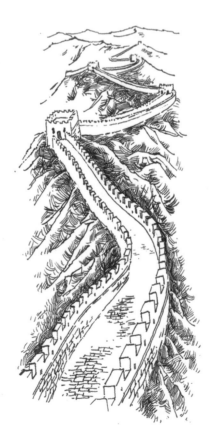

我的中國心　　　黃霑

河山只在我夢縈，
mèng yíng
祖國已多年未親近，
可是不管怎樣
也改變不了我的中國心。

洋裝雖然穿在身，
我心依然是中國心。
我的祖先早已把我的一切
烙上中國印。
lào

長江，長城，黃山，黃河，
在我心中重千斤，
無論何時，無論何地，
心中一樣親。

流在心裏的血
澎湃着中華的聲音，
péng pài
就算身在他鄉
也改變不了我的中國心。

（選自義務教育課程標準實驗教科書
《語文》六年級上冊，西南師範大學
出版社，2006 年）

作者介紹 余光中（1928-2017），台灣著名的詩人、散文家。余光中的代表作有《鄉愁》《聽聽那冷雨》等。

作者介紹 黃霑（1941-2004），香港著名的作家、詞曲家、主持人、演員。黃霑為電視劇《獅子山下》創作的主題曲《獅子山下》詮釋了香港人的精神，廣受喜愛。

A 写意思

1) 祖國	2) 洋裝	3) 祖先	4) 他鄉

B 寫出字 / 詞的確切意思

在文本中……	這個字 / 詞……	文中的意思是……
1)"鄉愁是一枚小小的郵票"	"郵票"	
2)"鄉愁是一張窄窄的船票"	"船票"	
3)"鄉愁是一方矮矮的墳墓"	"墳墓"	
4)"鄉愁是一灣淺淺的海峽"	"海峽"	

C 選擇（答案不止一個）

《我的中國心》表達了 ＿＿＿ 。

a) 天下炎黃子孫對祖國的摯愛深情

b) 每個中國人心裏都烙着中國的印跡

c) 每個中國人都想遊覽中國的著名景點

d) 中華兒女的心裏流淌着中國的血液

e) 每個中國人都希望學唱中國歌

f) 即使中國人身處他鄉，也有一顆中國心

g) 海外華僑返鄉祭祖的心情

h) 不管中國人身穿何種服裝，都有一顆中國心

D 回答問題

1)《鄉愁》表達了什麼樣的情感？

2)《鄉愁》寫了哪幾個階段的情感？

3)《我的中國心》表達了什麼樣的情感？

4)《我的中國心》中用了哪幾處名勝古跡來表達對中國的愛？

5) 你的出生地是哪裏？你一直在那裏生活嗎？請介紹一下你的出生地。

6) 請舉例說一說你是怎樣繼承和發揚你們民族的優良傳統的。

唐朝

隋朝末年，天下大亂。公元 618 年，李淵在太原起兵，建立了唐朝。公元 626 年，李世民（598 年－649 年）繼位。唐太宗李世民是一位傑出的政治家、戰略家、軍事家，為唐朝的建立立下了赫赫戰功。李世民善於任用人才，聽取羣臣意見，完善了各種政治制度。他積極發展農業，減輕農民負擔，使百姓休養生息。

李世民也很重視商業，利用"絲綢之路"這條連接東西方的紐帶，促進了商業的繁榮。因為唐朝十分強盛，海外影響巨大，中國人被稱為"唐人"，中國人在外國的聚居地被稱為"唐人街"。

唐太宗開明友善的民族政策增進了漢族與少數民族的關係，形成了共同發展的局面。公元 641 年，唐朝宗室女文成公主（625 年－680 年）遠嫁吐蕃王松贊干布，唐朝與吐蕃王朝結為姻親。松贊干布很喜歡知書達禮、賢淑多才的文成公主，專門為她修築了布達拉宮。今天的布達拉

文成公主

宮主樓有 13 層，有 1000 間宮室。宮內裝飾富麗堂皇，繪有大量壁畫。文成公主篤信佛教，深受藏族人民的愛戴，被認為是藏傳佛教中綠度母的化身。文成公主入藏時帶去了大量的書籍、技術，為吐蕃的經濟和文化發展做出了巨大的貢獻。

公元 628 年，著名的高僧玄奘（602 年－664 年）從長安出發去天竺（古印度）取經。他一路走了五萬里，經過了 110 個國家，共帶回佛舍利 150 粒、佛像 7 尊、經論 657 部。中國的四大名著之一——小說《西遊記》就是根據玄奘取經的經歷創作的。

在中國古代民間一直有煉丹術。經過長期煉丹、製藥實踐，唐朝末年，火藥發明了，並且開始用於軍事。火藥、造紙術、印刷術、指南針是中國古代對世界具有很大影響的四種發明，被稱為中國古代四大發明。

古為今用（可以上網查資料）

唐人街

1) 中國有五個少數民族自治區，西藏自治區是其中之一。請列出其他四個少數民族自治區。

2) 布達拉宮在哪裏？

3) 世界上很多城市都有唐人街。今時今日，唐人街在城市中扮演着什麼樣的角色？

4)《西遊記》是中國古代著名的長篇小説之一。小説中有哪幾個主要角色？你最喜歡哪個角色？為什麼？

5) 火藥是中國古代四大發明之一。火藥這一發明對世界文明有怎樣的影響？

11 地理知識

島嶼

日月潭

　　中國島嶼眾多。台灣島是中國最大的島，有着"寶島"之稱。台灣島上的阿里山憑藉日出、雲海、晚霞（wǎn xiá）、森林和高山鐵路"五奇"而聞名於世。阿里山以北的日月潭北湖如圓日，南湖似彎月，也是大自然的一大神作。海南島是中國的第二大島，也是中國唯一的熱帶海島省份。陽光、椰樹（yē shù）、沙灘、海浪……島上無處不散發着別具一格的熱帶風情，被稱為世界上"少有的幾塊未被污染的淨土"。天涯海角（tiān yá hǎi jiǎo）是海南島的標誌性景點。位於長江口的崇明島（chóng míng dǎo）是中國的第三大島，也是世界上最大的沙島濕地。島上有多種獨特的資源，"食"有美味的崇明蟹，"景"有成林的蘆葦蕩（lú wěi dàng）。

造福後代（可以上網查資料）

1) 台灣的士林夜市因什麼而名聲大噪？

2) 椰城被世界衛生組織選定為中國第一個"世界健康城市"試點市。椰城是海南島哪個城市的別稱？

3) 生態與環保是崇明島規劃、建設的重點。你覺得崇明島應該怎樣平衡環境保護與經濟開發的關係？

第四單元複習

生詞

<table>
<tr><td>第十課</td><td>主持</td><td>好奇</td><td>茶館</td><td>酒樓</td><td>閒聊</td><td>戲院</td><td>戲曲</td><td>習武</td></tr>
<tr><td></td><td>習字</td><td>玩賞</td><td>古玩</td><td>高雅</td><td>列舉</td><td>射箭</td><td>競技</td><td>跳繩</td></tr>
<tr><td></td><td>捉迷藏</td><td>科技</td><td>日新月異</td><td>無所不能</td><td>層出不窮</td><td>大多</td><td>圍繞</td><td>產品</td></tr>
<tr><td></td><td>深遠</td><td>分析</td><td>現今</td><td>對抗</td><td>智力</td><td>腦筋</td><td>開發</td><td>思維</td></tr>
<tr><td></td><td>益智</td><td>戶外</td><td>相當</td><td>抱怨</td><td>整</td><td>屏幕</td><td>姿勢</td><td>導致</td></tr>
<tr><td></td><td>腰</td><td>脖子</td><td>反而</td><td>內向</td><td>不禁</td><td>退步</td><td>深思</td><td>訪談</td></tr>
<tr><td>第十一課</td><td>今日</td><td>露營</td><td>歷歷在目</td><td>陌生</td><td>跟隨</td><td>營地</td><td>無微不至</td><td>關懷</td></tr>
<tr><td></td><td>照料</td><td>彆扭</td><td>開導</td><td>教導</td><td>諒解</td><td>增添</td><td>樂趣</td><td>解除</td></tr>
<tr><td></td><td>回饋</td><td>協調</td><td>助手</td><td>曲棍球</td><td>橄欖球</td><td>參與</td><td>義賣</td><td>擔當</td></tr>
<tr><td></td><td>街舞</td><td>拉丁舞</td><td>開展</td><td>文娛</td><td>曾經</td><td>具備</td><td>辦事</td><td>領導</td></tr>
<tr><td></td><td>班長</td><td>學生會</td><td>腳踏實地</td><td>主動</td><td>謹慎</td><td>勇於</td><td>敢於</td><td>樂於</td></tr>
<tr><td></td><td>善於</td><td>人際</td><td>深厚</td><td>友誼</td><td>若</td><td>竭盡全力</td><td>樹立</td><td>榜樣</td></tr>
<tr><td>第十二課</td><td>俱樂部</td><td>招募</td><td>匯聚</td><td>雄厚</td><td>不懈</td><td>精心</td><td>培訓</td><td>取得</td></tr>
<tr><td></td><td>欣喜</td><td>連續</td><td>年度</td><td>隊伍</td><td>壯大</td><td>營造</td><td>交際</td><td>公眾</td></tr>
<tr><td></td><td>應變</td><td>聯想</td><td>邏輯</td><td>批判</td><td>團隊</td><td>協作</td><td>精神</td><td>母語</td></tr>
<tr><td></td><td>隊員</td><td>搜集</td><td>稿</td><td>舉行</td><td>初賽</td><td>勝出</td><td>半決賽</td><td>決賽</td></tr>
<tr><td></td><td>參賽</td><td>才能</td><td>優先</td><td>無故</td><td>遲到</td><td>早退</td><td>缺席</td><td>開除</td></tr>
<tr><td></td><td>權利</td><td>熱衷</td><td>口才</td><td>臨場</td><td>挖掘</td><td>錯過</td><td>良機</td><td>心動</td></tr>
<tr><td></td><td>提交</td><td>截止</td><td>日期</td><td></td><td></td><td></td><td></td><td></td></tr>
</table>

短語 / 句型

- 中國傳統的休閒活動多種多樣　• 如今電子科技日新月異　• 手機和電腦無所不能
- 新的娛樂活動層出不窮　• 中國人的休閒方式也隨之發生了很大的變化
- 現在中國人的休閒活動大多是圍繞着電子產品進行的
- 給人們的生活帶來了深遠的影響　• 具體分析一下現今休閒方式改變所帶來的影響
- 屬於對抗性的智力活動　• 多動腦筋　• 開發智力　• 鍛煉思維能力　• 大多是單純的娛樂
- 不能起到益智的作用　• 相當於體育鍛煉　• 強身健體　• 整天盯着電腦或手機屏幕
- 一個姿勢坐半天　• 不僅導致視力下降，還會腰疼、背疼、脖子疼
- 我不禁開始思考　• 這些問題應該引起我們每個人深思

- 露營的經歷至今歷歷在目　• 周圍的一切都那麼陌生　• 對我們無微不至的關懷和照料
- 給我留下了深刻的印象　• 諒解他人　• 為新同學的露營生活增添樂趣
- 解除煩惱　• 回饋學校對我的培養　• 我深知露營級長是露營工作的協調者
- 參加了多項課外活動　• 參與組織了一些校級活動　• 擔當露營級長
- 組織新同學開展各種體育、文娛活動　• 具備較強的辦事能力和領導能力
- 工作腳踏實地，做事主動、認真、謹慎　• 性格開朗　• 勇於嘗試　• 敢於挑戰自己
- 樂於助人　• 善於與人合作　• 人際關係良好　• 與新同學結下深厚的友誼
- 竭盡全力為大家服務　• 為低年級同學樹立好的榜樣

- 在同學們不懈的努力及中文部老師精心的培訓下　• 俱樂部取得了令人欣喜的成績
- 為了使隊伍不斷成長、壯大　• 豐富同學們的課餘生活　• 營造良好的中文學習氛圍
- 提升同學們的漢語交際能力　• 鍛煉同學們的公眾演講能力與應變能力
- 培養同學們的聯想能力與獨立思考能力　• 訓練同學們的邏輯思維與批判性思維
- 增強同學們的自信心與團隊協作精神
- 隊員進行討論、搜集資料、寫辯論稿並開展辯論　• 經常無故遲到、早退或缺席
- 熱衷於辯論　• 希望鍛煉口才　• 提高臨場發揮能力　• 挖掘自己的潛能
- 千萬不要錯過良機　• 心動不如行動　• 趕快加入中文辯論俱樂部吧

生詞 25

① shí dài 時代 era

② jī 擊（击）collide　chōng jī 沖擊 impact

③ réng jiù 仍舊 still

④ zhàng 障 hinder　bǎo zhàng 保障 ensure

⑤ hǎi liàng 海量 enormous

⑥ cēn cī 參差 uneven　cēn cī bù qí 參差不齊 varying

⑦ bìng 並 used before a negative word for emphasis

⑧ xìn rèn 信任 trust　**⑨** kě xìn dù 可信度 credibility

⑩ biàn 辨 distinguish　biàn bié 辨別 distinguish

⑪ cuò wù 錯誤 wrong; mistaken　**⑫** wù dǎo 誤導 mislead

⑬ rén shì 人士 personage

⑭ shěn 審 examine　shěn chá 審查 examine; investigate

⑮ biān 編（编）edit　**⑯** jí 輯 edit　biān jí 編輯 edit

⑰ wú xiàn 無限 infinite

⑱ liàn 鏈（链）chain　liàn jiē 鏈接 link

⑲ běn shēn 本身 oneself

⑳ yòu 誘（诱）lure; tempt　**㉑** huò 惑 be puzzled
yòu huò 誘惑 attract; tempt

㉒ nǎ pà 哪怕 even if　**㉓** rèn hé 任何 any

㉔ xiāo xi 消息 news

㉕ wēi xìn 微信 Wechat　**㉖** liǎn shū 臉書 Facebook

㉗ jù jīng huì shén 聚精會神 concentrate one's whole attention

㉘ xiāng bǐ zhī xià 相比之下 by comparison

㉙ jìng 靜（静）quiet; calm　**㉚** wén zì 文字 writing

㉛ bèi hòu 背後 behind　**㉜** chuán dá 傳達 convey

㉝ shēn rù 深入 thorough　**㉞** xì zhì 細緻 meticulous

㉟ shēn dù 深度 depth　**㊱** jí 籍 book　shū jí 書籍 book

㊲ liáng shī yì yǒu 良師益友 good teacher and helpful friend

㊳ shēn céng 深層 deep; thorough　**㊴** shì jiè guān 世界觀 world outlook

㊵ jīng diǎn 經典 classics　**㊶** zhù 著 write　zhù zuò 著作 book; writings

㊷ hǎo sì 好似 be like　**㊸** dà shī 大師 great master

㊹ yè 液 liquid　xuè yè 血液 blood

㊺ guǐ 軌（轨）course; orbit　**㊻** jì 跡 mark　guǐ jì 軌跡 track; footma

㊼ lù 碌（碌）miscellaneous　máng lù 忙碌 busy　**㊽** kòng xián 空閒 free

㊾ pěng 捧 hold or carry in both hands

㊿ zhēn 幀（帧）a measure word (used for paintings or calligraphy)
zhuāng zhēn 裝幀 binding and layout (of a book, magazine, etc.)

51 jīng měi 精美 delicate

52 máng lǐ tōu xián 忙裏偷閒 snatch a little leisure from a busy schedule

53 yù 喻 understand　bù yán ér yù 不言而喻 it goes without saying

54 fǎn sī 反思 reflect

55 dū 督 superintend and direct　dū cù 督促 supervise and urge

1 完成句子

1) 網絡<u>給</u>傳統的閱讀方式<u>帶來了巨大的衝擊</u>。

_____給_____帶來了巨大的衝擊。

2) 它們的質量參差不齊，<u>並不是</u>每份材料都是可以信任的。

_____，並不是_____。

3) <u>縱使</u>我們在網上找到了可信的材料，網絡閱讀的效果<u>仍舊</u>不如紙質書閱讀。

縱使_____，_____仍舊_____。

4) <u>哪怕</u>沒有任何消息跳出來，我們在網上閱讀時仍會不時停下來。

哪怕_____，_____。

5) <u>相比之下</u>，閱讀紙質書時我們更容易靜下心來。

相比之下，_____。

6) 讀經典著作就<u>好似</u>跟大師對話。

_____好似_____。

2 聽課文錄音，做練習

A 選擇（答案不止一個）

1) 通過對書籍的深度閱讀，人們可以_____。

a) 全面地瞭解社會

b) 更好地認識自己

c) 跟作者對話

d) 形成正確的世界觀

2) 網絡閱讀時，人們_____。

a) 可能看到錯誤信息，被誤導

b) 可能被廣告分散注意力

c) 可以獲得美感享受

d) 可以進行深入、細緻的思考

B 選出四個正確的句子

☐ 1) 傳統閱讀方式受到了網絡的衝擊。

☐ 2) 網絡時代所有學生都不看紙質書了。

☐ 3) 網上材料的質量有的好，有的壞。

☐ 4) 青少年應督促自己多讀紙質書。

☐ 5) 人們在看紙質書時會經常停下來看臉書。

☐ 6) 裝幀精美的紙質書能給人快樂和享受。

C 回答問題

1) 為什麼紙質書是可以放心閱讀的？

2) 為什麼網絡閱讀讓人很難聚精會神地思考？

3) 什麼是真正意義上的閱讀？

4) 讀經典著作有什麼好處？

網絡時代還需要讀紙質書

網絡時代，學生還需要讀紙質書嗎？確實，網絡給傳統的閱讀方式帶來了巨大的衝擊，現在很多學生都不看紙質書了。但是，我堅持認為，縱使在網絡時代，看紙質書仍舊是十分必要的。

首先，紙質書的內容質量更有保障。網絡上確實有海量的信息，但是它們的質量參差不齊，並不是每份材料都是可以信任的。如果對材料可信度的辨別能力不強，就很容易受到錯誤信息的誤導。而紙質書是經過專業人士審查、編輯的，是我們可以放心閱讀的。

其次，紙質書的閱讀效果更好。縱使我們在網上找到了可信的材料，網絡閱讀的效果仍舊不如紙質書閱讀。網上有大量的廣告和無限的鏈接，我們的注意力非常容易分散。另外，無所不有的網絡本身也是一個巨大的誘惑。哪怕沒有任何消息跳出來，我們在網上閱讀時仍會不時停下來，去刷一下微信、看一下臉書、查一下電郵，很難聚精會神地思考所讀的內容。所以，網絡閱讀大多只是瀏覽，或者說是淺閱讀。相比之下，閱讀紙質書時我們更容易靜下心來，去理解文字背後的意思，體會作者傳達的感情，進行深入細緻的思考。這種深度閱讀才是真正意義上的閱讀。

真正意義上的閱讀對一個人的成長非常重要。書籍是人類的良師益友，書中有深層的道理和心靈的智慧。對書籍的深度閱讀有助於我們全面地瞭解社會，深入地認識自我，形成正確的世界觀和價值觀。讀經典著作就好似跟大師對話。這些心靈的交流會融進我們的血液，提升我們的修養，改變我們的行動，最終影響我們的人生軌跡。

再有，精心設計的書籍能給人以美的感受。在忙碌中抽出一點兒空閒時間，手捧一本裝幀精美的書，再飲一壺茶或者品一杯咖啡，那種美感的享受和忙裏偷閒的快樂是不言而喻的。

綜上所述，在網絡時代學生仍舊需要讀紙質書。青年人要反思一下自己的讀書習慣，督促自己多進行真正意義上的閱讀。

3 根據實際情況回答問題

1) 網絡時代，讀紙質書的人好像少了。你認為這一現象背後的原因是什麼？

2) 你覺得在網絡時代還有必要讀紙質書嗎？為什麼？

3) 你有讀紙質書的習慣嗎？你經常買紙質書嗎？一般買哪類書？

4) 書籍是人類的良師益友。請說一說讀書對你的影響。你最近讀了哪本書？請介紹一下這本書。這本書對你有什麼影響？

5) 網絡上材料的質量參差不齊。你同意這種觀點嗎？在網上查資料時，你是怎樣辨別材料可信度的？請舉例說明。

6) 與網絡閱讀相比，讀紙質書時你的注意力是否更集中一些？請說一說你的體會。

7) 瀏覽跟深度閱讀有什麼區別？不是所有材料都需要進行深度閱讀。請舉例說明哪類文章適合瀏覽，哪類文章需要深度閱讀。

8) 你有看報紙的習慣嗎？你更喜歡看報紙還是上網看新聞？

9) 你愛看雜誌嗎？喜歡看哪類雜誌？你看中文雜誌嗎？看中文雜誌對你有什麼幫助？

10) 網絡時代，學習漢語還需要學習寫漢字嗎？是不是會打字就夠了？你會花很多時間練習寫漢字嗎？你是怎麼練習的？

11) 你們學校的學生用電子書包嗎？你認為用電子書包和用課本各有什麼好處？有什麼不便？

12) 你每天平均花多長時間上網？上網主要做什麼？你覺得網絡對你的學習、生活習慣有哪些影響？網絡改變了你的哪些習慣？

4 成語諺語

Ⓐ 解釋成語並造句

1) 參差不齊	2) 聚精會神	3) 良師益友
4) 不言而喻	5) 知己知彼	6) 古今中外
7) 花言巧語	8) 胡思亂想	9) 將計就計
10) 談笑風生	11) 汗馬功勞	12) 口服心服

Ⓑ 解釋諺語並造句

1) 活到老，學到老。

2) 千里之行，始於足下。

3) 種瓜得瓜，種豆得豆。

4) 欲速則不達。

網購的利與弊

如今，快速、便捷的網上購物備受年輕人青睞，成為一種新時尚。以中國每年的雙十一購物狂歡節為例，自 2009 年開始辦購物狂歡節起，11 月 11 日當天的營業額連創新高。2016 年雙十一當天天貓的交易額就超過了 1207 億人民幣。

對於消費者來說，網購有許多優勢。第一，購買便捷。人們可以足不出戶、隨心所欲地在網上"逛街"、選購心儀的商品，免去了去商場的麻煩與排隊結帳（jié zhàng）的等待。只要在手機或電腦上輕輕一點，美食小吃、手工藝品、衣帽鞋襪等都可以盡收囊中（jìn shōu náng zhōng）。第二，種類齊全。在網上人們可以方便地買到來自世界各地的各種商品，其中很多是在一般的實體商店買不到的。第三，價格實惠。由於網店省去了店面的租金、售貨員的工資、儲存（chǔ cún）貨物的費用等一系列開支，還有不少是廠家直接在網上開店直銷，因此其商品價格較一般商場的同類商品便宜得多。第四，評價直觀。網購時可以方便地查看其他人對商品質量及網店服務的評價。人們可以貨比三家，選到真正物美價廉的商品。

網購也存在着不少隱藏（yǐn cáng）的風險。第一，所見非所得的尷尬。有些網店提供的圖片、文字介紹和實物的差距很大。貨不對版的案例時有發生，消費者一不小心就會上當受騙（dàng shòu piàn）。第二，隱私泄露（yǐn sī xiè lòu）的麻煩。由於網絡安全保障制度還存在一定的漏洞（lòu dòng），網絡購物時存在銀行賬戶、密碼（mì mǎ）被盜的風險，一不小心就會造成錢財的損失或者個人重要信息的泄露。第三，望穿秋水的等待。受到天氣、交通、物流等各種因素的影響，網購的送貨時間很難保證。第四，手續繁複的退貨。如果網購的商品不合適，退貨流程較為複雜。只要在一個環節上卡住，消費者的權益就得不到充分的保障。

綜上所述，網購與任何事物一樣都是一把雙刃劍（shuāng rèn jiàn）。網購時要理性消費，要想清楚後再做決定。特別是網購經驗不足的新手消費者，千萬要慎之又慎（shèn zhī yòu shèn）。

A 寫出字 / 詞的確切意思

在文本中……	這個字 / 詞……	文中的意思是……
1)"所見非所得的尷尬"	"尷尬"	
2)"望穿秋水的等待"	"望穿秋水"	

B 選擇

1)"隨心所欲"的意思是 _____ 。

    a) 便利　　b) 由着自己的心意

    c) 欲望　　d) 想入非非

2)"貨比三家"的意思是 _____ 。

    a) 去不同地方買東西　　b) 貨品質量好，還便宜

    c) 一家比一家便宜　　d) 對不同商店進行比較

C 回答問題

1) 為什麼網店商品的價錢多比一般實體店的同類商品便宜？

2) 網購付費時可能有何風險？

3) 為什麼説網購是一把雙刃劍？

D 判斷正誤，並説明理由

1) 現在，網購因為快捷、便利等優點，受到很多青年人的喜愛。　　對　　錯

_____

2) 在網上購物，連家門都不用出就能買到想買的商品。

_____

3) 即使對在網店買到的貨品不滿意也不能要求商家退貨。

_____

E 判斷正誤

☐ 1) 從 2009 年起，11 月 11 日成了中國人的購物狂歡節。

☐ 2) 網購不僅方便快捷，商品價格也相對便宜。

☐ 3) 在網上可以直接跟廠商購買商品，商品質量更好。

☐ 4) 網購時可以根據以前消費者的評價更好地做決定。

☐ 5) 有時候網購的貨品跟網站上展示的不同。

☐ 6) 網購付款後不確定什麼時候可以拿到貨品。

☐ 7) 不常在網上買東西的人網購時要多加小心。

☐ 8) 網絡安全保障制度漏洞百出，網上購物損失在所難免。

F 學習反思

1) 你是否有網購體驗？

2) 你認為怎樣可以避免網購隱藏的問題？

G 學習要求

1) 掌握 8 個短語。

2) 學會表達一種觀點。

3) 用 100 個字縮寫文章。

淺談社交媒體的影響

日新月異的科技已經滲透_{shèn tòu}到生活的方方面面，人們的交流習慣也因此發生了翻天覆地_{tiān fù dì}的變化，社交媒體成為重要的交流方式。在社交媒體平台，人們既可以充分地展現自我，又可以方便地跟熟人保持聯繫，還可以與陌生人成為朋友。人與人之間的聯繫因社交媒體變得更加緊密。

首先，社交媒體是展示自我的重要途徑。人們可以利用社交媒體分享照片、發佈文章，讓親朋好友更好地瞭解自己的生活、興趣、狀態。社交媒體就像一扇窗戶。通過這扇窗戶，大家可以展示真實的自己，也可以瞭解關心的人。

其次，社交媒體提高了交流的效率。傳統的溝通方式效率較低，並且有很多局限。拜訪、寫信等要花費很多時間，電話、短信等只能通過聲音或文字溝通。社交媒體不僅讓信息全球同步，還提供多樣化的交流方式，包括文字、聲音、圖像、視頻等。無論遇到什麼問題，只要在社交網上"廣而告之"，即刻就會得到別人的反饋_{fǎn kuì}或建議，還能與他們進行討論。這大大節約了找人、商量、討論的時間。

另外，社交媒體還擴大了個人的交際圈。人們可以在社交網上加入任何感興趣的羣組，認識志趣相投的人。羣組裏的人來自不同的地方，有不同的經歷，雖然素未謀面，但共同的興趣和深入的交流讓大家"走"到一起，成為好友。

然而，任何事情都有正反兩面。社交媒體在加強人與人之間的聯繫、為人際交往提供極大便利的同時，也帶來了一些負面的問題，例如有些人成了低頭族、拇指社交族，有些人患上了虛擬_{xū nǐ}社交依賴症，更有甚者由於沉迷於社交媒體而荒廢了學業、放棄了事業。青年朋友們要注意做任何事情都應適可而止，要善用社交媒體，而千萬不可濫用社交媒體。

A 選出四個正確的句子

社交媒體 ＿＿＿＿＿ 。

a) 使不認識的人也可以成為好友

b) 方便人們隨時知道親戚朋友的情況

c) 上的廣告很快就會被別人看到，效果很好

d) 讓人們可以同時使用多種方式交流

e) 大大提高了溝通的效率，能節省很多時間

f) 讓人們不用工作，也不用上學了

B 回答問題

1) 是什麼原因使人們的交流習慣發生了巨變？

2) 與傳統的溝通方式相比，社交媒體有哪些優勢？

3) 社交媒體是如何擴大個人交際圈的？

C 寫出字／詞的確切意思

在文本中……	這個字／詞……	文中的意思是……
1)"日新月異的科技已經滲透到生活的方方面面"	"日新月異"	
2)"人們的交流習慣也因此發生了翻天覆地的變化"	"翻天覆地"	
3)"認識志趣相投的人"	"志趣相投"	
4)"羣組裏的人素未謀面"	"素未謀面"	
5)"共同的興趣和深入的交流讓大家'走'到一起"	"'走'到一起"	
6)"有些人成了低頭族、拇指社交族"	"拇指社交族"	

D 配對

☐ 1) 任何事情都有正反兩面，

☐ 2) 社交媒體讓信息全球同步，

☐ 3) 在社交網加入有興趣的羣組，

☐ 4) 人們可以在社交媒體分享照片、文章，

a) 使用社交媒體也要適可而止。

b) 可以和有相同愛好的人進行深入的交流。

c) 面對面地溝通，關係更加緊密。

d) 遇到問題可以在社交網上得到及時的幫助。

e) 充分展示自己的生活、興趣、狀態。

f) 傳統的溝通方式還有很多局限。

E 學習反思

反思一下自己使用社交媒體的習慣，

說一說在哪些方面應該做出調整。

F 學習要求

1) 掌握 8 個短語。

2) 學會表達一種觀點。

3) 用 100 個字縮寫文章。

要求 與同學辯論社交網對人際關係的影響是積極的還是消極的。正方認為社交網對人際關係的影響是積極的，反方認為社交網對人際關係的影響是消極的。

辯論內容包括：

• 社交網是否擴大了朋友圈

• 社交網是否拉近了人與人之間的距離

• 社交網是否可以代替面對面的交流

• 社交網是否有利於身心健康

例子：

正方1：我方認為社交網對人際關係的影響是積極的。在沒有社交網的年代，我們的朋友只是同學、鄰居。有了社交網，我們可以跟不同領域的人交流，可以跟世界各地的人成為朋友。

反方1：社交網的確讓我們有機會認識更多的人，但他們不一定是我們的朋友。相反，把大量的時間花在社交網上還會讓我們冷落、疏遠了身邊的朋友。

正方2：怎麼會呢？以前我們和朋友只有見面時才可以聊聊天兒，現在每天都可以在社交網上交流。社交網拉近了人與人之間的距離。

……

你可以用

a) 社交網為人們進行互動交流提供了平台，促進了人與人之間的溝通。無論遇到開心的事還是生氣的事，都可以馬上在社交網上與朋友分享。

b) 現在很多人習慣了在社交網上打字聊天兒，當面對面交流時，卻變得害羞、緊張，不知道該說些什麼。他們的交際能力和語言表達能力有明顯的下降趨勢。

c) 如果你遇到問題不知如何解決，可以在社交網上諮詢相關領域的專業人士，得到及時的幫助。

d) 越來越多的人意識到，網上交流讓人們見面的機會變少了，令人與人之間的關係疏遠了。

e) 在社交網上跟人交流，見不到對方的表情，沒法瞭解對方在想什麼、話語的真正含義是什麼。正因如此，在社交網上較難進行深入的交流，社交網無法替代面對面的交流。

f) 面對面交流，看着對方的眼神、動作，聽着對方的聲音、語氣，有助於我們更好地理解對方的意思。

g) 越來越多的人過度依賴社交網。有時只是邁邁腿、動動嘴的小事，也要通過社交網來說。

8 寫作

題目1 現在大部分年輕人都已經習慣了網購。網購確實有它的優勢，但逛街購物仍舊不可替代。請以《上網購物不能代替逛街購物》為題寫一篇議論文。

你可以寫：

- 網購的優勢
- 網購的弊端
- 逛街購物的好處

題目2 俗話說："欲速則不達。" 請談談你對這個觀點的看法。

以下是一些人的觀點：

- "欲速則不達" 的意思是過於着急反而不能達到目的。
- 凡事講究循序漸進，不能拔苗助長。如果做事一味追求速度，違反客觀規律，打亂正常順序，可能會離目標越來越遠。
- 現在有很多人急於求成，希望一口吃成一個胖子。這樣的想法是不現實的。做事還是要腳踏實地，一步一個腳印才行。

你 可以用

a) 網購的盛行改變了現有的商業模式。溫馨的街邊小店、熱鬧的農貿市場、個性化的書店、繁忙的商業街都在慢慢消失，社會的人情味兒在慢慢變淡。

b) 一家人其樂融融地外出逛街，一起挑選喜愛的商品，是很多人心中溫暖的回憶。

c) 很多時候只在網上看照片、看評論是不夠的，還是需要去商店看實物、試一下再決定買不買。以買衣服為例，只有去了商店親手摸一摸、親自試一試，才能知道衣服的質量好不好、適不適合自己穿。

d) 在商店買東西一手交錢，一手交貨，心裏更踏實。即買即得，即得即用，滿足感更強。

e) 逛街不只是純粹的購物，更是一種消遣、娛樂。約上三兩好友一起逛街，在商店隨意挑揀、試穿，互相品評。逛累了，找個咖啡館或茶館坐下來喝一杯咖啡、品一口香茶，拉拉家常、聊聊趣事。這種快樂是上網購物得不到的。

f) 如果習慣了虛擬支付，人們心中金錢的概念會慢慢變得模糊。人們購物時會越來越草率，會越來越不珍惜辛苦賺來的錢。

讀書人是幸福人　　　謝冕

　　我常想讀書人是世間幸福人，因為他除了擁有現實的世界之外，還擁有另一個更為浩瀚(hào hàn)也更為豐富的世界。現實的世界是人人都有的，而後一個世界卻為讀書人所獨有，由此我又想，那些失去或不能閱讀的人是多麼的不幸，他們的喪(sàng)失是不可補償(bǔ cháng)的。世間有諸多(zhū duō)的不平等，財富的不平等，權力的不平等，而閱讀能力的擁有或喪失卻體現為精神的不平等。

　　一個人的一生，只能經歷自己擁有的那一份欣悅，那一份苦難，也許再加上他親自聞知的那一些關於自身以外的經歷和經驗。然而，人們通過閱讀，卻能進入不同時空的諸多他人的世界。這樣，具有閱讀能力的人，無形間獲得了超越有限生命的無限可能性。閱讀不僅使他多識了草木蟲魚之名，而且可以上溯(shàng sù)遠古下及未來，飽覽存在的與非存在的奇風異俗。

　　更為重要的是，讀書加惠(jiā huì)於人們的不僅是知識的增廣，而且還在於精神的感化與陶冶(táo yě)。人們從讀書學做人，從那些往哲先賢以及當代才俊的著述中學得他們的人格。人們從《論語》中學得智慧的思考，從《史記》中學得嚴肅的歷史精神，從《正氣歌》學得人格的剛烈，從馬克思學得入世的激情，從魯迅(lǔ xùn)學得批判精神，從列夫•托爾斯(liè fū tuō ěr sī)泰(tài)學得道德的執著。歌德的詩句刻寫着睿智(ruì zhì)的人生，拜倫(bài lún)的詩句呼喚(hū huàn)着奮鬥的熱情。一個讀書人，一個有機會擁有超乎個人生命體驗的幸運人。

　　一個人一旦與書本結緣，極大的可能是註定與崇高(chóng gāo)追求和高尚情趣相聯繫的人。説"極大的可能"，指的是不排除讀書人中也有卑鄙(bēi bǐ)和奸詐(jiān zhà)，況且，並非凡書皆好，在流傳的書籍中，並非全是勸善之作，也有無價值的甚而起負面效果的。但我們所指讀書，總是以其優好品質得以流傳一類，這類書對人的影響總是良性的。我之所以常感讀書幸福，是從喜愛文學書的親身感受而發。一旦與此種嗜好結緣，人多半因而嚮往于崇高一類，對暴力的厭惡和對弱者的同情，使人心靈純淨(chún jìng)而富正義感，人往往變成情趣高雅而趨避凡俗(qū bì fán sú)。或博愛、或温情、或抗爭(kàngzhēng)，大抵(dà dǐ)總引導人從幼年到成人，一步一步向着人間的美好境界前行。笛卡兒説：“讀一本好書，就是和許多高尚的人談話”，這就是讀書使人向善；雨果説：“各種蠢事，在每天閱讀好書的影響下，仿佛烤在火上一樣漸漸熔化”，這就是讀書使人避惡。

所以，我説，讀書人是幸福人。

（選自謝冕，《永遠的校園》，北京大學出版社，1997 年）

A 配對

□ 1) 讀書人是幸福的，
□ 2) 讀古今中外大師的著作可以
□ 3) 把書當作“知己”的人
□ 4) 讀一本好書的時候，

a) 從他們身上學習高尚的人格。
b) 能更好地跟崇高的追求和高尚的情趣相聯繫。
c) 使一些人變得卑鄙奸詐。
d) 好似在跟很多品德高尚的人促膝長談。
e) 各種蠢事都會在火上烤，最終都會熔化掉。
f) 因為在現實世界之外，還可以擁有一個更加豐富的世界。

B 判斷正誤

□ 1) 人與人之間，財富和權力是不平等的，但精神是平等的。
□ 2) 經歷和經驗使人擁有超越時間、空間的無限可能性。
□ 3) 通過讀《史記》可以學到嚴謹的歷史精神。
□ 4) 歌德的詩能使人變得睿智，感悟人生的道理。
□ 5) 熱愛讀書的人大多都有崇高的追求。
□ 6) 所有讀書人都厭惡暴力，同情弱者。

C 回答問題

1) 讀書人擁有哪兩個世界？

2) 為什麼閱讀可以讓人超越有限生命的有限可能性？

3) 如果想培養拼搏精神可以讀什麼書？

4) 讀書除了增長知識，還有哪些好處？

5) 你認同文章中的哪些觀點？

6) 請舉例説一説讀書對你的影響。

武則天

武則天 (wǔ zé tiān)

公元 643 年，15 歲的李治被冊封為皇太子。李治非常喜歡父親唐太宗李世民的才人武氏。公元 649 年，唐太宗駕崩。按照慣例，武氏被送去寺廟削髮為尼。同年，22 歲的李治即位。第三年，唐高宗李治接武氏回宮。她便是後來中國歷史上著名的女皇武則天（624 年 – 705 年）。

武則天是個有膽識的女子。唐太宗有一匹肥壯任性的馬，沒人能馴服它。武則天對唐太宗說：「我能馴服這匹馬。我會先用鐵鞭子抽它。如果它不服，我會用鐵錐刺它。如果它再不服，我就殺了它。」唐太宗很佩服她的勇氣。

唐高宗性格懦弱、體弱多病，所以很多政事都由武則天代為處理。武則天是個天生的政治家，膽大心細，很有謀略。武則天利用唐高宗跟大臣們的矛盾，在短短幾年的時間裏就清除了反對她的重臣。公元 655 年，唐高宗不顧大臣們的反對，改立武則天為皇后。武則天當上皇后以後，權力欲望越來越大，逐漸掌控了朝政大權。後期，武則天同唐高宗一起臨朝聽政，唐高宗為天皇，武則天為天后。公元 690 年，67 歲的武則天登上帝位，建立了武周王朝。

武則天是個極具爭議性的人物。一方面，武則天重用賢才。她進一步推行科舉制度，讓更多社會中下層的人有施展才華的機會。她還破格重用有才能的人，比如負責案件審判的狄仁傑因為正直有才得到武則天的重用，當上了宰相。武則天也十分重視農業。她執政期間，農業有了較大發展。戶口數量在五十多年間幾乎增加了一倍。另一方面，武則天使用酷刑，打壓反對派。據說連宗室成員她也不放過。

公元 705 年，武則天病逝，享年 82 歲。她的墓碑上沒有刻字，是一塊「無字碑」。她的功過都留給後人來評說。

古為今用 （可以上網查資料）

1) 武則天的性格有哪些特點？請舉例說明。

2) 武則天是個極具爭議性的人物。請舉例說說武則天的功與過。你怎麼理解她的"無字碑"？

3) 當今社會，女性在家庭和職場肩負著哪些責任？

4) 當今世界，各個領域的領軍人物還是以男性居多。你認為女性做領導者有哪些優勢？有哪些劣勢？請介紹一位你敬佩的女性領導者。

5) 你認為男女應該完全平等嗎？為什麼？

11 地理知識

濕地

西溪濕地

　　濕地和森林、海洋並稱為全球三大生態系統。濕地僅僅覆蓋地球表面 6% 的面積，卻為地球上 20% 的物種提供了生存環境，因此享有"地球之腎""生命之源"的美譽。中國濕地面積佔世界濕地的 10%，居亞洲第一位、世界第四位。中國濕地種類繁多，各有特色。有的是動物天堂，如天鵝之鄉巴音布魯克（bā yīn bù lǔ kè）濕地、水鳥樂園扎龍（zhā lóng）濕地；有的是觀景聖地，如能看白樺（bái huà）的額爾古納（é ěr gǔ nà）濕地、可觀雲海的若爾蓋（ruò ěr gài）濕地；還有的將人類和自然融為一體，如著名的西溪（xī xī）濕地。西溪濕地位於浙江省杭州市，是中國國內第一個也是唯一一個集城市濕地、農耕（nóng gēng）濕地、文化濕地於一體的國家濕地公園。

造福後代 （可以上網查資料）

1) "世界濕地日"是幾月幾日？是哪年確定的？第一次"世界濕地日"的主題是什麼？

2) 有人建議在崇明島濕地建造住宅區，提高人們的生活質量。請說說你的看法。

3) 西溪濕地位於浙江省杭州市，是著名的旅遊景區。請介紹一下西溪濕地。

4) 濕地和森林、海洋並稱為全球三大生態系統。請說說森林的社會價值和自然價值。

生詞 27

① 裕 _{yù} abundant　富裕 _{fù yù} prosperous

② 薄 _{bó} frail　③ 弱 _{ruò} weak　薄弱 _{bó ruò} weak

④ 經意 _{jīng yì} careful; mindful

⑤ 舌 _{shé} tongue　⑥ 尖 _{jiān} tip

⑦ 溜 _{liū} slip away

⑧ 飯盒 _{fàn hé} lunch box

⑨ 數字 _{shù zì} number

⑩ 觸目驚（惊）心 _{chù mù jīng xīn} shocking

⑪ 辛苦 _{xīn kǔ} arduous

⑫ 儉（俭） _{jiǎn} thrifty　勤儉 _{qín jiǎn} hardworking and thrifty

⑬ 自古 _{zì gǔ} since ancient time

⑭ 美德 _{měi dé} virtue　⑮ 風氣 _{fēng qì} atmosphere

⑯ 鋪張 _{pū zhāng} extravagant

⑰ 霍 _{huò} quickly　揮霍 _{huī huò} spend freely

⑱ 毫 _{háo} slightest degree

⑲ 吝 _{lìn} stingy　吝惜 _{lìn xī} grudge; stint
毫不吝惜 _{háo bú lìn xī} spend without stint

⑳ 桶 _{tǒng} bucket

㉑ 實在 _{shí zài} really

㉒ 制止 _{zhì zhǐ} stop

㉓ 大使 _{dà shǐ} ambassador

㉔ 倡 _{chàng} advocate　倡議 _{chàng yì} propose

㉕ 調查 _{diào chá} investigate　㉖ 結果 _{jié guǒ} result

㉗ 改善 _{gǎi shàn} improve　㉘ 講座 _{jiǎng zuò} lecture

㉙ 偏 _{piān} partial　偏食 _{piān shí} be particular about certain food

㉚ 挑食 _{tiāo shí} be particular about what one eats

㉛ 顯眼 _{xiǎn yǎn} eye-catching

㉜ 張貼 _{zhāng tiē} put up (a notice, post, etc.)

㉝ 標語 _{biāo yǔ} slogan

㉞ 恥（耻） _{chǐ} shameful　可恥 _{kě chǐ} shameful

㉟ 巡 _{xún} patrol　㊱ 邏 _{luó} patrol　巡邏 _{xún luó} patrol

㊲ 即刻 _{jí kè} at once

㊳ 阻 _{zǔ} hinder　勸阻 _{quàn zǔ} dissuade someone from

㊴ 採取 _{cǎi qǔ} adopt; take

㊵ 處 _{chǔ} punish　㊶ 罰（罚） _{fá} punish　處罰 _{chǔ fá} punish

㊷ 措 _{cuò} manage　措施 _{cuò shī} measure

㊸ 廚餘垃圾 _{chú yú lā jī} food waste

㊹ 團體 _{tuán tǐ} organization; group

㊺ 用餐 _{yòng cān} eat　㊻ 打包 _{dǎ bāo} pack

㊼ 誡（诫） _{jiè} warn　告誡 _{gào jiè} warn

㊽ 肆 _{sì} recklessly　㊾ 憚（惮） _{dàn} fear　肆無忌憚 _{sì wú jì dàn} reckless

㊿ 昂 _{áng} high　昂貴 _{áng guì} expensive

51 代價 _{dài jià} price

52 依然 _{yī rán} still

53 永 _{yǒng} forever　永遠 _{yǒng yuǎn} forever

54 過時 _{guò shí} outdated

1 完成句子

1) 現在人們的生活富裕了，節約意識卻越來越薄弱。

　　＿＿＿，＿＿＿卻＿＿＿。

2) 在不經意間，食物便從我們的舌尖溜走了。

　　在不經意間，＿＿＿。

3) 同學們僅僅因為飯菜不合自己的口味，只吃幾口就直接把飯倒掉。

　　＿＿＿僅僅因為＿＿＿，＿＿＿就＿＿＿。

4) 這實在是太浪費了！

　　這實在是＿＿＿！

5) 作為未來世界的主人，我們有責任制止浪費糧食的行為。

　　作為＿＿＿，我們有責任＿＿＿。

6) 在過上富裕生活的今天，我們依然不能忘記勤儉節約。

　　＿＿＿，＿＿＿依然不能＿＿＿。

2 聽課文錄音，做練習

A 選擇（答案不止一個）

1) "誰知盤中餐，粒粒皆辛苦"＿＿＿。

　　a) 告訴我們不應該浪費糧食

　　b) 告訴我們農民種糧食是很辛苦的

　　c) 說明盤中沒有幾粒飯

　　d) 說明做飯是一件辛苦的事

2) 現在人們的生活富裕了，＿＿＿。

　　a) 浪費的現象卻越來越嚴重了

　　b) 節約的意識卻變得薄弱了

　　c) 仍然應該珍惜食物

　　d) 還是得要勤儉節約

B 選出四個正確的句子

☐ 1) 過年、過節的食物浪費十分嚴重。

☐ 2) 全球約三分之一的糧食都被浪費了。

☐ 3) 現在學校裏有鋪張浪費的風氣。

☐ 4) 制止浪費糧食的行為是我們的責任。

☐ 5) 學校的廚餘垃圾就不能再利用了。

☐ 6) 去飯店吃飯應該吃多少點多少。

C 回答問題

1) 為什麼要請營養專家來舉辦講座？

2) 在食堂張貼標語的目的是什麼？

3) 假如有同學浪費糧食，級長應做什麼？

4) 去飯店吃飯剩餘的食物應怎麼處理？

老師們、同學們：

大家好！

現在人們的生活富裕(fù yù)了，節約意識卻越來越薄弱(bó ruò)，浪費現象越來越嚴重。生活中，在不經意間(jīng yì)，食物便從我們的舌尖溜走(shé jiān liū)了，從我們的飯盒(fàn hé)裏溜走了，從我們的餐桌上溜走了。過年、過節時的食物浪費就更嚴重了。據統計，全球約三分之一的糧食都是浪費掉的。這個數字(shù zì)真是讓人觸目驚心(chù mù jīng xīn)。

"誰知盤中餐，粒粒皆辛苦(xīn kǔ)。"珍惜糧食、勤儉節約(qín jiǎn)(zì gǔ)自古就是中華民族的傳統美德(měi dé)。然而，現今社會上有一些不良的風氣(fēng qì)，鋪張(pū zhāng)、揮霍(huī huò)的現象時有發生。在我們的校園裏，經常可以看到同學們毫不吝惜(háo bú lìn xī)地把吃剩的飯菜倒進垃圾桶(tǒng)。有時，同學們僅僅因為飯菜不合自己的口味，只吃幾口就直接把飯倒掉，然後又去小賣部買零食吃。這實在(shí zài)是太浪費了！

作為未來世界的主人，我們有責任制止(zhì zhǐ)浪費糧食的行為。作為學校的環保大使(dà shǐ)，我向大家提出以下倡議(chàng yì)：

一、請學生會跟食堂合作，對同學們進行調查(diào chá)，然後按照調查結果改善(jié guǒ gǎi shàn)食堂午餐的種類和口味。

二、請營養專家來學校舉辦講座(jiǎng zuò)，教導同學們不偏食(piān shí)、不挑食(tiāo shí)，吃營養均衡的食物。

三、在校園內外加強宣傳、教育，提醒同學們要節約糧食。

四、在食堂顯眼處(xiǎn yǎn)張貼標語(zhāng tiē biāo yǔ)，提醒同學們浪費糧食是可恥(kě chǐ)的行為。

五、午飯時間，安排級長在餐廳巡邏(xún luó)，如果發現有同學浪費食物，就即刻(jí kè)提醒、勸阻(quàn zǔ)，必要時採取處罰措施(cǎi qǔ chǔ fá cuò shī)。

六、跟廚餘垃圾(chú yú lā jī)回收團體(tuán tǐ)聯繫，使學校的廚餘垃圾得到回收、利用。

七、請同學們跟家人去飯店用餐(yòng cān)時適量點餐，把吃不完的食物打包(dǎ bāo)帶回家。

我們要時常告誡(gào jiè)自己，如果繼續這樣肆無忌憚(sì wú jì dàn)地浪費糧食，人類最終要付出昂貴(áng guì)的代價(dài jià)。在過上富裕生活的今天，我們依然(yī rán)不能忘記勤儉節約。珍惜糧食是永遠(yǒng yuǎn)都不會過時(guò shí)的美德，讓我們從今天起不再浪費食物！

謝謝大家！

3 根據實際情況回答問題

1) 如今人們的日子富裕了，節約意識卻變得薄弱了。你的節約意識強嗎？請反思一下自己是否經常浪費糧食。

2) 你們學校浪費食物的現象嚴重嗎？有哪些浪費食物的現象？請分析一下背後的原因。

3) 學校有沒有關於珍惜食物的宣傳教育活動？學校做了什麼？你覺得效果好嗎？你有什麼建議？

4) 珍惜糧食、勤儉節約是中華民族的傳統美德。如果看到同學飯菜沒吃幾口就毫不吝惜地倒掉，你會怎麼做？

5) 隨手關燈、關電器可以減少能源消耗。你們學校的學生在這方面做得怎麼樣？你認為學校應該用什麼方式增強學生的節電意識？

6) 你們學校有環保週嗎？環保週有哪些活動？你認為還可以組織什麼活動來增強學生的環保意識？

7) 少駕車、多搭公交車可以減少對空氣的污染。你的親朋好友在這方面做得怎麼樣？

8) 水是生命之源。在用水時要注意什麼？有什麼節約用水的好方法？

9) 低碳生活就是要以低能量、低消耗和低開支的方式生活。低開支指不買或少買不必要的東西。你和你的家人在這方面做得好嗎？有什麼可以改進的地方？

10) 你有節約、再用、回收的習慣嗎？請舉例說明。

11) 你居住的地方有污染嗎？有什麼污染？污染影響你的生活嗎？請舉例說明。

12) 地球是我們共同的家園，保護地球是每個公民的責任。如果不愛護地球，繼續浪費資源、破壞環境，人類將付出什麼樣的代價？

4 成語諺語

A 解釋成語並造句

1) 觸目驚心	2) 克勤克儉	3) 毫不吝惜
4) 肆無忌憚	5) 大手大腳	6) 全心全意
7) 斤斤計較	8) 心事重重	9) 大腹便便
10) 我行我素	11) 所作所為	12) 一心一意

B 解釋諺語並造句

1) 三思而後行。

2) 一心不能二用。

3) 貪小便宜吃大虧。

4) 此地無銀三百兩。

食物回收

馬：大家好，我是《天星日報》的記者馬良。今天來到"天星空間"的嘉賓是"綠色_{jiā bīn}環保"的負責人王軒。王先生，請您介紹一下你們的廚餘回收項目，好嗎？

王：按照環保署的統計，香港每天倒掉近三千六百公噸廚餘垃圾。這些廚餘垃圾不都是吃剩的飯菜。由於缺乏回收渠道，香港各區的菜市場和超市都會直接倒掉當天_{qú dào}沒有賣掉的食物，造成了嚴重的浪費。四年前，我們"綠色環保"自發組織人手對這些賣剩的食物進行回收。現在每天可以回收多達兩百公斤的食物。

馬：這麼大的回收量，你們怎麼應付得了？

王：我們"綠色環保"有近三十名經驗豐富的全職員工，還招募了很多志願者，有在職人員、家庭主婦，還有老年人和中學生。

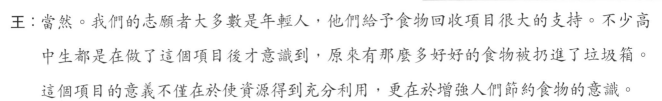

馬：年輕人對回收項目也有興趣？

王：當然。我們的志願者大多數是年輕人，他們給予食物回收項目很大的支持。不少高中生都是在做了這個項目後才意識到，原來有那麼多好好的食物被扔進了垃圾箱。這個項目的意義不僅在於使資源得到充分利用，更在於增強人們節約食物的意識。

馬：年輕人能有這樣的意識真讓人感到欣慰。那麼，這些回收的食物是怎麼處理的呢？

王：我們委託一些餐廳將生食加工成熟食，之後送到固定的食物發放點，分發給需要_{gù dìng}幫助的長者、流浪漢。有些貧困家庭也會來發放點領取食品。_{liú làng hàn}

馬：這真是一大善舉！這樣的行動需要大量的資金來支撐吧？

王：是的。一路走來，我們遇到了不少困難，其中最大的還是資金問題。我們現在主要靠私人贊助。如果資助中斷或資金不足，這個項目就很難繼續下去了。我想借今天這個機會真誠地向社會呼籲，希望更多的人能資助我們的回收行動。

馬：你們的行動不但減少了食物浪費，宣傳了環保理念，還為有困難的人提供了及時的幫助，是一件一舉多得的大好事。希望我們的報道能夠起到宣傳作用，為你們帶來更多的支持。謝謝您的寶貴時間！

王：不客氣！謝謝你！

A 選詞填空（每個詞只能用一次）

> 進行　造成　減少　缺乏　提供　宣傳　增強　給予　資助

1) ＿＿＿ 學生的環保意識

2) ＿＿＿ 不必要的浪費

3) ＿＿＿ 低碳生活理念

4) ＿＿＿ 治理污染的資金

5) ＿＿＿ 大規模的調查

6) ＿＿＿ 活動大力支持

7) ＿＿＿ 技術方面的指導

8) ＿＿＿ 對空氣的污染

9) ＿＿＿ 塑料回收項目

B 配對

☐ 1) 本來要倒掉的食物

☐ 2) 老人及貧困家庭

☐ 3) 很多志願者積極加入了

☐ 4) 食物回收項目讓很多中學生

a) 認識到如今食物浪費的嚴重程度。

b) 現在經過加工後被分發給有需要的人。

c) 都可以去固定的食物分發站拿食品。

d) 呼籲全社會投入到生食加工的工作中。

e) 艱巨而有意義的食物回收工作。

f) 中小學組織人手給予回收活動很大的支持。

C 填表

記者問……	記者的潛台詞是……
1)“這麼大的回收量，你們怎麼應付得了？”	
2)“年輕人對回收項目也有興趣？”	
3)“這樣的行動需要大量的資金來支撐吧？”	

D 回答問題

1) 為什麼菜市場和超市要扔掉當天沒有賣掉的食物？

2) “綠色環保”廚餘回收項目的意義何在？

3) 讓廚餘回收項目一直進行下去的關鍵是什麼？

4) 王軒借《天星日報》的平台介紹廚餘回收項目的目的是什麼？

E 學習反思

1) 你們學校的餐廳是怎樣處理廚餘垃圾的？你有什麼改進建議？

2) 在你們學校有哪些浪費現象？你有什麼想法、建議跟大家分享？

F 學習要求

1) 掌握 8 個短語。

2) 學會表達一種觀點。

3) 用 100 個字縮寫文章。

共享單車帶來的思考

　　中國曾有"自行車王國"之稱。上世紀八十年代末，很多中國家庭都是一人一車。上下班時，馬路上的自行車隊好似一條長龍。隨着經濟的發展，中國修建了四通八達的公路。有經濟能力的國民開始購買汽車，有些家庭甚至擁有不止一輛汽車。自行車在中國交通舞台上的角色漸漸淡化了。

　　近幾年，人們對生活的理解悄然改變，開始提倡低碳、簡約的生活模式。於是，不用燃料（rán liào）、使用便利、有益健康的自行車又被重新"請"回了公共交通舞台。在這樣的大環境下，共享單車應運而生。

　　共享單車方便、經濟。馬路旁、車站邊有很多共享單車。只要用手機掃一下車上的二維碼，就可以打開車鎖，把車騎走。到了目的地後，可以把車停在方便的地方，用手機付費。共享單車按使用時間付費，費用十分低廉。

　　由於理念先進、市場龐大（páng dà），幾十家公司數十億的資金迅速投入到共享單車這個新興產業。摩拜單車、ofo、小鳴單車、小藍單車等如雨後春筍（yǔ hòu chūn sǔn）般紛紛出現。一時間，七彩輕便的共享單車出現在城市的各個角落，成為一道亮麗的風景線，裝點着大街小巷。它們宛如（wǎn rú）流動的線條，連接起千家萬戶。

　　由於行業市場拓展（tuò zhǎn）速度太快、競爭激烈、相關監管法規跟不上、國民素質參差不齊，共享單車面臨重重問題：有些共享單車被亂停亂放，影響正常交通。有些共享單車遭到損壞（sǔn huài），"癱瘓"（tān huàn）在大街小巷，不僅影響他人使用，還大傷城市容貌。

　　共享單車像是社會文明的一面鏡子，既照出了環保意識的提升、共享經濟的優勢，也照出了相關部門監管的不足和人們文明意識的缺陷（quē xiàn）。為了讓共享單車更好地走下去，一方面公民應該正確使用、愛惜共享單車，另一方面政府應該訂立法規、加強監管。只有社會各個層面全方位提升，才能使共享單車健康、穩步、可持續地發展下去。

（金夢希）

A 選擇（答案不止一個）

1)"自行車隊好似一條長龍"形容＿＿＿。

  a) 馬路上有數不清的自行車

  b) 自行車跟人羣走同一條路

  c) 自行車隊在馬路上浩浩蕩蕩地駛過

  d) 馬路上只有自行車，沒有其他車輛

2)"摩拜單車、ofo、小鳴單車、小藍單車等如雨後春筍般紛紛出現"的意思是＿＿＿。

  a) 數億的資金流入這個新興行業

  b) 不斷有新公司加入共享單車這個新興產業

  c) 各公司爭先恐後設計出新的車型

  d) 不斷有新的共享單車出現

3)"共享單車像是社會文明的一面鏡子"指通過共享單車＿＿＿。

  a) 看出了社會的進步以及文明的缺陷

  b) 反映出公民環保意識的提高

  c) 公民可以學會如何過低碳生活

  d) 商家認識到應該重視產品的質量

C 選出四個正確的句子

共享單車＿＿＿。

a) 的誕生符合環保、健康的時代潮流

b) 讓人們進一步瞭解了共享經濟的優勢

c) 不能亂停亂放，必須停在固定的地方

d) 被毀壞後"癱"在街頭巷尾，損害了市容

e) 行業繼續向前發展的最大瓶頸是國民素質參差不齊

f) 是用手機掃碼開鎖的，到達目的地後也用手機付費

B 回答問題

1) 為什麼自行車曾經退出了中國公共交通的舞台？

2) 為什麼近幾年自行車又被"請"回了公共交通的舞台？

3) 共享單車為什麼受到市民的歡迎？

4) 怎樣理解共享單車"宛如流動的線條，連接起千家萬戶"？

5) 共享單車遇到了哪些問題？為什麼會遇到這些問題？

6) 怎樣才可以讓共享單車穩步發展下去？

D 學習反思

1) 你會使用共享單車嗎？為什麼？

2) 你覺得共享單車怎樣才能可持續地發展下去？説一説你的建議。

E 學習要求

1) 掌握 8 個短語。

2) 學會表達一種觀點。

3) 用 100 個字縮寫文章。

情景　你們學校在環境保護方面做得不太好，所以你跟同學打算創立一個"節約、回收、再用"的環保組織。你們討論組建環保組織的具體事項。

討論內容包括：

• 學校環保工作的現狀

• 創立環保組織的目的

• 計劃開展的活動

• 希望得到的支持

例子：

你：　　我發現同學們在"節約、回收、再用"方面做得很差。雖然學校在多處都放置了回收箱，但是很多同學還是會直接把塑料瓶、鋁罐、廢紙扔進垃圾箱，而懶得多走幾步將它們放進回收箱裏。

同學1：同學們為什麼不願把廢物扔進回收箱呢？是不是大家缺乏環保意識？是不是學校的環保宣傳工作做得不夠？

同學2：兩方面的原因都有吧。學校對環境保護確實不夠重視。學校食堂每天都有很多廚餘垃圾直接倒掉，也很浪費。

……

你 可以用

a) 我們環保組織的宗旨是宣傳環境保護的重要性，讓每個人都清楚地認識到地球是我們共同的家園，保護家園是每個人的職責。只有保護好環境，我們才能享受蔚藍的天空、乾淨的河水、清新的空氣。

b) 環保組織要想辦法並採取切實可行的措施把能回收的廢物進行再利用，變廢為寶。同時還要號召同學們過低碳生活，儘量不要浪費資源。

c) 不少學生家裏有大量多餘的文具、衣服、書籍，以及其他長期閒置的物品。因為不知道捐贈的渠道，很多都被當作垃圾處理了，非常浪費。我們應該跟社區的環保組織聯繫，定期把這些物品收集起來，捐給有需要的人。

d) 應該定期開展宣傳活動，在學校顯眼處張貼宣傳標語，還可以邀請環保專家舉辦講座，以提升同學們的環保意識。

e) 可以帶同學們去垃圾堆填區親眼看一看，其中很多垃圾都是可以回收、再利用的。由於人們的懶惰和一些不負責任的行為，讓大量資源白白浪費、流失。如此多的垃圾埋在土裏還會污染土壤和地下水，使環境受到極大的破壞。

8 寫作

題目 1 你是環保社團 "地球之家" 的負責人。你要在校會上倡議大家積極參與 4 月 22 日 "世界地球日" 的活動,為保護環境盡一份職責。請寫一篇演講稿。

你可以寫:

• 世界地球日的由來

• 世界地球日的宗旨

• 世界地球日的活動目的

• 世界地球日的活動安排

題目 2 俗話說:"貪小便宜吃大虧。" 請談談你對這個觀點的看法。

以下是一些人的觀點:

• "貪小便宜吃大虧" 的意思是為了貪圖一點點利益,遭受重大的損失。

• 愛貪小便宜的人眼光短淺,只看重眼前的利益。現在看可能是賺到了,時間長了可能會有意想不到的損失。

• 沒有人喜歡跟愛貪小便宜的人打交道。因為貪小便宜而失去別人的喜愛,真可謂是撿了芝麻,丟了西瓜。

你 可以用

a) 每年的 4 月 22 日是世界地球日。這是一個專為保護環境而設立的節日,旨在增強民眾保護環境的意識,動員大家過綠色低碳生活,改善地球的整體環境。

b) 我們學校每年都有世界地球日活動週,希望借此培養同學們的環保意識,讓大家積極參與到環保工作中去,把每一天都當作環保日來過。

c) 世界地球日這天我們會回顧一下這一年的環保工作,反省一下在哪些方面做得還不夠好,然後擬定具體的改進措施。每個年級、每個班、每個學生都行動起來,使我們的環境變得更美好。

d) 回顧這一年的環保工作,我們在節約、回收、再用方面都取得了一些成績。和之前相比,我們這一年節省了 17% 的電和 25% 的水,回收了 257 公斤廢紙。

e) 當然,我們也有做得不夠好的地方,比如塑料瓶、鋁罐和玻璃製品的回收效果不佳,廚餘垃圾還沒有找到合適的回收渠道,餐廳還在提供一次性木筷子、紙盤子和塑料杯子。這些都是我們下一年工作的重點。

f) 借着今年的世界地球日,大家可以一起研究、討論並擬定切實可行的環保措施,然後把這些措施落到實處。只要我們一起努力,下一年的環保工作一定會取得更好的成績。

藏羚羊的故事　　　　喬友田

有一支科學考察隊，到西藏去進行實地考察。他們乘坐的車子，緩慢地行駛在高原上。

忽然，一隻藏羚羊從對面的草坡上飛奔而下，一直奔到狹窄的路中央，"撲通"一聲跪了下來。司機緊急剎車，才避免了一場悲劇的發生。司機和一位科考隊員走下車來，準備將它趕走。

令人奇怪的是，任憑他倆怎麼吆喝，那只老羚羊卻紋絲不動地跪在車前，並用一種乞求的眼神盯着他倆。

車內其他人也都感到好奇，紛紛走下車來。

這時，有兩行濁淚從老羚羊的眼眶裏湧了出來，然後，它緩緩站起身來，一步一回頭地往草坡上走。

"這只老羚羊，一定有求於我們。"年長的科考隊長對大家説。

在好奇心的驅使下，人們都跟着它朝草坡上走去。翻過草坡，一幕慘景盡顯眼前：在一個土坑附近，躺着一隻氣息奄奄的小藏羚羊。它的一條後腿，正在向外滲着血水。

眾人這才明白了老羚羊冒死截車的緣故。頓時，大家對一直站在近前的那隻老羚羊，肅然起敬。有人趕緊從車廂裏拿出礦泉水，給受傷的小羚羊喝。老隊長則從隨行攜帶的藥箱裏，找出一些止血和消炎的藥，碾碎後，敷在小羚羊的傷口上；然後，他又用紗布，小心翼翼地把傷口裹好。

他們擔心小羚羊因為不能行走，會飢渴而死。經過一番商量，大家決定將受傷的小羚羊抱回車上，等到傷愈後再放歸自然。老羚羊靜靜地注視着，待汽車發動起來，才緩緩離去。

半個月後，科考隊員完成了任務，小羚羊的傷口也痊癒了。在歸程中，他們特意留心着那個草坡。等他們把小羚羊放到地上時，隨着小羚羊歡快的叫聲，一隻老羚羊從草坡背後跑出來。

那隻老羚羊比先前消瘦了很多。見此情景，科考隊員們的眼睛都濕潤了。老隊長轉過臉去，悄悄地抹了一把，濕漉漉的，竟是淚。

"咩，咩——"活蹦亂跳的小羚羊，圍着老羚羊邊跳邊叫；老羚羊慈愛的目光在小羚羊身上掃來掃去，還不時用嘴去蹭小羚羊的後腿。

全體科考隊員噙着眼淚，默默地注視着，待兩隻羚羊逐漸沒入草叢中，才緩緩離去。

（選自義務教育課程標準實驗教科書《語文》五年級上冊，西南師範大學出版社，2006 年）

A 寫出字 / 詞的確切意思

在文本中……	這個字 / 詞……	文中的意思是……
1)"任憑他倆怎麼吆喝"	"吆喝"	
2)"那隻老羚羊卻紋絲不動地跪在車前"	"紋絲不動"	
3)"躺着一隻氣息奄奄的小藏羚羊"	"氣息奄奄"	
4)"頓時，大家對一直站在近前的那隻老羚羊，肅然起敬"	"肅然起敬"	
5)"小羚羊的傷口也痊癒了"	"痊癒"	
6)"活蹦亂跳的小羚羊"	"活蹦亂跳"	

B 選擇

1) 科考隊員 _____ 。

　　a) 看到受傷的小羚羊心疼得哭了

　　b) 馬上為小羚羊清洗傷口

　　c) 把小羚羊送到了動物醫院

　　d) 等小羚羊的傷好後把它送了回去

2) 這篇文章想表達 _____ 。

　　a) 老羚羊與小羚羊之間的愛

　　b) 小羚羊的可憐

　　c) 科考隊員的醫術高超

　　d) 老羚羊的勇敢

C 回答問題

1) 老羚羊為什麼"一步一回頭地往草坡上走"？

2) 科考隊員為什麼要把小羚羊帶走？

3) 半個月間老羚羊為什麼消瘦了很多？

4) 看到小羚羊和老羚羊團聚，老隊長為什麼流下了眼淚？

5) 請結合實際生活經歷談談你對動物之間的愛的理解。

6) 你覺得人類怎樣才能更好地跟動物一起共享地球上的生存空間？

李白·杜甫(dù fǔ)·白居易

公元 650 年到 755 年為唐朝的鼎盛時期。那時，中國邊疆(biānjiāng)穩定，經濟繁榮，物產豐富，社會一派和諧。盛唐時期中國的建築、音樂、繪畫、文學都有突飛猛進(tū fēi měng jìn)的發展。

唐詩是唐朝最重要的文學成就。唐朝湧現(yǒngxiàn)出一大批才華橫溢(cái huá héng yì)的優秀詩人。其中，李白、杜甫和白居易被稱為唐代三大詩人。他們創作了很多膾炙人口(kuài zhì rén kǒu)、廣為傳誦(guǎng wéi chuánsòng)的詩作。

李白（701 年－762 年）是唐代偉大的浪漫主義詩人，被後人稱為"詩仙(shī xiān)"。李白性格豪邁(háo mài)，愛喝酒，喜歡過自由自在的生活。大量的閱讀和豐富的遊歷開闊(kāi kuò)了李白的視野，培養了他寬闊(kuān kuò)的胸襟(xiōng jīn)。李白的詩歌語言明快，自由奔放，變幻莫測(biànhuàn mò cè)，具有濃烈(nóng liè)的感情色彩和排山倒海的氣勢。李白一生寫下了許多著名的詩篇。《將進酒(qiāng jìn jiǔ)》中"天生我材必有用"的詩句表達了他強烈的自信。他的《靜夜思》更是無人不知的大作。

杜甫（712 年－770 年）是唐代偉大的現實主義詩人，被後人譽為"詩聖(shī shèng)"。杜甫比李白小 11 歲。公元 744 年，杜甫和李白一起尋仙訪道(xún xiān fǎng dào)，建立了深厚的友誼。杜甫非常崇敬(chóng jìng)李白，寫了很多讚美李白的詩。杜甫憂國憂民(yōu guó yōu mín)，詩作中表現了他的理想和抱負(bào fù)，還反映了安史之亂時民不聊生的慘狀(cǎn zhuàng)，是社會狀況的一面鏡子，被稱為"詩史"。杜甫的詩風格沉鬱(chén yù)，格律嚴謹(gé lù yán jǐn)，語言精練，感情真摯(zhēn zhì)，形象鮮明。杜甫一生作詩三千多首，約一半被保留下來。

李白

杜甫

白居易（772 年－846 年）從五六歲就開始學寫詩，是一位為世人敬慕(jìng mù)的詩人。白居易做了四十年官，為官清正廉潔(qīng zhèng lián jié)，關心百姓疾苦。他的很多詩都體現了勞動人民的生活狀況以及他對百姓的同情。《賣炭翁(mài tàn wēng)》是白居易的代表作之一，詩中描寫了一位靠賣炭謀生(móu shēng)的老人的困苦生活。

古為今用（可以上網查資料）

1) 李白的詩句“天生我材必有用”體現出他怎樣的性格特點？

2) 你能背誦李白的《靜夜思》嗎？詩中表達了什麼情感？你喜歡這首詩嗎？為什麼？

3) 杜甫的《絕句》“兩個黃鸝鳴翠柳，一行白鷺上青天。窗含西嶺千秋雪，門泊東吳萬里船。”
描寫了哪個季節的景色？你是怎麼看出來的？

4) 白居易的名句“野火燒不盡，春風吹又生”描寫的是哪種植物？

5) 你讀過中國的現代詩歌嗎？請選讀幾首中國現代詩，說說你的理解和感想。

11 地理知識

丘陵

龍脊梯田

中國丘陵眾多，面積約有 100 萬平方公里，約佔全國總面積的十分之一。在丘陵山坡地上修築的條狀階台式或波浪式的田地叫作梯田。中國早在秦漢時期就有了梯田，是人們大面積種植水稻、解決糧食問題的一個創舉。中國最有名的梯田要數雲南省的元陽梯田。元陽梯田景色壯觀，像是大地上的雕刻一般，有“中國最美的山嶺雕刻”之稱。由於那裏的梯田是哈尼族人世世代代勞動的結晶，所以也叫哈尼梯田。除此之外，龍脊梯田也赫赫有名。龍脊梯田從元朝開始開墾，有悠久的歷史和宏大的規模。從山腳到山頂，田地大小不一，大的不過一畝，小的只能插下兩三行禾苗。

造福後代（可以上網查資料）

1) 並不是所有的丘陵都被開墾為梯田。請簡單分析一下其中的原因。

2) 長街宴是哈尼族的一種傳統習俗。請簡單介紹一下長街宴。

3) 龍脊梯田在廣西壯族自治區。請簡單介紹一下那裏的自然景觀、少數民族、風土人情等。

生詞 29

❶ 家用 jiā yòng for household use　❷ 機器人 jī qì rén robot

❸ 距 jù distance　距離 jù lí distance

❹ 現實 xiàn shí reality

❺ 遙(遙) yáo distant　遙遠 yáo yuǎn distant

❻ 事實 shì shí fact　❼ 如此 rú cǐ in this way

❽ 領 lǐng be in possession of　❾ 域 yù domain　領域 lǐng yù domain

❿ 接待 jiē dài receive　⓫ 潛 qián submerge　潛入 qián rù submerge

⓬ 作業 zuò yè work; operation

⓭ 逐 zhú one by one

逐步 zhú bù step by step; gradually　逐漸 zhú jiàn gradually

⓮ 駐(駐) zhù be stationed　進駐 jìn zhù enter and be stationed in

⓯ 價格 jià gé price　⓰ 倍 bèi times

⓱ 奢侈 shē chǐ luxurious　奢侈品 shē chǐ pǐn luxury goods

⓲ 普及 pǔ jí popularize

⓳ 研發 yán fā research and development

⓴ 實用 shí yòng practical　㉑ 外形 wài xíng external form; contour

㉒ 飛碟 fēi dié flying saucer

㉓ 佈(布) bù arrange　㉔ 局 jú part　佈局 bù jú layout

㉕ 自動 zì dòng automatic　㉖ 規劃 guī huà programme; plan

㉗ 清掃 qīng sǎo clean up　㉘ 徑 jìng trail　路徑 lù jìng route

㉙ 探測 tàn cè survey　㉚ 前方 qián fāng ahead; the front

㉛ 礙(碍) ài obstruct　障礙 zhàng ài obstacle

㉜ 階 jiē steps; stairs　台階 tái jiē flight of steps

㉝ 轉向 zhuǎn xiàng change the direction

㉞ 電量 diàn liàng quantity of charge

㉟ 充 chōng fill　充電 chōng diàn charge (a battery)

㊱ 照樣 zhào yàng all the same

㊲ 序 xù order; sequence　程序 chéng xù program

㊳ 運行 yùn xíng be in operation

㊴ 此外 cǐ wài besides　㊵ 操作 cāo zuò operate

㊶ 清理 qīng lǐ clear up　㊷ 廚師 chú shī chef

㊸ 烹調 pēng tiáo cook (dishes)　㊹ 摸 mō touch　觸摸 chù mō touch

㊺ 安裝 ān zhuāng install　㊻ 菜譜 cài pǔ cookbook

㊼ 佐 zuǒ assist　佐料 zuǒ liào seasoning

㊽ 隨意 suí yì as one pleases　㊾ 升級 shēng jí upgrade

㊿ 複雜 fù zá complicated　51 本事 běn shi skill; ability

52 童話 tóng huà fairy tales

53 幻 huàn imaginary　科幻小說 kē huàn xiǎo shuō science fiction

54 疲 pí exhausted　疲勞 pí láo exhausted

55 志願 zhì yuàn volunteer　56 試用 shì yòng try out

57 改進 gǎi jìn improve　58 反饋 fǎn kuì feedback

59 詳(详) xiáng detailed　詳情 xiáng qíng particulars

60 諮(谘) zī consult　61 詢(询) xún inquire　諮詢 zī xún consu

62 網址 wǎng zhǐ website

63 自動化 zì dòng huà automation

64 股 gǔ share; stock　股份 gǔ fèn share; stock

1 完成句子

1) 不少人還覺得機器人距離現實生活很遙遠，但事實並非如此。

　　　，　　　並非如此。

2) 家用機器人將不再是奢侈品。

　　　不再　　　。

3) 若探測到前方有障礙物或台階，吸塵器機器人便會自動轉向。

若　　　，　　　便　　　。

4) 即便主人不在家，吸塵器機器人照樣可以按照程序運行。

即便　　　，　　　照樣　　　。

5) 此外，吸塵器機器人操作起來非常簡單。

此外，　　　。

6) 相信將來不管是複雜的菜餚還是簡單的飯菜，廚師機器人都會有"本事"做出來。

不管是　　　還是　　　，　　　都　　　。

2 聽課文錄音，做練習

A 選擇（答案不止一個）

1) 家用機器人能為家庭 　　　 。

　　a) 烹飪菜餚

　　b) 打掃房間

　　c) 潛入海底作業

　　d) 接待客人

2) 娛樂機器人 　　　 。

　　a) 可以緩解人的孤獨感

　　b) 外形可能像童話中的人物

　　c) 能歌善舞

　　d) 會說話

B 選出四個正確的句子

☐ 1) 機器人距離現實生活並不遙遠。

☐ 2) 主人不用清理吸塵器機器人。

☐ 3) 廚師機器人的樣子很像冰箱。

☐ 4) 志願家庭會參與設計機器人。

☐ 5) 智能機器人自動化股份有限公司希望招 20 個志願家庭。

☐ 6) 家用機器人的價格比普通家用電器貴得多。

C 回答問題

1) 在哪些領域有機器人為人類服務？

2) 如果遇到障礙物，吸塵器機器人會怎麼做？

3) 廚師機器人做一道菜要花多長時間？

4) 娛樂機器人的外形是什麼樣的？

家庭好幫手——家用機器人 (jiā yòng jī qì rén)

今時今日，不少人還覺得機器人距離現實生活很遙遠，但事實並非如此。在很多領域都有機器人在為人類服務了：有機器人在商店門口接待客人、有機器人潛入海底作業……機器人還在逐步進駐人們的家庭。家用機器人可以為家庭生活提供很多服務。現在家用機器人的價格還很貴，是普通家用電器的好幾倍。相信在不遠的未來，家用機器人將不再是奢侈品，會逐漸普及開來。

下面就向大家介紹一下本公司最新研發的三款非常實用的家用機器人。

1. **吸塵器機器人** 吸塵器機器人的外形像飛碟。它可以按照房間佈局自動規劃清掃路徑。若探測到前方有障礙物或台階，便會自動轉向。在電量快用完時，它會自己回去充電。所以即便主人不在家，吸塵器機器人照樣可以按照程序運行。此外，吸塵器機器人操作起來非常簡單，清理起來也十分方便。

2. **廚師機器人** 廚師機器人其實是一個多功能烹調機。它的外形像冰箱，上面有一個智能觸摸屏，裏面安裝了特殊的烹調設備。廚師機器人可以獨立製作二十幾道中式佳餚。主人"點菜"後，機器人便會按照菜譜準備主料和佐料，開始

烹飪，大約十分鐘就能做好一道菜。雖然現在還不可以隨意點菜單上沒有的菜，但隨着產品的升級，相信將來不管是複雜的菜餚還是簡單的飯菜，廚師機器人都會有"本事"做出來。

3. **娛樂機器人** 娛樂機器人以豐富人們的休閒娛樂生活為目的。娛樂機器人有不同的外形設計，有的像人，有的像動物，還有的像童話或科幻小説中的角色。娛樂機器人有語言功能，會唱歌、跳舞、踢球等多種技能，能為人們解除精神上的孤獨感和疲勞感。

本公司現招募志願家庭免費試用以上三款機器人。志願家庭需把使用體會和改進建議反饋給公司。活動詳情可以打電話或者發電郵進行諮詢。

招募人數：20 個家庭

報名網址：www.creationrobot.cn

電話號碼：25133090（王經理）

電子郵箱：robottrial@gmail.com（王經理）

智能機器人自動化股份有限公司

3 根據實際情況回答問題

1) 為什麼現在家用機器人是普通家用電器價格的好幾倍？你會以這樣的價格買家用機器人嗎？為什麼？

2) 吸塵器機器人、廚師機器人和娛樂機器人，你最希望擁有哪款？為什麼？

3) 家用機器人可以為家庭提供很多服務。除了上述三款家用機器人，你還希望有什麼樣的家用機器人？為什麼？

4) 娛樂機器人以豐富人們的休閒娛樂生活為目的。如果有一台娛樂機器人，你希望它有什麼功能？

5) 娛樂機器人可以為人們解除精神上的孤獨感。有了娛樂機器人，人類還需要朋友做伴嗎？為什麼？

6) 有了廚師機器人，人類還需要學習怎麼做飯嗎？為什麼？

7) 如果所有的家務都由家用機器人來做，那麼人類在家做什麼呢？這種改變會給人類的生活帶來哪些積極的影響？哪些消極的影響？

8) 據你瞭解，今時今日在哪些領域已經有機器人為人類服務了？

9) 機器人在養老院一定大有用途。請說一說為養老院服務的機器人應該有什麼功能。

10) 與人類相比，機器人做工有什麼優勢？有什麼劣勢？

11) 如果機器人被廣泛使用，那麼很多人將面臨失業問題。你覺得哪些工作不適合機器人做？為什麼？

12) 人工智能會給人的生活、學習和工作帶來翻天覆地的變化。你支持發展人工智能嗎？請說說你的理由。

4 成語諺語

A 解釋成語並造句

1) 遙遙領先	2) 滿載而歸	3) 栩栩如生
4) 雄偉壯觀	5) 形影不離	6) 虎頭虎腦
7) 古色古香	8) 無窮無盡	9) 笨手笨腳
10) 呆頭呆腦	11) 羣策羣力	12) 神乎其神

B 解釋諺語並造句

1) 不經一事，不長一智。

2) 好的開始是成功的一半。

3) 說起來容易，做起來難。

4) 不要在一棵樹上吊死。

人工智能時代，人類將何去何從

2017 年 5 月 28 日　星期日　08:00

❶　本週，人工智能又一次成為世界的焦點。在圍棋人機大賽中，由谷歌開發研製的人工智能系統"阿爾法狗"（píng jiè）憑藉卓越的運算能力，以三局連勝的壓倒性優勢戰勝了圍棋界最優秀的選手中國人柯潔。這是繼去年完勝韓國頂尖棋手李世石後"阿爾法狗"的又一個輝煌（huī huáng）戰績，難怪很多業內人士都用"深不可測"來形容"阿爾法狗"。"你知道它強，但是不知道它有多強。"這句話準確地描述（miáo shù）了人工智能的發展現狀。

❷　研究指出，如果一個職業中 66% 以上的工作可由機器人完成，那麼從事這個工種的人就可以貼上"可被取代"的標籤了。事實表明，人工智能對人類的影響正從體力勞動向腦力勞動逐步擴散（kuò sàn）。也就是說，在不久的將來，從體力勞動的藍領，到腦力勞動的白領，比如文員、會計，甚至城市精英的金領，比如銀行家、律師等，都會受到人工智能的影響。

❸　機器人做工確實有其獨特的優勢。它們擅長做可預先規劃、重複性比較強的工作，還適合從事對操作者有健康、安全威脅（wēi xié）的工種。所以，司機、技工、收銀員的工作都可能由機器人接手。但機器人也有致命的短板。機器人不能主動思考、學習，缺乏創造性。機器人在感性思維方面也有缺陷，不能準確感知人的情緒，也無法進行情感交流。

❹　很多人都會擔心有一天被機器人搶走了飯碗。科學家指出，人類目前無須過度恐（kǒng）慌（huāng）。雖然機器人在某些方面展示出超人的能力，但它們只擅長做單項的工作，比如"阿爾法狗"只會下圍棋，廚師機器人只會做飯等。而人類卻能夠處理多件事情，能夠感知複雜情感，還能夠創造性地根據具體情況做出靈活反應。這些都是機器人望塵莫及的。

❺　科技在飛速進步，無人能預測（yù cè）人工智能究竟會有怎樣的驚人發展。人類不僅要關注機器人的研發，還要考慮如何與機器人共處，使人工智能更好地為人類服務。

（林建）

A 配對

- ☐ 1) 人工智能系統"阿爾法狗"
- ☐ 2) 人工智能高速發展,
- ☐ 3) 在一些高危崗位
- ☐ 4) 在不久的將來,機器人
- ☐ 5) 機器人的短板

a) 根據具體情況做出靈活的反應。

b) 是由谷歌公司開發研製的。

c) 連最優秀的圍棋手也不是"阿爾法狗"的對手。

d) 可能會成為司機、收銀員。

e) 機器人可以派上用場。

f) 是沒有主動學習的能力,沒有創造力。

g) 機器人很快就會擁有情感交流的能力。

B 配對

- ☐ 1) 第一段
- ☐ 2) 第二段
- ☐ 3) 第三段
- ☐ 4) 第四段
- ☐ 5) 第五段

a) 機器人很擅長下圍棋。

b) 要關注如何與機器人共處的問題。

c) 人工智能的發展現狀。

d) 機器人的優勢及缺陷。

e) 將來機器人能從事藍領的工作。

f) 人工智能對人類的影響逐步擴大。

g) 和機器人相比,人類有獨特優勢。

C 回答問題

1) 為什麼這週全世界人的目光都聚焦在人工智能上?

2) 和機器人相比,人類有哪些獨特優勢?

D 判斷正誤

- ☐ 1) 機器人對人類的影響在慢慢擴散。
- ☐ 2) 機器人首先會替代白領和金領的職位。
- ☐ 3) 機器人非常擅長做裝配等重複性強的工作。
- ☐ 4) 沒有感性思維是機器人唯一的短板。
- ☐ 5) 機器人很快就會像人一樣擁有創造力。
- ☐ 6) 人類現在不用太過擔心被機器人搶走飯碗。
- ☐ 7) 與人工智能共處的問題擺在了人類面前。
- ☐ 8) 現在每 10 個人中有 6 個人的工作可以由機器人來做。
- ☐ 9) 2017 年"阿爾法狗"連續兩次戰勝了人類棋手。

E 學習反思

1) 你是怎麼看待人工智能的發展前景的?

2) 你覺得怎樣才能讓人工智能更好地為人類服務?

3) 如果很多工作都改由機器人來做,人類的生活會變成什麼樣?

F 學習要求

1) 掌握 8 個短語。

2) 學會表達一種觀點。

3) 用 100 個字縮寫文章。

機器人時代 （2017-10-12 15:30）

最近一篇題為《機器人時代將要來臨了》的報道引起了我的注意。報道中有專家預測，未來五十年，天上、地下，機器人將無處不在。人類會變成遊手好閒、好吃懶做的"廢物"，身體和心理都會出現問題。

看了這篇報道的那個晚上，我做了一個夢。

夢中的世界真的變成了機器人的天下。那時的我將近七十歲，還是個光棍兒。我把自家的洋房改成了一個糖果鋪子，一樓賣糖果，二樓自己住。我還把房後的花園改成了一個菜園，在那裏種菜、養雞。我希望讓來買糖的孩子親眼看到，沒有機器人，靠自己的雙手自食其力的生活是多麼地健康、充實、自在。

然而，市政府認為我的觀念和行為跟不上機器人時代的步伐，給社會帶來了不必要的爭議和麻煩。於是，一羣大腹便便的議員坐在一起制定了一項議案：

第一，作為最後一個完全自食其力的人，劉易建應該和他的住所一併移入博物館，供人們參觀。

第二，要採取一切措施保證劉易建的健康和安全，因為他是研究機器人時代之前人類生活的活化石，有很高的歷史價值。

第三，劉易建死後，遺體應送往醫學院進行解剖，做科學研究。

議案全票通過，十個機器人負責執行這個決議。我，連同我的房子、菜園一起被遷到了博物館的一角。表面上我是被保護起來了，實際上我是在蹲監獄。我每天的生活都像真人秀一樣，被人們圍觀，我的心情極其鬱悶，健康每況愈下。有一天，幾個曾是我糖果店常客的小學生來看我。我深情地對他們說："人類已經被機器人包圍，身心都已病入膏肓了。'現代人'要想繼續有尊嚴地活着，就一定要回歸自然。人類的希望寄託在你們身上！"

一覺醒來，我嚇出一身冷汗。希望這真的只是一場夢，只是我杞人憂天。為了避免人類走上自我毀滅的道路，我們應該怎樣對待機器人和人工智能？大家怎麼想？

A 配對

- ☐ 1) 遊手好閒 | a) 肚子肥大的樣子
- ☐ 2) 光棍兒 | b) 不愛勞動
- ☐ 3) 自食其力 | c) 單身漢
- ☐ 4) 大腹便便 | d) 形容被保護起來
- ☐ 5) 蹲監獄 | e) 身材苗條
- ☐ 6) 每況愈下 | f) 為不必要擔心的事擔憂
- ☐ 7) 杞人憂天 | g) 靠自己的勞動養活自己
- | h) 形容活受罪
- | i) 情況越來越糟糕

B 回答問題

1) 五十年後，如果真的進入機器人時代，人類會變成什麼樣？

2) 可能是什麼原因使博主做了噩夢？

3) 在夢中，博主為什麼被市政府移入了博物館？

4) 在夢中，博主在博物館的生活是什麼樣的？

C 判斷正誤

- ☐ 1) 博主看了有關機器人的報道後做了噩夢，之後寫了這篇博文。
- ☐ 2) 機器人的大量使用可能會導致人類頻發精神分裂症。
- ☐ 3) 夢中博主是地球上唯一的人類，是活化石。
- ☐ 4) 夢中市政府把博主移入博物館的公開理由是要保護他。
- ☐ 5) 夢中生活在博物館讓博主感到很不自在。
- ☐ 6) 博主被晚上做的那場噩夢嚇壞了。
- ☐ 7) 博主相信機器人征服人類的噩夢不會成真。
- ☐ 8) 博主認為為了避免滅頂之災，人類應多關注機器人和人工智能的發展。

D 選出四個正確的句子

在夢中，博主 _____ 。

a) 在自家的洋房裏開了一個小糖果店

b) 把花園變為菜園，自己種菜、養雞

c) 給來買糖果的孩子帶來了不必要的麻煩

d) 和他的房子、菜園都被送進了博物館

e) 是一塊活化石，身上寄託了人類的希望

f) 想要有尊嚴地活着，堅持不用機器人，努力回歸自然

E 學習反思

1) 你認為機器人會征服人類嗎？

2) 你是怎樣看人工智能的？

F 學習要求

1) 掌握 8 個短語。

2) 學會表達一種觀點。

3) 用 100 個字縮寫文章。

要求 現代科技突飛猛進，從某種程度上改變了人們的思維方式、生活方式和學習方式。你跟同學結合個人的切身體會討論科技的影響。

討論內容包括：

• 科技的進步

• 科技的影響

• 未來的展望

例子：

你： 科學技術的發展正在改變我們的思維方式、生活方式和學習方式。你們覺得現代科技對你們有哪些影響？

同學1： 現代科技的影響是方方面面的。我們家的大門已經不用老式的門鎖了，而開始用電子鎖。可能再過幾年，電梯也不用按鈕了，語音指令就可以操控電梯了。

同學2： 隨着互聯網的飛速發展，買東西付款的方式也在改變，許多商品交易都不用現金了。在商店可以用信用卡，在小攤兒可以用支付寶。我前幾天去無錫，在公園門口的小賣部買了一根玉米，是用支付寶付的錢。可能以後出門都不用帶錢包了，只要帶手機就夠了。

……

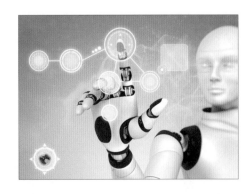

你 可以用

a) 互聯網和智能手機為我們每天的生活提供了很多方便。以吃飯為例。如果想去飯店吃飯，可以先用手機訂位。到了飯店，用手機掃一下桌上的二維碼就可以看菜單、點菜。吃完飯後，還可以直接用手機付帳。

b) 除了智能手機，智能家電也會對我們的生活產生巨大的影響，比如回家前可以調控房間溫度、命令廚師機器人開始煮飯等等。

c) 出租車行業也正在經歷巨大的改變。現在站在街上叫出租車的人越來越少了，越來越多的人開始使用電子預訂平台叫出租車。連車費也可以直接在平台上支付。

d) 人工智能的發展可能會讓出租車行業有一個翻天覆地的變化。運用人工智能，以後出租車一出廠就知道去哪裏接乘客，沒電了就知道去哪裏充電，出故障了就知道去哪裏修理，該報廢了就自動回到回收站。

e) 將來的公交車也會有很大的變化，人們會研發出無人駕駛的公交車。這些公交車可以根據交通狀況及客流量自動進行智能調配。

8 文體

小冊子格式

標題

- 開段提供背景資料。
- 正文介紹具體信息。
- 最後給出聯絡方式及組織 / 機構名稱以便查詢。
- 注意：語言要簡明，條理要清晰。一般用第三人稱來寫。

9 寫作

題目 1 你是智能機器人自動化股份有限公司的銷售經理。你們計劃將第一批試驗成功的機器人推向養老院。請為這幾款機器人寫一本小冊子。

你可以寫：

- 機器人的研發及未來展望
- 機器人的類型及功能用途
- 價格及優惠活動
- 培訓及售後服務

題目 2 俗話說："不經一事，不長一智。"請談談你對這個觀點的看法。

以下是一些人的觀點：

- "不經一事，不長一智"的意思是經歷過一件事，就增長一分見識。有時候經歷挫折、失敗並不是壞事，可以讓人更快地成長。

- 在人的一生中失敗是常事，不要怕失敗。正所謂"失敗是成功之母"，經歷了失敗，從中吸取經驗教訓，才有可能成功。

你 可以用

a) 智能機器人自動化股份有限公司成立於 1995 年。公司總部在深圳，在十幾個國家設有分公司。本公司擁有世界領先的技術，研發製造的機器人遠銷世界各地。

b) 公司有七款機器人，經過了五年的測試、完善，於今年投入使用。這七款機器人是：吸塵器機器人、廚師機器人、娛樂機器人、清潔機器人、餵飯機器人、護士機器人、電話機器人。

c) 前十家批量訂購機器人的養老院將獲得額外的折扣。

d) 養老院批量訂購機器人之後，本公司會派技術人員對養老院的員工進行培訓，還會定期派人維護、給予技術支持。養老院使用機器人時如果遇到問題可撥打本公司的 24 小時客服電話，我們將在第一時間提供專業的服務與協助。

太空 "清潔工"　　　　朱建羣

　　遼闊的太空，有許多人造航天器圍着地球運行。有的衛星幫助飛機和輪船確定方位，有的衛星觀測氣象變化，有的衛星維持四面八方的通訊聯絡。另外，太空望遠鏡、空間軌道站日夜不停地探索着宇宙奧祕，進行科學實驗。

　　這些航天器從設計、製造到發射上天，耗費了巨大的人力、物力和財力，運行中哪怕出一點小問題也會造成難以估價的損失。可是偏有一些 "搗蛋鬼" 不時威脅着它們的運行安全。這些 "搗蛋鬼" 就是討厭的太空垃圾。

　　太空垃圾是些什麼呢？它們有的是完成了任務、已經到了設計壽命極限的報廢衛星，有的是發射失敗、沒能進入預定軌道的航天器，還有些是發射衛星的火箭殘骸。這些東西失去了地面的控制，就像高速公路上不守交通規則的車輛，橫衝直撞，正常運行的航天器一旦碰上它們，立刻就會遭殃。太空垃圾的飛行速度很快，破壞力極大。而且因為外層空間空氣稀薄，阻力很小，它們環繞地球飛行好多年也不會墜入大氣層燒毀。

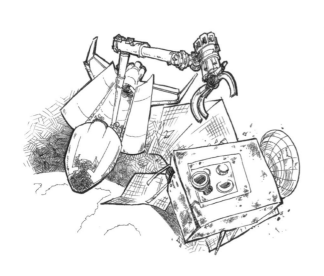

　　有沒有辦法清除掉太空垃圾呢？英國科學家研製出一種專門用來清除太空垃圾的人造衛星，這就是我們所說的太空 "清潔工"，它可以幫助解決太空垃圾這個令人頭痛的問題。太空 "清潔工" 的質量只有 6 千克，製造和發射的全部費用不到 100 萬美元。別看它個兒不大，本領可不小。它裝有 4 台攝像機，能夠搜索上下、左右、前後的情況。一旦看到太空垃圾，它就立刻靠過去，然後緊緊抓住那個 "搗蛋鬼"，接着迫使太空垃圾和自己一起減慢飛行速度，在重力的作用下降低高度，一起進入稠密的大氣層，這時劇烈的空氣摩擦產生的高溫就會將它們一同燒毀。從地面上看，就像天空墜落的流星一樣。假如垃圾的體積太大，來不及在大氣中完全燒毀，"清潔工" 還能控制墜落時間，讓它的殘骸掉到沙漠或海洋中，既不會威脅空中的航天器，也不會給地上的人們帶來麻煩。

　　有了太空“清潔工”，外層空間會乾淨許多，航天器的運行也安全多了。現在的做法還只能讓“清潔工”和太空垃圾“同歸於盡”。雖然造價不算太貴，但是清理一件垃圾就得“犧牲”一個“清潔工”，還是不合算。科學家們下一步的目標是研製更高級的太空“清潔工”，使它能夠消滅掉一個太空垃圾以後，再去尋找別的垃圾，多次完成清理工作。

（選自義務教育課程標準實驗教科書《語文》五年級上冊，人民教育出版社，2009 年）

A 寫出字／詞的確切意思

在文本中……	這個字／詞……	文中的意思是……
1)“偏有一些‘搗蛋鬼’不時威脅着它們的運行安全”	“搗蛋鬼”	
2)“這就是我們所說的太空‘清潔工’”	“清潔工”	
3)“別看它個兒不大，本領可不小”	“個兒”	
4)“清理一件垃圾就得‘犧牲’一個‘清潔工’”	“犧牲”	

B 配對

☐ 1) 在太空中，有很多人造衛星，
☐ 2) 研製人造衛星
☐ 3)“清潔工”抓住太空垃圾後
☐ 4) 如果“清潔工”抓住的太空垃圾體積過大，

a) 會強迫太空垃圾放慢飛行速度。
b) 需要花費大量的人力、物力和財力。
c) 馬上在摩擦產生的高溫中燒毀。
d) 重六公斤，造價不到一百萬美金。
e) 會安排它墜落到沙漠或大海裏。
f) 還有太空望遠鏡、空間軌道站不停地進行科學實驗。

C 回答問題

1) 太空中的人造衛星有什麼作用？

2) 太空垃圾是什麼？

3) 為什麼航天器碰到太空垃圾就會遭殃？

4) 為什麼人造衛星報廢後還可以繞地球飛行很長時間？

5) 為什麼科學家對於目前的太空“清潔工”不太滿意？

6) 科學家之後有什麼計劃？

<ruby>宋<rt>sòng</rt></ruby> <ruby>朝<rt>cháo</rt></ruby>

宋朝（960 年 – 1279 年）分北宋和南宋兩個階段，共有十八位皇帝。宋朝的第一位皇帝是宋太祖趙<ruby>匡胤<rt>zhàokuāng yìn</rt></ruby>（927 年 – 976 年），他結束了中國歷史上分裂的五代十國（907 年 – 960 年）。

蘇軾

宋朝是中國古代歷史上經濟、書法、繪畫、文學、手工業、科學技術高度發達的時代，其繁榮程度甚至超過了盛唐。

宋徽宗趙<ruby>佶<rt>sòng huī zōngzhào jí</rt></ruby>（1082 年 – 1135 年）是宋朝的第八位皇帝。他喜愛書法和繪畫，是少有的藝術天才。宋徽宗自創了書法字體"瘦金體"。瘦金體個性鮮明，至今深得書法愛好者的喜愛。

北宋畫家<ruby>張擇端<rt>zhāng zé duān</rt></ruby>的長卷畫《清明上河圖》生動地展現了當時的生活狀況。張擇端用<ruby>細膩<rt>xì nì</rt></ruby>的寫實主義手法，在五米多長的畫卷上繪出了數量<ruby>龐大<rt>páng dà</rt></ruby>的人物、動物、房屋、<ruby>橋樑<rt>qiáo liáng</rt></ruby>、船隻、城樓等。這幅畫作在中國乃至世界繪畫史上都是獨一無二的。

宋詞是宋代最有代表性的文學體裁。宋詞是合樂的歌詞，是一種音樂文學。宋詞具有千姿百態的神韻，與唐詩並稱"雙絕"。宋詞的代表人物之一是蘇軾。蘇軾是北宋著名的文學家、書法家和畫家。蘇軾的詞善用<ruby>比喻<rt>bǐ yù</rt></ruby>、<ruby>誇張<rt>kuā zhāng</rt></ruby>的手法，風格豪邁奔放。他把山川景物、田園風光等都寫入詞中，提高了詞的意境。

宋代散文是中國古代散文一個重要的發展階段。<ruby>范仲淹<rt>fàn zhòng yān</rt></ruby>是北宋著名的文學家、思想家、政治家和軍事家。他創作的散文邏輯<ruby>嚴密<rt>yán mì</rt></ruby>、説服力強。范仲淹在《<ruby>岳陽樓記<rt>yuè yáng lóu jì</rt></ruby>》中留下了千古名句"先天下之憂而憂，後天下之樂而樂"，表現了他為國家前途命運<ruby>擔憂<rt>dān yōu</rt></ruby>的思想境界。

宋朝也是中國傳統<ruby>製瓷<rt>zhì cí</rt></ruby>工藝繁榮<ruby>昌盛<rt>chāngshèng</rt></ruby>的時期，瓷器在數量和質量方面都有很大的提高。宋朝瓷器品種繁多、<ruby>古樸<rt>gǔ pǔ</rt></ruby>深沉、<ruby>素雅<rt>sù yǎ</rt></ruby>簡潔，曾作為中國古代著名的藝術品出口到世界多個地區，享譽海內外。

北宋發明家<ruby>畢昇<rt>bì shēng</rt></ruby>發明了活字印刷術。活字印刷具有一字多用、重複使用、省時省力、節約材料等優點。這是印刷史上的一次大的<ruby>飛躍<rt>fēi yuè</rt></ruby>，對後世印刷術乃至世界文明的進步有巨大而深遠的影響。

古為今用 （可以上網查資料）

1) 《清明上河圖》描繪了北宋的哪個地方？

2) 蘇軾的《水調歌頭》是家喻戶曉的大作。你讀過這首詞嗎？這首詞是什麼時候寫的？詞中表達了什麼情感？你讀後有何感想？

3) 范仲淹的名句"先天下之憂而憂，後天下之樂而樂"是什麼意思？這句話在當今社會有什麼現實意義？

4) 宋朝的瓷器非常出名。你是否看過中國古代的瓷器藝術品？你是否看過外國的瓷器藝術品？你覺得中外的瓷器藝術品有什麼區別？

清明上河圖

12 地理知識

海洋

　　中國位於亞洲東部，太平洋西岸。渤海（bó hǎi）、黃海、東海和南海是中國的四大海域（hǎi yù）。渤海是中國的內海。渤海漁業資源豐富，有"聚寶盆"的美稱。中國的第二長河黃河流入渤海。黃海的名字和黃河有關。歷史上很長一段時間，黃河是注入黃海的，

東海漁船

河水中攜帶（xié dài）的大量泥沙（ní shā）將附近的海水染成了黃色，黃海的名字就是這樣來的。東海擁有中國最大的漁場——舟山漁場。歷史上赫赫有名的鑒真（jiàn zhēn）和尚就是從東海東渡到日本去弘揚（hóng yáng）佛法、傳播中華文化的。中國的第一長河長江流入東海。南海是中國最大的外海。南海有無數的島嶼（dǎo yǔ）和岩礁（yán jiāo），它們像一顆顆璀璨（cuǐ càn）的明珠鑲嵌（xiāng qiàn）在湛藍（zhàn lán）的海面上。

造福後代 （可以上網查資料）

1) 中國民間有"八仙過海"的神話傳說。相傳白雲仙長邀請八位仙人去蓬萊仙島，回程時一位仙人建議大家不要坐船，各自想辦法過海。請說說"八仙過海"的意思。

2) 舟山漁場是中國海洋魚類的寶庫，但就是這兒出現了漁民無魚可捕的困境。你覺得海洋中的資源真的是取之不盡、用之不竭的嗎？應該如何開發海洋資源？請說說你的看法和建議。

3) 鑒真和尚為什麼要東渡日本？鑒真和尚對日本有何影響？

第五單元複習

生詞

第十三課							
時代	衝擊	仍舊	保障	海量	參差不齊	並	信任
可信度	辨別	錯誤	誤導	人士	審查	編輯	無限
鏈接	本身	誘惑	哪怕	任何	消息	微信	臉書
聚精會神	相比之下	靜	文字	背後	傳達	深入	細緻
深度	書籍	良師益友	深層	世界觀	經典	著作	好似
大師	血液	軌跡	忙碌	空閒	捧	裝幀	精美
忙裏偷閒	不言而喻	反思	督促				

第十四課							
富裕	薄弱	經意	舌	尖	溜	飯盒	數字
觸目驚心	辛苦	勤儉	自古	美德	風氣	鋪張	揮霍
毫不吝惜	桶	實在	制止	大使	倡議	調查	結果
改善	講座	偏食	挑食	顯眼	張貼	標語	可恥
巡邏	即刻	勸阻	採取	處罰	措施	廚餘垃圾	團體
用餐	打包	告誡	肆無忌憚	昂貴	代價	依然	永遠
過時							

第十五課							
家用	機器人	距離	現實	遙遠	事實	如此	領域
接待	潛入	作業	逐步	進駐	價格	倍	奢侈品
逐漸	普及	研發	實用	外形	飛碟	佈局	自動
規劃	清掃	路徑	探測	前方	障礙	台階	轉向
電量	充電	照樣	程序	運行	此外	操作	清理
廚師	烹調	觸摸	安裝	菜譜	佐料	隨意	升級
複雜	本事	童話	科幻小說	疲勞	志願	試用	改進
反饋	詳情	諮詢	網址	自動化	股份		

短語 / 句型

- 網絡給傳統的閱讀方式帶來了巨大的衝擊 • 紙質書的內容質量更有保障

- 海量的信息 • 質量參差不齊 • 受到錯誤信息的誤導 • 大量的廣告和無限的鏈接

- 注意力非常容易分散 • 無所不有的網絡本身也是一個巨大的誘惑

- 聚精會神地思考所讀的內容 • 理解文字背後的意思 • 體會作者傳達的感情

- 進行深入細緻的思考 • 書籍是人類的良師益友 • 深層的道理和心靈的智慧

- 形成正確的世界觀和價值觀 • 讀經典著作就好似跟大師對話 • 提升我們的修養

- 改變我們的行動 • 影響我們的人生軌跡

- 那種美感的享受和忙裏偷閒的快樂是不言而喻的

- 現在人們的生活富裕了，節約意識卻越來越薄弱

- 在不經意間，食物便從我們的舌尖溜走了

- 據統計，全球約三分之一的糧食都是浪費掉的 • 讓人觸目驚心

- 誰知盤中餐，粒粒皆辛苦 • 珍惜糧食、勤儉節約自古就是中華民族的傳統美德

- 不良的風氣 • 鋪張、揮霍的現象 • 毫不吝惜地把吃剩的飯菜倒進垃圾桶

- 作為未來世界的主人 • 我們有責任制止浪費糧食的行為 • 我向大家提出以下倡議

- 在校園內外加強宣傳、教育 • 在食堂顯眼處張貼標語 • 浪費糧食是可恥的行為

- 即刻提醒、勸阻，必要時採取處罰措施 • 肆無忌憚地浪費糧食 • 付出昂貴的代價

- 距離現實生活很遙遠 • 事實並非如此 • 在很多領域都有機器人在為人類服務了

- 機器人還在逐步進駐人們的家庭 • 是普通家用電器的好幾倍

- 相信在不遠的未來，家用機器人將不再是奢侈品 • 逐漸普及開來

- 按照房間佈局自動規劃清掃路徑 • 若探測到前方有障礙物或台階，便會自動轉向

- 即便主人不在家，吸塵器機器人照樣可以按照程序運行

- 吸塵器機器人操作起來非常簡單 • 隨着產品的升級

- 不管是複雜的菜餚還是簡單的飯菜，廚師機器人都會有 "本事" 做出來

- 招募志願家庭免費試用以上三款機器人 • 把使用體會和改進建議反饋給公司

詞彙表

生詞	拼音	意思	課號
A			
癌	ái	cancer	7
癌症	ái zhèng	cancer	7
礙	ài	obstruct	15
安裝	ān zhuāng	install	15
昂	áng	high	14
昂貴	áng guì	expensive	14
B			
班長	bān zhǎng	form captain	11
般	bān	like	8
辦事	bàn shì	handle affairs	11
辦學	bàn xué	run a school	3
半決賽	bàn jué sài	semi-finals	12
伴侶	bàn lǚ	companion	8
拌	bàn	mix	1
榜	bǎng	list of names published on a noticeboard	11
榜樣	bǎng yàng	model	11
飽	bǎo	full	8
飽讀	bǎo dú	read extensively	8
保障	bǎo zhàng	ensure	13
報	bào	repay	2
抱	bào	cherish; harbour	9
抱怨	bào yuàn	complain	10
悲	bēi	sad	5
悲觀	bēi guān	pessimistic	9
悲傷	bēi shāng	sad	5
背後	bèi hòu	behind	13
背景	bèi jǐng	background	2
倍	bèi	times	15
輩分	bèi fen	(order of) seniority (in family descent)	2
本身	běn shēn	oneself	13
本事	běn shi	skill; ability	15
本質	běn zhì	essential character	8
彼	bǐ	the other side	2
彼此	bǐ cǐ	each other	2
必備	bì bèi	essential	4
必不可少	bì bù kě shǎo	absolutely necessary	4
必須	bì xū	must	4
編	biān	edit	13
編輯	biān jí	edit	13
便	biàn	then	6
辨	biàn	distinguish	13

生詞	拼音	意思	課號
辨別	biàn bié	distinguish	13
標語	biāo yǔ	slogan	14
表	biǎo	table	9
表明	biǎo míng	make known	7
表現	biǎo xiàn	show	9
彆扭	biè niu	not get along well	11
彬彬	bīn bīn	refined	5
彬彬有禮	bīn bīn yǒu lǐ	polite	5
並	bìng	and; further	5
並	bìng	used before a negative word for emphasis	13
脖	bó	neck	10
脖子	bó zi	neck	10
博大精深	bó dà jīng shēn	broad and profound	1
博士	bó shì	Ph.D.	3
薄	bó	frail	14
薄弱	bó ruò	weak	14
不懈	bú xiè	unremitting	12
不安	bù ān	uneasy	9
不禁	bù jīn	can not help	10
不時	bù shí	from time to time	2
不言而喻	bù yán ér yù	it goes without saying	13
佈	bù	arrange	15
佈局	bù jú	layout	15
步驟	bù zhòu	procedure	6
部位	bù wèi	position	6
C			
才	cái	talent	8
才華	cái huá	(literary or artistic) talent	8
才能	cái néng	ability	12
財源	cái yuán	financial resources	4
採取	cǎi qǔ	adopt; take	14
彩虹	cǎi hóng	rainbow	9
菜譜	cài pǔ	cookbook	15
菜系	cài xì	style of cooking	1
菜餚	cài yáo	cooked food	4
參賽	cān sài	participate in a competition	12
參與	cān yù	participate in	11
藏	cáng	hide	10
操	cāo	act; engaged in	5
操	cāo	conduct	8
操心	cāo xīn	worry about	5
操作	cāo zuò	operate	15

生詞	拼音	意思	課號
參差	cēn cī	uneven	13
參差不齊	cēn cī bù qí	varying	13
層	céng	repeatedly	10
層出不窮	céng chū bù qióng	emerge one after another	10
曾經	céng jīng	used to	11
茶匙	chá chí	teaspoon	6
茶館	chá guǎn	teahouse	10
拆	chāi	take apart	9
產品	chǎn pǐn	product	10
嘗試	cháng shì	attempt	7
場所	chǎng suǒ	place (for an activity)	3
倡	chàng	advocate	14
倡議	chàng yì	propose	14
沉	chén	heavy	9
沉重	chén zhòng	heavy	9
成	chéng	one-tenth	3
成分	chéng fèn	element; composition	1
成人	chéng rén	adult	2
成員	chéng yuán	member	4
成長	chéng zhǎng	grow up	7
承	chéng	hold	2
承認	chéng rèn	admit	5
承受	chéng shòu	bear	2
程序	chéng xù	program	15
遲	chí	late	12
遲到	chí dào	be late	12
持	chí	manage	10
持久	chí jiǔ	lasting	8
匙	chí	spoon	6
齒	chǐ	tooth	6
恥	chǐ	shameful	14
衝	chōng	clash	2
衝擊	chōng jī	impact	13
衝突	chōng tū	conflict	2
充	chōng	fill	15
充電	chōng diàn	charge (a battery)	15
充實	chōng shí	substantial; rich	5
憧憬	chōng jǐng	long for	4
醜	chǒu	ugly	8
出眾	chū zhòng	outstanding	8
初賽	chū sài	preliminary contest	12
廚師	chú shī	chef	15
廚餘垃圾	chú yú lā jī	food waste	14
處	chǔ	be situated in	3
處	chǔ	punish	14
處罰	chǔ fá	punish	14

生詞	拼音	意思	課號
處事	chǔ shì	handle	5
處於	chǔ yú	be (in)	7
處長	chù zhǎng	head of a department	9
觸摸	chù mō	touch	15
觸目驚心	chù mù jīng xīn	shocking	14
川	chuān	short for Sichuan Province	1
川菜	chuān cài	dishes of Sichuan style	1
傳達	chuán dá	convey	13
串	chuàn	string together	1
創	chuàng	start	3
創建	chuàng jiàn	found	3
創設	chuàng shè	found	3
創造	chuàng zào	create	3
純	chún	pure	8
辭	cí	take leave	4
辭舊迎新	cí jiù yíng xīn	bid farewell to the Old Year and usher in the New Year	4
此外	cǐ wài	besides	15
粗魯	cū lǔ	rude	1
挫	cuò	setback	9
挫折	cuò zhé	setback	9
措	cuò	manage	14
措施	cuò shī	measure	14
錯過	cuò guò	miss	12
錯誤	cuò wù	wrong; mistaken	13

		D	
搭	dā	coordinate	1
搭配	dā pèi	arrange in proposition	1
打包	dǎ bāo	pack	14
大道	dà dào	broad road	7
大多	dà duō	mostly	10
大好	dà hǎo	excellent; superb	5
大腦	dà nǎo	brain	7
大師	dà shī	great master	13
大使	dà shǐ	ambassador	14
代	dài	generation	2
代表	dài biǎo	representative	8
代價	dài jià	price	14
待	dài	treat	2
待人接物	dài rén jiē wù	the way one gets along with people	5
擔當	dān dāng	take on	11
單純	dān chún	merely	8
憚	dàn	fear	14
導致	dǎo zhì	result in	10
的確	dí què	indeed	8

223

生詞	拼音	意思	課號
地位	dì wèi	status	1
典故	diǎn gù	literary quotation	1
電量	diàn liàng	quantity of charge	15
澱	diàn	settle	6
澱粉	diàn fěn	starch	6
調查	diào chá	investigate	14
碟	dié	saucer	6
東坡肉	dōng pō ròu	stewed pork said to be created by Su Dongpo	1
豆芽	dòu yá	bean sprouts	4
督	dū	superintend and direct	13
督促	dū cù	supervise and urge	13
毒品	dú pǐn	illegal drugs	7
度過	dù guò	spend	7
端	duān	end	6
隊伍	duì wu	group	12
隊員	duì yuán	team member	12
對待	duì dài	treat	2
對得起	duì de qǐ	not let someone down	9
對話	duì huà	dialogue	2
對抗	duì kàng	resist	10
對象	duì xiàng	boy or girl friend	8
對照	duì zhào	compare	2
燉	dùn	stew	1
頓	dùn	a measure word (used for meals)	4
多媒體	duō méi tǐ	multi-media	3
多餘	duō yú	surplus	6
多元	duō yuán	multi-element	3

		F	
發育	fā yù	grow up	7
乏	fá	lack	9
罰	fá	punish	14
翻	fān	turn over	6
煩躁	fán zào	irritable and restless	9
反而	fǎn ér	on the contrary	10
反方	fǎn fāng	(as of a debate) counter proposal	8
反饋	fǎn kuì	feedback	15
反思	fǎn sī	reflect	13
反省	fǎn xǐng	self-examination	2
反應	fǎn yìng	respond	9
反映	fǎn yìng	reflect	1
飯盒	fàn hé	lunch box	14
訪談	fǎng tán	talk	10
飛碟	fēi dié	flying saucer	15
匪	fěi	no; not	2

生詞	拼音	意思	課號
分歧	fēn qí	difference	2
分析	fēn xī	analyze	10
氛圍	fēn wéi	atmosphere	3
粉	fěn	powder; flour	6
份	fèn	part	2
風	fēng	custom	3
風氣	fēng qì	atmosphere	14
封口	fēng kǒu	seal	6
奉	fèng	offer	5
奉	fèng	regard as respect	7
奉勸	fèng quàn	offer a piece of advice	7
奉獻	fèng xiàn	devote	5
符	fú	accord with	2
符合	fú hé	accord with	2
撫	fǔ	protect	5
撫養	fǔ yǎng	raise; bring up	5
付出	fù chū	pay out	5
負擔	fù dān	burden	9
赴	fù	go to	9
複雜	fù zá	complicated	15
副	fù	subsidiary	1
副食	fù shí	non-staple food	1
富貴	fù guì	riches and honours	4
富裕	fù yù	prosperous	14
腹	fù	belly	8

		G	
改進	gǎi jìn	improve	15
改善	gǎi shàn	improve	14
肝	gān	liver	7
肝臟	gān zàng	liver	7
敢	gǎn	dare	11
敢於	gǎn yú	dare to	11
感觸	gǎn chù	thoughts and feelings	2
感到	gǎn dào	feel	9
感悟	gǎn wù	come to realize	2
橄欖	gǎn lǎn	olive	11
橄欖球	gǎn lǎn qiú	rugby	11
高尚	gāo shàng	lofty	8
高雅	gāo yǎ	refined and graceful	10
稿	gǎo	draft; manuscript	12
告	gào	declare; announce	4
告別	gào bié	say goodbye	4
告誡	gào jiè	warn	14
格言	gé yán	motto	5
根	gēn	a measure word (used for long, thin piece)	6

生詞	拼音	意思	課號
根	gēn	basis	7
根本	gēn běn	fundamental	8
根據	gēn jù	according to	7
跟	gēn	follow	11
跟隨	gēn suí	follow	11
更	gēng	change	4
更替	gēng tì	replace	4
耕	gēng	cultivate	5
耕耘	gēng yún	cultivate	5
公平	gōng píng	fair	5
公眾	gōng zhòng	the public	12
構成	gòu chéng	constitute; form	1
菇	gū	mushroom	6
辜	gū	let down	5
辜負	gū fù	fail to live up to	5
古玩	gǔ wán	antique	10
股	gǔ	share; stock	15
股份	gǔ fèn	share; stock	15
故	gù	reason	12
掛	guà	worry	5
關	guān	barrier	7
關懷	guān huái	show loving care for	11
官	guān	organ	8
冠心病	guān xīn bìng	coronary heart disease	7
管	guǎn	tube	7
光陰	guāng yīn	time	5
歸	guī	put together	2
規劃	guī huà	programme; plan	15
規矩	guī ju	rule	1
規律	guī lù	regular	7
軌	guǐ	course; orbit	13
軌跡	guǐ jì	track; footmark	13
棍	gùn	stick	11
鍋	guō	pot	1
過橋米線	guò qiáo mǐ xiàn	rice-flour noodles of Yunnan style	1
過去	guò qù	past	4
過時	guò shí	outdated	14

H

生詞	拼音	意思	課號
海量	hǎi liàng	enormous	13
害	hài	harm	7
憾	hàn	regret	5
毫	háo	slightest degree	14
毫不吝惜	háo bú lìn xī	spend without stint	14
好似	hǎo sì	be like	13
好奇	hào qí	curious	10

生詞	拼音	意思	課號
合	hé	whole	4
合家	hé jiā	whole family	4
合力	hé lì	join forces	4
虹	hóng	rainbow	9
後天	hòu tiān	later	8
厚	hòu	rich or strong in flavor	1
厚	hòu	profound	11
忽略	hū lüè	neglect	8
胡椒	hú jiāo	pepper	6
糊	hú	paste	6
戶	hù	door	10
戶外	hù wài	outdoor	10
華	huá	essence	8
華貴	huá guì	gorgeous	8
化妝	huà zhuāng	make up	8
懷	huái	think of	11
歡聚	huān jù	meet happily together	4
緩	huǎn	relax	9
緩解	huǎn jiě	alleviate	9
幻	huàn	imaginary	15
荒	huāng	neglect	5
荒廢	huāng fèi	waste	5
黃豆芽	huáng dòu yá	yellow bean sprouts	4
揮霍	huī huò	spend freely	14
恢復	huī fù	recover	7
徽	huī	Huizhou in Anhui Province	1
徽菜	huī cài	dishes of Huizhou sytle	1
回報	huí bào	repay	2
回饋	huí kuì	return a favor	11
匯	huì	gather together	12
匯聚	huì jù	assemble	12
誨	huì	teach	5
火鍋	huǒ guō	hot pot	1
惑	huò	be puzzled	13
霍	huò	quickly	14

J

生詞	拼音	意思	課號
擊	jī	collide	13
機器人	jī qì rén	robot	15
機制	jī zhì	mechanism	9
吉祥	jí xiáng	lucky	4
即	jí	that is	4
即	jí	then	6
即刻	jí kè	at once	14
集	jí	collection	2
輯	jí	edit	13

生詞	拼音	意思	課號
籍	jí	membership	3
籍	jí	book	13
技術	jì shù	technology	8
忌	jì	avoid	4
跡	jì	mark	13
加熱	jiā rè	heat	6
加入	jiā rù	put in	6
加重	jiā zhòng	increase the amount or degree	9
家宴	jiā yàn	family feast	4
家用	jiā yòng	for household use	15
夾	jiā	mix	2
夾雜	jiā zá	mix up with	2
價格	jià gé	price	15
價值	jià zhí	value	1
價值觀	jià zhí guān	values	2
尖	jiān	tip	14
堅強	jiān qiáng	strong	9
兼	jiān	simultaneously	3
兼顧	jiān gù	give consideration to two or more things	3
儉	jiǎn	thrifty	14
檢	jiǎn	check up	9
檢測	jiǎn cè	test; check	9
檢查	jiǎn chá	check up	9
見聞	jiàn wén	things seen and heard	3
薦	jiàn	recommend	2
健美	jiàn měi	vigorous and graceful	8
漸漸	jiàn jiàn	gradually	2
踐	jiàn	carry out	3
鑒	jiàn	inspect carefully	9
箭	jiàn	arrow	5
薑	jiāng	ginger	6
疆	jiāng	boundary	1
疆土	jiāng tǔ	territory	1
講座	jiǎng zuò	lecture	14
交際	jiāo jì	social intercourse; communication	12
姣	jiāo	lovely; charming	8
姣好	jiāo hǎo	graceful	8
膠	jiāo	rubber	3
焦	jiāo	anxious	9
焦慮	jiāo lù	anxious	9
角	jiǎo	corner	6
腳踏實地	jiǎo tà shí dì	earnest and down-to-earth	11
攪	jiǎo	stir	6
攪拌	jiǎo bàn	mix	6

生詞	拼音	意思	課號
教導	jiào dǎo	teach; instruct	11
教誨	jiào huì	teaching	5
教師	jiào shī	teacher	3
階	jiē	steps; stairs	15
皆	jiē	all	6
接待	jiē dài	receive	15
街舞	jiē wǔ	hip-hop	11
結構	jié gòu	structure	1
結果	jié guǒ	result	14
結合	jié hé	combine	9
截	jié	cut off	12
截止	jié zhǐ	cut off	12
竭	jié	exhaust	11
竭盡	jié jìn	exhaust	11
竭盡全力	jié jìn quán lì	do all one can	11
解	jiě	relieve	9
解除	jiě chú	relieve	11
誡	jiè	warn	14
借鑒	jiè jiàn	use for reference	9
今日	jīn rì	today	11
金黃	jīn huáng	golden yellow	6
金錢	jīn qián	money	5
僅僅	jǐn jǐn	only	4
儘量	jǐn liàng	to the best of one's ability	7
謹	jǐn	cautious	11
謹慎	jǐn shèn	cautious	11
盡力	jìn lì	do one's best	5
進取	jìn qǔ	eager to make progress	5
進入	jìn rù	enter	3
進駐	jìn zhù	enter and be stationed in	15
浸	jìn	soak	6
浸泡	jìn pào	soak	6
經典	jīng diǎn	classics	13
經意	jīng yì	careful; mindful	14
精美	jīng měi	delicate	13
精神	jīng shén	spirit	12
精心	jīng xīn	meticulously	12
精緻	jīng zhì	fine; delicate	8
警惕	jǐng tì	be vigilant	8
徑	jìng	trail	15
競技	jìng jì	athletics	10
靜	jìng	quiet; calm	13
鏡子	jìng zi	mirror	2
酒樓	jiǔ lóu	restaurant	10
局	jú	part	15

生詞	拼音	意思	課號
矩	jǔ	rule	1
舉行	jǔ xíng	hold (a meeting, etc.)	12
巨大	jù dà	enormous	2
具	jù	possess; have	1
具備	jù bèi	possess; have	11
俱樂部	jù lè bù	club	12
據	jù	according to	7
距	jù	distance	15
距離	jù lí	distance	15
聚精會神	jù jīng huì shén	concentrate one's whole attention	13
卷	juàn	examination paper	9
決賽	jué sài	finals	12
絕	jué	extremely	2
掘	jué	dig	12
均勻	jūn yún	even	6

K			
開除	kāi chú	expel	12
開導	kāi dǎo	give guidance to	11
開發	kāi fā	develop	10
開放	kāi fàng	open to the public	3
開設	kāi shè	offer (a course in college, etc.)	3
開拓	kāi tuò	open up	3
開展	kāi zhǎn	carry out	11
看重	kàn zhòng	hold in great account	2
考場	kǎo chǎng	examination hall; examination room	9
考生	kǎo shēng	examination candidate	9
科幻小說	kē huàn xiǎo shuō	science fiction	15
科技	kē jì	science and technology	10
可恥	kě chǐ	shameful	14
可取	kě qǔ	desirable	5
可信度	kě xìn dù	credibility	13
克	kè	gram	6
課室	kè shì	classroom	3
空閒	kòng xián	free	13
口才	kǒu cái	eloquence	12
饋	kuì	present (a gift)	11

L			
拉丁	lā dīng	Latin	11
拉丁舞	lā dīng wǔ	Latin dance	11
來年	lái nián	next year	4
來源	lái yuán	source	3
朗	lǎng	loud and clear	3
朗誦	lǎng sòng	read aloud	3
撈	lāo	scoop up	6
勞	láo	work	9

生詞	拼音	意思	課號
勞逸結合	láo yì jié hé	strike a balance between work and leisure	9
牢	láo	firm	5
老少	lǎo shào	the old and the young	6
樂觀	lè guān	optimistic	9
樂趣	lè qù	pleasure	11
樂於	lè yú	be happy to	11
類似	lèi sì	similar	2
禮讓	lǐ ràng	give precedence to someone out of courtesy or thoughtfulness	5
理論	lǐ lùn	theory	1
理念	lǐ niàn	principle; concept	3
鯉魚跳龍門	lǐ yú tiào lóng mén	a dish symbolizes gaining fame and success	1
力所能及	lì suǒ néng jí	within one's ability	5
歷歷	lì lì	clearly	11
歷歷在目	lì lì zài mù	appear vividly before one's eyes	11
立志	lì zhì	be determined	5
利用	lì yòng	use	5
連續	lián xù	successive	12
聯合國	lián hé guó	the United Nations	3
聯想	lián xiǎng	associate with; connect in the mind	12
臉書	liǎn shū	Facebook	13
鏈	liàn	chain	13
鏈接	liàn jiē	link	13
良機	liáng jī	good opportunity	12
良師益友	liáng shī yì yǒu	good teacher and helpful friend	13
涼拌	liáng bàn	(of food) cold and dressed with sauce	1
諒	liàng	forgive	5
諒解	liàng jiě	understand	11
遼	liáo	far away	1
遼闊	liáo kuò	vast	1
列	liè	list	9
列舉	liè jǔ	list	10
臨場	lín chǎng	on the spot	12
吝	lìn	stingy	14
吝惜	lìn xī	grudge; stint	14
靈	líng	spirit	2
領	lǐng	be in possession of	15
領導	lǐng dǎo	lead	11
領會	lǐng huì	understand	2
領域	lǐng yù	domain	15
溜	liū	slip away	14
隆	lóng	grand	4
隆重	lóng zhòng	grand	4
露	lòu	reveal	6

生詞	拼音	意思	課號
魯	lǔ	another name for Shandong Province	1
魯菜	lǔ cài	dishes of Shandong style	1
錄	lù	employ; hire	9
錄取	lù qǔ	enroll; recruit	9
碌	lù	miscellaneous	13
路徑	lù jìng	route	15
露營	lù yíng	camp	11
邏	luó	patrol	14
邏輯	luó jí	logic	12
落	luò	fall onto	5
落實	luò shí	carry out	5
慮	lù	worry	9
略	lüè	leave out	8

M

生詞	拼音	意思	課號
麻辣	má là	spicy	1
麻醉	má zuì	anaesthetize	7
慢性	màn xìng	chronic	7
忙裏偷閒	máng lǐ tōu xián	snatch a little leisure from a busy schedule	13
忙碌	máng lù	busy	13
茫	máng	unclear	7
美德	měi dé	virtue	14
寐	mèi	sleep	9
夢寐以求	mèng mèi yǐ qiú	long for something day and night	9
迷茫	mí máng	confused	7
眠	mián	sleep	7
免	miǎn	avoid	7
免疫	miǎn yì	be immune (from disease)	7
免疫力	miǎn yì lì	immunity (from disease)	7
面	miàn	a measure word (used for flat objects)	2
麵粉	miàn fěn	wheat flour	6
面前	miàn qián	in front of	2
苗	miáo	young plant	8
苗條	miáo tiao	(of a woman) slim	8
民間	mín jiān	folk	4
閩	mǐn	another name for Fujian Province	1
閩菜	mǐn cài	dishes of Fujian style	1
名稱	míng chēng	name (of a thing)	1
明星	míng xīng	star	8
摸	mō	touch	15
模	mó	imitate	3
模擬	mó nǐ	mock	3
模特	mó tè	model	8
磨	mó	grind; polish	3

生詞	拼音	意思	課號
磨煉	mó liàn	temper oneself	3
末	mò	crumble; powder	6
末端	mò duān	end	6
陌生	mò shēng	unfamiliar	11
母語	mǔ yǔ	mother tongue	12
木耳	mù ěr	edible black fungus	6
目標	mù biāo	objective	9
慕	mù	recruit	12
幕	mù	screen	10

N

生詞	拼音	意思	課號
哪怕	nǎ pà	even if	13
男士	nán shì	gentleman	8
難關	nán guān	difficulty	7
腦筋	nǎo jīn	brain; mind	10
內向	nèi xiàng	introverted	10
內心	nèi xīn	innermost	8
內在	nèi zài	internal	8
嫩	nèn	tender	1
擬	nǐ	imitate	3
年度	nián dù	annual	12
濃厚	nóng hòu	(of atmosphere) strong	3
女士	nǚ shì	lady	8

O

生詞	拼音	意思	課號
偶	ǒu	mate; spouse	8

P

生詞	拼音	意思	課號
盤子	pán zi	plate	6
判	pàn	judge	12
跑道	pǎo dào	track	3
泡	pào	soak	6
培訓	péi xùn	train	12
配	pèi	distribute according to plan	3
烹	pēng	boil; cook	1
烹飪	pēng rèn	cooking	1
烹調	pēng tiáo	cook (dishes)	15
捧	pěng	hold or carry in both hands	13
碰撞	pèng zhuàng	collide	2
批	pī	criticize	12
批判	pī pàn	criticize	12
皮	pí	wrapper	6
皮膚	pí fū	skin	8
疲	pí	exhausted	15
疲勞	pí láo	exhausted	15
偏	piān	partial	14
偏食	piān shí	be particular about certain food	14

生詞	拼音	意思	課號
聘	pìn	employ; hire	3
聘請	pìn qǐng	employ; hire	3
評委	píng wěi	judge	8
憑	píng	evidence	3
屏	píng	screen	10
屏幕	píng mù	screen	10
鋪	pū	spread	6
鋪張	pū zhāng	extravagant	14
普及	pǔ jí	popularize	15

		Q	
期望	qī wàng	expect	5
歧	qí	varied; different	2
起	qǐ	remove	6
氣候	qì hòu	climate	1
氣質	qì zhì	temperament; qualities	8
牽	qiān	worry	5
牽掛	qiān guà	worry	5
謙	qiān	modest	5
謙虛	qiān xū	modest	5
前方	qián fāng	ahead; the front	15
潛	qián	hidden; potential	3
潛	qián	submerge	15
潛能	qián néng	potential	3
潛入	qián rù	submerge	15
強度	qiáng dù	intensity	9
敲	qiāo	strike	4
切	qiè	be sure to	4
切忌	qiè jì	avoid by all means	4
勤儉	qín jiǎn	hardworking and thrifty	14
青春	qīng chūn	youth	7
青春期	qīng chūn qī	puberty	7
清理	qīng lǐ	clear up	15
清掃	qīng sǎo	clean up	15
情操	qíng cāo	sentiment	8
情緒	qíng xù	mood	9
窮	qióng	end	10
曲	qū	bent; crooked	11
曲棍球	qū gùn qiú	field hockey	11
曲	qǔ	song	10
取得	qǔ dé	get; obtain	12
權利	quán lì	right	12
全力	quán lì	with all one's strength	9
全力以赴	quán lì yǐ fù	spare no effort	9
勸	quàn	(try to) persuade	7
勸阻	quàn zǔ	dissuade someone from	14

生詞	拼音	意思	課號
缺	quē	lack	9
缺	quē	absent	12
缺乏	quē fá	lack	9
缺席	quē xí	absent	12
確保	què bǎo	ensure	6

		R	
讓	ràng	give way	5
繞	rào	revolve	10
熱衷	rè zhōng	develop an intense desire for	12
人才	rén cái	talented person	3
人際	rén jì	interpersonal	11
人士	rén shì	personage	13
人物	rén wù	figure	1
任何	rèn hé	any	13
任務	rèn wù	task	9
飪	rèn	cook	1
仍	réng	still	5
仍舊	réng jiù	still	13
仍然	réng rán	still	5
日	rì	sun	5
日期	rì qī	date	12
日新月異	rì xīn yuè yì	change with each passing day	10
日月	rì yuè	time	5
日月如梭	rì yuè rú suō	The sun and the moon move like a shuttle – time flies.	5
榮	róng	glory	8
容	róng	facial features	8
如	rú	like	2
如此	rú cǐ	in this way	15
如意	rú yì	an article symbolizing good fortune	4
若	ruò	if	11
弱	ruò	weak	14

		S	
善於	shàn yú	be good at	11
膳	shàn	meals	7
膳食	shàn shí	meals	7
少量	shǎo liàng	a small amount	1
少許	shǎo xǔ	a little	6
奢侈	shē chǐ	luxurious	15
奢侈品	shē chǐ pǐn	luxury goods	15
舌	shé	tongue	14
射	shè	shoot	10
射箭	shè jiàn	archery	10
涉	shè	involve	2

生詞	拼音	意思	課號	生詞	拼音	意思	課號
涉及	shè jí	involve	2	事物	shì wù	thing	2
攝	shè	take in	7	事項	shì xiàng	item; matter	6
伸	shēn	stretch; extend	5	事業	shì yè	career	4
身材	shēn cái	figure	8	試卷	shì juàn	examination paper	9
深層	shēn céng	deep; thorough	13	試用	shì yòng	try out	15
深度	shēn dù	depth	13	適當	shì dàng	suitable	1
深厚	shēn hòu	deep; profound	11	逝	shì	pass	8
深刻	shēn kè	deep; profound	8	手段	shǒu duàn	means	9
深入	shēn rù	thorough	13	手術	shǒu shù	surgical operation	8
深思	shēn sī	think deeply about	10	受益匪淺	shòu yì fěi qiǎn	benefit a great deal	2
深遠	shēn yuǎn	far-reaching	10	書籍	shū jí	book	13
神話	shén huà	mythology	1	書信	shū xìn	letter	2
神經	shén jīng	nerve	7	殊	shū	special	2
審	shěn	examine	13	舒	shū	leisurely	9
審查	shěn chá	examine; investigate	13	舒緩	shū huǎn	relax; ease up	9
腎	shèn	kidney	7	樹	shù	establish	11
腎臟	shèn zàng	kidney	7	樹立	shù lì	establish	11
慎	shèn	careful	11	數字	shù zì	number	14
升級	shēng jí	upgrade	15	帥	shuài	handsome	8
升降	shēng jiàng	rise and fall	3	睡眠	shuì mián	sleep	7
生命	shēng mìng	life	5	碩	shuò	large	3
繩	shéng	rope	10	碩士	shuò shì	Master (degree)	3
勝	shèng	victory	9	思考	sī kǎo	think deeply	2
勝出	shèng chū	win over someone	12	思維	sī wéi	thinking	10
盛	shèng	grand	4	思想	sī xiǎng	thought	2
盛大	shèng dà	grand	4	似	sì	as; like	2
剩	shèng	leave (over)	4	肆	sì	recklessly	14
剩餘	shèng yú	surplus	4	肆無忌憚	sì wú jì dàn	reckless	14
失敗	shī bài	fail	9	誦	sòng	read aloud	3
失眠	shī mián	(suffer from) insomnia	9	搜	sōu	search	12
師長	shī zhǎng	teachers	7	搜集	sōu jí	collect	12
詩	shī	poem	5	蘇	sū	short for Jiangsu Province	1
詩書	shī shū	classics (books)	8	蘇菜	sū cài	dishes of Jiangsu style	1
時代	shí dài	era	13	酥	sū	crisp	6
時期	shí qī	period; stage	7	俗話	sú huà	proverb	7
實踐	shí jiàn	put into practice	3	素	sù	native	3
實力	shí lì	strength	3	素質	sù zhì	quality	3
實用	shí yòng	practical	15	塑膠	sù jiāo	rubberized	3
實在	shí zài	really	14	隨意	suí yì	as one pleases	15
食欲	shí yù	appetite	6	歲	suì	year	4
士	shì	praiseworthy person	8	損	sǔn	harm; damage	7
世代	shì dài	generation after generation	5	損害	sǔn hài	harm; damage	7
世界觀	shì jiè guān	world outlook	13	梭	suō	shuttle	5
勢	shì	posture	10	所謂	suǒ wèi	so-called	9
事實	shì shí	fact	15				

生詞	拼音	意思	課號
		T	
踏	tà	step on	11
台階	tái jiē	flight of steps	15
談論	tán lùn	discuss	2
坦	tǎn	frank	2
坦誠	tǎn chéng	frank and sincere	2
探	tàn	explore	2
探測	tàn cè	survey	15
探討	tàn tǎo	explore	2
特殊	tè shū	special	2
提交	tí jiāo	submit	12
體力	tǐ lì	physical strength	7
體諒	tǐ liàng	show understanding	5
惕	tì	be careful	8
天生	tiān shēng	inborn	8
添	tiān	add	11
挑食	tiāo shí	be particular about what one eats	14
調	tiáo	mix	6
調整	tiáo zhěng	adjust	1
跳繩	tiào shéng	rope skipping	10
停	tíng	stop	2
通信	tōng xìn	communicate by letter	2
通行	tōng xíng	pass through	3
通行證	tōng xíng zhèng	pass	3
同齡	tóng líng	of the same age	9
童話	tóng huà	fairy tales	15
統	tǒng	all; entirely	9
統計	tǒng jì	statistics	9
桶	tǒng	bucket	14
頭暈	tóu yūn	dizzy	9
投	tóu	put in	5
投資	tóu zī	invest	5
透	tòu	fully	6
突	tū	clash	2
徒	tú	in vain	5
吐	tǔ	speak out	2
團隊	tuán duì	group; team	12
團體	tuán tǐ	organization; group	14
推	tuī	recommend	2
推薦	tuī jiàn	recommend	2
退	tuì	move backwards	10
退	tuì	withdraw from	12
退步	tuì bù	lag or fall behind	10
脫	tuō	escape from	9
脫離	tuō lí	break away from	9

生詞	拼音	意思	課號
拓	tuò	develop	3
		W	
挖	wā	dig	12
挖掘	wā jué	dig out	12
外	wài	other (than one's own)	4
外表	wài biǎo	(outward) appearance	8
外地	wài dì	other places	4
外籍	wài jí	foreign nationality	3
外形	wài xíng	external form; contour	15
外在	wài zài	external	8
完善	wán shàn	perfect	3
玩	wán	object for appreciation	10
玩賞	wán shǎng	take pleasure or delight in	10
網址	wǎng zhǐ	website	15
往來	wǎng lái	come and go	2
往往	wǎng wǎng	often	8
危	wēi	endanger	7
危害	wēi hài	endanger	7
微信	wēi xìn	Wechat	13
為人	wéi rén	behave	5
圍繞	wéi rào	revolve round	10
維	wéi	maintain	7
維	wéi	thinking	10
維持	wéi chí	maintain	7
委	wěi	entrust	7
委員	wěi yuán	committee member	7
委員會	wěi yuán huì	committee	7
味	wèi	smell	6
謂	wèi	say	9
文憑	wén píng	diploma	3
文娛	wén yú	(cultural) recreation	11
文字	wén zì	writing	13
穩	wěn	steady	9
穩定	wěn dìng	stable	9
無法	wú fǎ	unable	5
無故	wú gù	without reason	12
無價之寶	wú jià zhī bǎo	priceless treasure	5
無私	wú sī	selfless	5
無所不能	wú suǒ bù néng	very capable	10
無微不至	wú wēi bú zhì	in every possible way	11
無限	wú xiàn	infinite	13
無形	wú xíng	invisible	2
五穀	wǔ gǔ	food crops in general	1
五官	wǔ guān	five sense organs – ears, eyes, mouth, nose and tongue	8

生詞	拼音	意思	課號
五花八門	wǔ huā bā mén	a wide variety	1
伍	wǔ	army	12
舞台	wǔ tái	stage	3
物產	wù chǎn	product	1
誤導	wù dǎo	mislead	13
悟	wù	come to realize	2

X

生詞	拼音	意思	課號
析	xī	analyze	10
習武	xí wǔ	practice martial arts	10
習字	xí zì	practice calligraphy	10
席	xí	seat	12
喜好	xǐ hào	be fond of	1
戲曲	xì qǔ	traditional opera	10
戲院	xì yuàn	theatre	10
系	xì	system; series	1
系統	xì tǒng	system	7
細緻	xì zhì	meticulous	13
鮮嫩	xiān nèn	fresh and tender	1
閒聊	xián liáo	chat	10
顯眼	xiǎn yǎn	eye-catching	14
現今	xiàn jīn	nowadays	10
現實	xiàn shí	reality	15
限	xiàn	limit	3
限度	xiàn dù	limit	3
餡	xiàn	stuffing	6
相比之下	xiāng bǐ zhī xià	by comparison	13
相當	xiāng dāng	be equivalent to	10
相隔	xiāng gé	be separated	4
相交	xiāng jiāo	intersect	4
相助	xiāng zhù	help	5
香菇	xiāng gū	mushroom	6
湘	xiāng	another name for Hunan Province	1
湘菜	xiāng cài	dishes of Hunan style	1
詳	xiáng	detailed	15
詳情	xiáng qíng	particulars	15
祥	xiáng	lucky	4
想方設法	xiǎng fāng shè fǎ	do everything possible	4
消逝	xiāo shì	vanish	8
消息	xiāo xi	news	13
孝	xiào	filial piety	5
孝敬	xiào jìng	filial piety	5
校風	xiào fēng	school spirit	3
效率	xiào lù	efficiency	9
協	xié	coordinate	11

生詞	拼音	意思	課號
協調	xié tiáo	coordinate	11
協作	xié zuò	cooperation	12
諧	xié	in harmony	4
諧音	xié yīn	homophonic	4
懈	xiè	slack	12
心動	xīn dòng	be tempted	12
心靈	xīn líng	soul	2
心聲	xīn shēng	spoken from the heart	2
心態	xīn tài	state of mind	7
心願	xīn yuàn	cherished desire	9
辛苦	xīn kǔ	arduous	14
欣	xīn	joyful	12
欣喜	xīn xǐ	joyful	12
信任	xìn rèn	trust	13
行為	xíng wéi	behavior; conduct	2
形式	xíng shì	form	7
形象	xíng xiàng	image	8
省	xǐng	examine oneself critically	2
雄	xióng	powerful	12
雄厚	xióng hòu	abundant	12
修	xiū	cultivate	8
修養	xiū yǎng	self-cultivation	8
須	xū	must	4
虛	xū	humble	5
虛	xū	false; deceitful	8
虛榮	xū róng	vanity	8
序	xù	order; sequence	15
緒	xù	emotional state	9
學風	xué fēng	academic atmosphere	3
學生會	xué shēng huì	Students Union	11
學識	xué shí	knowledge	8
學位	xué wèi	academic degree	3
血管	xuè guǎn	blood vessel	7
血液	xuè yè	blood	13
巡	xún	patrol	14
巡邏	xún luó	patrol	14
詢	xún	inquire	15

Y

生詞	拼音	意思	課號
芽	yá	sprout	4
雅	yǎ	elegant	10
醃	yān	preserve in salt, sugar, etc.	6
炎	yán	inflammation	7
研發	yán fā	research and development	15
宴	yàn	feast	4

生詞	拼音	意思	課號
腰	yāo	waist	10
遙	yáo	distant	15
遙遠	yáo yuǎn	distant	15
咬	yǎo	bite	6
藥用	yào yòng	used as medicine	1
夜以繼日	yè yǐ jì rì	day and night	9
液	yè	liquid	13
依然	yī rán	still	14
一系列	yí xì liè	a series of	9
遺	yí	leave behind	5
遺傳	yí chuán	heredity	8
遺憾	yí hàn	regret	5
義賣	yì mài	charity sale	11
疫	yì	epidemic disease	7
益智	yì zhì	raise intelligence	10
逸	yì	leisure	9
意志	yì zhì	will	3
毅	yì	resolute	9
毅力	yì lì	will power	9
營地	yíng dì	camp site	11
營造	yíng zào	construct	12
贏	yíng	win	9
應	yìng	accord with	1
應變	yìng biàn	meet an emergency	12
應時	yìng shí	in season	1
永	yǒng	forever	14
永遠	yǒng yuǎn	forever	14
泳道	yǒng dào	lane (in a swimming pool)	3
勇於	yǒng yú	have the courage to	11
用餐	yòng cān	eat	14
優	yōu	give preferential treatment	12
優先	yōu xiān	have priority	12
優質	yōu zhì	high quality	3
悠	yōu	long	1
悠久	yōu jiǔ	long-standing	1
由於	yóu yú	because of	1
猶	yóu	just as; like	2
猶如	yóu rú	just as; like	2
友誼	yǒu yì	friendship	11
有感	yǒu gǎn	reflect	2
有限	yǒu xiàn	limited	5
有氧運動	yǒu yǎng yùn dòng	an aerobic exercise	7
誘	yòu	lure; tempt	13
誘惑	yòu huò	attract; tempt	13
於	yú	in; at; on	3
與其……不如……	yǔ qí... bù rú...	would rather... than...	8
域	yù	domain	15
欲	yù	desire	6
喻	yù	understand	13
寓	yù	imply	4
寓意	yù yì	implied meaning	4
裕	yù	abundant	14
淵	yuān	deep	3
淵博	yuān bó	(of knowledge) broad and profound	3
元	yuán	element	3
元寶	yuán bǎo	gold or silver ingot used as money in feudal China	4
原汁原味	yuán zhī yuán wèi	original flavor	1
源遠流長	yuán yuǎn liú cháng	be of long standing	5
怨	yuàn	resentment	10
粵	yuè	another name for Guangdong Province	1
粵菜	yuè cài	dishes of Guangdong style	1
暈	yūn	dizzy	9
勻	yún	even	6
耘	yún	weed	5
運行	yùn xíng	be in operation	15
運轉	yùn zhuǎn	operate	7

Z

生詞	拼音	意思	課號
在座	zài zuò	be present (at a meeting, banquet, etc.)	8
暫	zàn	for the time being	7
暫時	zàn shí	for the time being	7
臟	zàng	internal organs of the body	7
早退	zǎo tuì	leave early	12
棗	zǎo	dates	4
躁	zào	impetuous	9
則	zé	indicating a contrast	2
擇偶	zé ǒu	choose one's spouse	8
增強	zēng qiáng	strengthen	3
增添	zēng tiān	add	11
沾	zhān	touch	7
沾染	zhān rǎn	contract	7
嶄	zhǎn	fine	4
嶄新	zhǎn xīn	brand-new	4
戰勝	zhàn shèng	defeat	9
張貼	zhāng tiē	put up (a notice, post, etc.)	14
仗	zhàng	battle	9
障	zhàng	hinder	13

233

生詞	拼音	意思	課號
障礙	zhàng ài	obstacle	15
招財進寶	zhāo cái jìn bǎo	bring in wealth and riches	4
招募	zhāo mù	recruit	12
照	zhào	refer to	2
照料	zhào liào	take care of	11
照樣	zhào yàng	all the same	15
摺	zhé	fold	6
折	zhé	loss	9
浙	zhè	short for Zhejiang Province	1
浙菜	zhè cài	dishes of Zhejiang style	1
幀	zhēn	a measure word (used for paintings or calligraphy)	13
真情	zhēn qíng	true feelings	2
爭論	zhēng lùn	argue; dispute	2
整	zhěng	repair; fix	8
整	zhěng	whole	10
整容	zhěng róng	face-lift	8
正常	zhèng cháng	normal	7
支	zhī	branch	7
支氣管	zhī qì guǎn	bronchial tube	7
執	zhí	carry out	2
執行	zhí xíng	carry out	2
指	zhǐ	point	1
指南	zhǐ nán	guide	7
至	zhì	until	5
至今	zhì jīn	up to now	5
志願	zhì yuàn	volunteer	15
制止	zhì zhǐ	stop	14
製作	zhì zuò	make	1
致	zhì	fine	8
智力	zhì lì	intelligence	10
衷	zhōng	inner feelings	12
珠三角	zhū sān jiǎo	Pearl River Delta (in Guangdong Province)	3
逐	zhú	one by one	15
逐步	zhú bù	step by step; gradually	15
逐漸	zhú jiàn	gradually	15
主持	zhǔ chí	chair; manage	10
主動	zhǔ dòng	initiative	11
主席	zhǔ xí	chairman	8
助人為樂	zhù rén wéi lè	take delight in helping others	5
助手	zhù shǒu	assistant	11
駐	zhù	be stationed	15
著	zhù	write	13
著作	zhù zuò	book; writings	13

生詞	拼音	意思	課號
抓	zhuā	seize	5
抓緊	zhuā jǐn	firmly grasp	5
轉向	zhuǎn xiàng	change the direction	15
轉移	zhuǎn yí	divert	7
妝	zhuāng	make up	8
裝	zhuāng	load	6
裝幀	zhuāng zhēn	binding and layout (of a book, magazine, etc.)	13
壯	zhuàng	strong	5
壯大	zhuàng dà	strong	12
追	zhuī	pursue	8
追求	zhuī qiú	pursue	8
捉	zhuō	catch	10
捉迷藏	zhuō mí cáng	hide-and-seek	10
卓	zhuó	outstanding	8
卓越	zhuó yuè	outstanding	8
諮	zī	consult	15
諮詢	zī xún	consult	15
姿	zī	posture	10
姿勢	zī shì	posture	10
資	zī	qualifications	3
資	zī	money; expenses	5
資深	zī shēn	senior	3
子女	zǐ nǚ	children	2
子時	zǐ shí	period of the day from 11 p.m. to 1 a.m.	4
自動	zì dòng	automatic	15
自動化	zì dòng huà	automation	15
自古	zì gǔ	since ancient time	14
自強不息	zì qiáng bù xī	constantly strive to improve oneself	5
綜	zōng	sum up	8
總	zǒng	after all	2
總歸	zǒng guī	after all	2
縱	zòng	even if	9
縱使	zòng shǐ	even if	9
阻	zǔ	hinder	14
醉	zuì	drunk	7
尊重	zūn zhòng	respect	2
佐	zuǒ	assist	15
佐料	zuǒ liào	seasoning	15
作怪	zuò guài	cause trouble	8
作家	zuò jiā	writer	2
作業	zuò yè	work; operation	15
作用	zuò yòng	effect	1
做法	zuò fǎ	way of doing things	1